Mac y su contratiempo

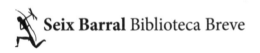
Seix Barral Biblioteca Breve

Enrique Vila-Matas
Mac y su contratiempo

Obra editada en colaboración con Editorial Planeta – España

Diseño original de la colección: Josep Bagà Associats
Diseño de portada: Planeta Arte & Diseño
Imagen de portada: © Geoffrey Johnson
Fotografía de autor: © Outumuro

Primera edición impresa en España: febrero de 2017
ISBN: 978-84-322-2988-6

Primera edición impresa en México: mayo de 2017
ISBN: 978-607-07-4127-2

Impreso en los talleres de Litográfica Ingramex, S.A. de C.V.
Centeno núm. 162-1, colonia Granjas Esmeralda, Ciudad de México
Impreso en México – *Printed in Mexico*

A Paula de Parma

Me acuerdo de que casi siempre
me vestía de vagabundo o de fantasma.
Un año fui de esqueleto.

JOE BRAINARD,
I Remember

1

Me fascina el género de los libros *póstumos*, últimamente tan en boga, y estoy pensando en falsificar uno
que pudiera parecer *póstumo e inacabado* cuando en
realidad estaría por completo terminado. De morirme
mientras lo escribo, se convertiría, eso sí, en un libro en
verdad *último e interrumpido*, lo que arruinaría, entre
otras cosas, la gran ilusión que tengo por falsificar. Pero
un debutante ha de estar preparado para aceptarlo todo,
y yo en verdad soy tan sólo un principiante. Mi nombre
es Mac. Quizás porque debuto, lo mejor será que sea
prudente y espere un tiempo antes de afrontar cualquier
reto de las dimensiones de un falso libro *póstumo*. Dada
mi condición de principiante en la escritura, mi priori-
dad no será construir inmediatamente ese libro *último*, o
tramar cualquier otro tipo de falsificación, sino simplemente escribir todos los días, a ver qué pasa. Y así tal vez
llegue un momento en el que, sintiéndome ya más preparado, me decida a ensayar ese libro falsamente interrumpido por muerte, desaparición o suicidio. De momento, me contento con escribir este diario que empiezo
hoy, completamente aterrado, sin atreverme siquiera a

mirarme al espejo, no fuera que viera mi cabeza hundida en el cuello de mi camisa.

Mi nombre es Mac, como he dicho. Y vivo aquí, en el barrio del Coyote. Estoy sentado en mi cuarto habitual, donde parece que haya estado siempre. Escucho música de Kate Bush y luego oiré a Bowie. Afuera, el verano se presenta temible, y Barcelona se prepara —lo anuncian los meteorólogos— para un aumento fuerte de las temperaturas.

Me llaman Mac por una famosa escena de *My Darling Clementine*, de John Ford. Mis padres vieron la película al poco de nacer yo y les gustó mucho un momento en el que el *sheriff* Wyatt pregunta al viejo cantinero del *saloon*:

—Mac, ¿nunca has estado enamorado?

—No, yo he sido camarero toda mi vida.

La respuesta del viejo les encantó y desde entonces, desde un día de abril de finales de los cuarenta, soy Mac.

Mac por aquí y Mac por allá. Mac siempre, para todo el mundo. En los últimos tiempos, en más de una ocasión me han confundido con un Macintosh, el ordenador. Y cuando eso ha ocurrido, he reaccionado disfrutando como un loco, quizás porque pienso que es mejor ser conocido por Mac que por mi nombre verdadero, que a fin de cuentas es horroroso —una imposición tiránica de mi abuelo paterno—, y me niego siempre a pronunciarlo, más aún a escribirlo.

Todo lo que diga en este diario me lo diré a mí mismo, pues no habrá de leerlo nadie. Me recojo en este espacio privado en el que, entre otras cosas, busco comprobar que, como decía Natalie Sarraute, escribir es tratar de saber qué escribiríamos si escribiéramos. Es un diario secreto de iniciación, que ni siquiera sabe si está mandando señales de haber sido ya comenzado. Pero creo que sí, que ya estoy emitiendo signos de haber iniciado, a mis más de sesenta años de edad, un camino. Creo que he esperado demasiado la llegada de este momento para echarlo todo a perder ahora. El instante está llegando, si no ha llegado ya.

—Mac, Mac, Mac.

¿Quién habla?

Es la voz de un muerto que parece alojado en mi cabeza. Supongo que quiere recomendarme que no me precipite. Pero no por eso voy a frenar las expectativas de mi mente. No va a amedrentarme esa voz, de modo que sigo con lo mío. ¿Sabrá la voz que desde hace dos meses y siete días, desde que quebrara el negocio familiar de la construcción, me siento hundido, aunque al mismo tiempo inmensamente liberado, como si el cierre de todas las oficinas y la dura suspensión de pagos me hubieran ayudado a posicionarme en el mundo?

Tengo motivos para sentirme mejor que cuando me ganaba la vida como próspero constructor. Pero esa —llamémosla así— felicidad no es algo que esté precisamente deseando que perciban los demás. No me gusta ningún tipo de ostentación. En mí siempre ha habido una necesidad de pasar lo más inadvertido posible. Y de ahí mi tendencia, siempre que es posible, a ocultarme.

Esconderme, parapetarme en estas páginas, me va a permitir pasarlo muy bien, pero conste que si, por alguna causa, me descubrieran, no lo vería como una catástrofe. En cualquier caso, la opción elegida es que el diario sea secreto; me da mayor libertad para todo, para decir ahora, por ejemplo, que uno puede pasarse años y años considerándose escritor y seguramente nadie va a tomarse la molestia de ir a visitarle para decirle: desengáñate, no lo eres. Ahora bien, si un día esa persona se decide a debutar y a poner toda la carne en el asador y a escribir por fin, lo que ese atrevido principiante notará enseguida, si es honesto consigo mismo, es que su actividad no tiene la menor relación con la grosera idea de considerarse escritor. Y es que, en realidad, lo quiero decir sin perder más tiempo, escribir es dejar de ser escritor.

Aunque en los próximos días voy a vender a un precio lamentable un piso que he logrado no perder después de mi ruina económica, me preocupa que acabe teniendo que depender plenamente del negocio que Carmen regenta, o pidiendo ayuda a mis hijos. ¿Quién me iba a decir que podía terminar a merced del taller de restauración de muebles de mi mujer cuando, hace tan sólo unas pocas semanas, era el propietario de un sólido tinglado inmobiliario? Acabar dependiendo de Carmen me preocupa, pero creo que, si me arruinara del todo, no estaría peor de lo que estuve el tiempo en que construí casas que me dieron oro y oro, pero también insatisfacciones y variadas neurosis.

Aunque los asuntos del mundo me llevaron pronto por derroteros inesperados y nunca he escrito nada con intención literaria hasta hoy, siempre he sido un apasionado de la lectura. Primero, lector de poesía; más tarde, de relatos, un aficionado a las formas breves. Adoro los cuentos. No simpatizo, en cambio, con las novelas porque son, como decía Barthes, una forma de muerte: convierten la vida en destino. Si un día escribiera una, me gustaría perderla como quien pierde una manzana al comprar varias en el colmado paquistaní de la esquina. Me gustaría perderla para demostrar que me importan un carajo las novelas y que prefiero otras formas literarias. Me marcó mucho un relato muy breve de Ana María Matute, donde se decía que el cuento tiene un viejo corazón de vagabundo y llega caminando a los pueblos y luego desaparece... Y concluía Matute: «El cuento se va, pero deja su huella».

A veces me digo que me salvé de un gran infortunio cuando, ya desde tan joven, se fue todo conjurando para que no tuviera ni un minuto para comprobar que escribir es dejar de escribir. Si hubiera dispuesto de ese tiempo libre, ahora quizás estaría podrido de talento literario, o bien simplemente destruido y acabado como escritor, pero, en cualquiera de los dos casos, incapacitado para disfrutar del maravilloso espíritu de principiante del que tanto me regocijo en este preciso —más que exacto— momento, instante perfecto, a las doce en punto de esta mañana del 29 de junio, justo cuando me dispongo a descorchar un Vega Sicilia del 66, digamos que sintiendo la alegría del que se sabe inédito y está celebrando el arranque de un diario de aprendizaje, de un diario secreto, y mira a su alrededor, en el silencio de la mañana, y percibe un aire débilmente luminoso, que tal vez esté sólo dentro de su cerebro.

[PUTHOROSCOPO]

Cuando de la tarde ya puede decirse que es noche, ligeramente tocado por el alcohol, me ha dado por buscar una edición española de 1970 de *Poemas*, de Samuel Beckett. El primer apartado del libro se titula *Whoroscope*, traducido al castellano como *Puthoroscopo*. Es un poema que medita sobre el tiempo y que fue escrito y publicado en 1930. Lo he entendido menos que la primera vez que lo leí, pero, por lo que sea, quizás por no haberlo entendido tanto, me ha gustado mucho más que entonces. Parece que hay que atribuir a Descartes —a su impostada voz— los cien versos de Beckett alrededor del paso de los días, de la disipación y de los huevos de gallina. Lo que más ha escapado a mi comprensión han sido las gallinas y sus huevos. Pero no entender nada de eso me lo ha hecho pasar en grande. Perfecto.

&

Me pregunto por qué hoy, sabiéndome un sencillo debutante, me he agotado intentando en vano insertarle unos primeros párrafos impecables a este cuaderno. ¿Cuántas horas he tardado para tan enloquecido empeño? No sirve de excusa decir que me sobra tiempo, que soy un desocupado. El caso es que lo he escrito todo a lápiz en las hojas arrancadas del cuaderno, las he corregido luego con lentes de aumento, las he pasado a limpio en el ordenador, las he impreso y las he vuelto a leer y de nuevo las he vuelto a pensar, he corregido las copias —es el verdadero momento de la escritura—, y luego, tras haber trasladado lo reformado a mi PC, no he dejado rastro de lo escrito a mano y he dado por buenas finalmente mis notas del día, que han quedado bien ocultas en el enigmático interior del ordenador.

Me doy cuenta ahora de que he actuado como si no supiera que, a fin de cuentas, los párrafos perfectos no resisten al tiempo, porque son sólo lenguaje: los destruye la desatención de un linotipista, los diferentes usos, los cambios; la vida misma, por consiguiente.

Pero sólo eres un principiante, dice la voz, los dioses de la escritura aún pueden perdonarte los errores.

2

Ayer, el alegre y chiflado lector de toda la vida que hay en mí bajó los ojos hacia la mesa, hacia el pequeño rectángulo de madera situado en un recodo del despacho, y debutó.

Comencé mis ejercicios en el diario sin un plan previo, pero no desconociendo que en literatura uno no empieza por tener algo de lo que escribir y entonces escribe sobre ello, sino que el proceso de escribir propiamente dicho es el que permite al autor descubrir lo que quiere decir. Así comencé ayer, con la idea de sentirme siempre dispuesto a aprender sin prisa alguna y quizás un día alcanzar un estado de conocimiento que me permita abordar retos superiores. Así comencé ayer y así voy a continuar, dejándome llevar para ir descubriendo adónde me dirigen las palabras.

Viéndome sentado, tan modesto y mínimo, ante la pequeña pieza de madera que me construyó hace años Carmen en su taller —no para que escribiera, sino para que trabajara también en casa en mi boyante negocio—, he recordado que, en los libros, ciertos personajes mínimos y hasta bastante sencillos perduran a veces más que ciertos héroes espectaculares. Pienso en el gris y discreto

Akaki Akákievich, el copista de *El capote*, de Gógol, un burócrata cuyo destino es ser, simple y llanamente, un «tipo insignificante». Akákievich cruza con brevedad por ese relato breve, pero se trata de uno de los personajes más vivos y mejor sostenidos de la literatura universal, quizás porque, en esa pieza corta, Gógol abandonó su sentido común y trabajó alegremente en el borde de su abismo privado.

Siempre me ha caído bien este Akaki Akákievich que, para protegerse del invierno de San Petersburgo, necesita un capote nuevo, pero, cuando lo consigue, nota que prosigue el frío, un frío universal, sin final. No se me escapa que este insignificante copista Akákievich apareció en el mundo, de la mano de Gógol, en 1842, y el dato me permite pensar que sus descendientes directos fueron todos esos personajes que aparecen a mediados del siglo XIX en la literatura, todos esos seres que vemos copiar en escuelas y oficinas, transcribir escrituras sin cesar bajo la pálida luz de un quinqué; copian textos maquinalmente y parecen capaces de repetir todo lo que en el mundo pueda quedar todavía por repetir. No expresan nunca nada personal, no intentan modificar. «No me desarrollo», creo recordar que dice uno de esos personajes. «No quiero cambios», decía otro.

Tampoco quiere cambios «el repitente» (más conocido en la escuela como «el 34»), un personaje de *Mis documentos*, de Alejandro Zambra. El 34 tiene el síndrome del repetidor. Es especialista en encallarse más de dos años en un curso, sin que esto constituya para él una adversidad, sino lo contrario. Ese repitente de Zambra es tan raro que ni siquiera es rencoroso, más bien es un joven sumamente relajado: «A veces lo veíamos hablando con profesores para nosotros desconocidos. Eran diálogos alegres [...]. Le gustaba mantener relaciones cordiales con los profesores que lo habían reprobado».

El último día que vi a Ana Turner —que es una de las dependientas de La Súbita, la única y feliz librería del barrio del Coyote—, me contó que le envió un e-mail a su amigo Zambra para hablarle del 34 y recibió esta respuesta: «Parece que somos nosotros, los poetas y narradores, los repitentes. El poeta es un repetidor. Los que no han necesitado más que escribir un libro o ninguno para aprobar y pasar de curso no se hallan como nosotros todavía obligados a seguir intentándolo».

Ante Ana Turner todo en mí es sorpresa o admiración: ignoro cómo lo hace para comunicarse desde La Súbita con un escritor como Zambra, así como también me intriga averiguar cómo logra estar más atractiva cada día. Quedo impresionado cada vez que la veo. Trato de controlarme, pero siempre encuentro en Ana algún detalle nuevo —no necesariamente físico— que no me esperaba. Esa última tarde en que la vi, descubrí, a través de las palabras de Zambra —«parece que somos nosotros, los poetas y narradores, los repitentes»—, que Ana posiblemente era poeta. Escribo poemas, me confesó con humildad. Pero sólo son intentos, añadió. Y sus palabras parecieron enlazar con las de Zambra: «Todavía obligados a seguir intentándolo».

Al oírlas en boca de alguien como Ana pensé, primero, en la vida, que a veces es muy agradable, pero después me fui hacia otro lado más salvaje y pensé en la última fila de un aula colegial y en los castigados allí a repetir obsesivamente una línea doscientas veces, siempre con el objeto de que su caligrafía mejore.

Y pensé también en un novelista al que en un coloquio una dama le preguntó cuándo iba a dejar de escribir sobre gente que mataba mujeres. Y él respondió:

—Le aseguro que, en cuanto me salga bien, dejaré de hacerlo.

Esta misma mañana, al acordarme de los calígrafos repitentes de los que ahora escribo, he tenido por momentos la sensación de que entreveía al oscuro parásito de la repetición que se oculta en el centro de toda creación literaria. Un parásito que tiene la forma de esa gota gris solitaria que irremediablemente se halla en medio de toda lluvia o tempestad y a la vez en el centro mismo del universo, donde, como es sabido, se acometen, una y otra vez, de forma imperturbable, las mismas rutinas, siempre las mismas, pues todo se repite allí del modo más incesante y mortal.

[PUTHOROSCOPO 2]

Prosa al caer la tarde. He tomado las tres copas habituales a esta hora y he echado un vistazo al horóscopo de mi periódico favorito. Me he quedado atónito al leer esto en la casilla de mi signo: «La conjunción Mercurio-Sol en Aries indica intuiciones brillantes, que te llevarán a leer esta predicción y pensar que sólo va dirigida a ti mismo».

¡Puthoroscopo! La predicción parecía esta vez especialmente dirigida a mí, como si hubieran llegado a Peggy Day —pseudónimo de la responsable del horóscopo— las noticias del error que cometí la semana pasada cuando, delante de demasiada gente, comenté que al terminar el día solía leer el horóscopo de mi periódico preferido y, aun cuando lo que allí me vaticinaban no parecía nunca relacionado conmigo, al final, mi curtida experiencia de lector me llevaba a interpretar el texto y a lograr que lo que allí se decía encajara a la perfección con lo que me había ocurrido a lo largo de la jornada.

Bastaba con saber leer, dije en aquella ocasión, y hasta les hablé de los oráculos y sibilas de la Antigüedad y de que los delirios de éstos eran interpretados por los sacerdotes que por allí pululaban. Y es que el verdadero arte de aquellas sibilas estaba en la interpretación. El caso es que les hablé incluso de Lidia, aquella nativa de Cadaqués de la que Dalí comentó que poseía el cerebro paranoico más magnífico que había conocido nunca. Lidia vio fugazmente en 1904 a Eugenio d'Ors y quedó tan impresionada por él que, diez años después, en el casino del pueblo, interpretaba los artículos que D'Ors publicaba en un diario de Girona. Lidia los consideraba una respuesta a las cartas que ella le enviaba y que él jamás le contestaba.

Y también comenté que pensaba seguir interpretando oráculos hasta la muerte. El caso es que lo que en aquella reunión de amigos dije puede perfectamente haber llegado a Peggy Day, porque había gente que trabaja en su periódico. A ella no la veo desde hace cuarenta años y, todo sea dicho, me parece que es una falsa astróloga. Conocí a Peggy en mi juventud, en un verano en S'Agaró, cuando se llamaba Juanita Lopesbaño, y sospecho que no guarda buen recuerdo de mí.

Uno es modesto toda la vida y, un día, sin pensarlo demasiado, se jacta de saber interpretar oráculos de periódico —un error increíble que irrumpe en medio de tantos años de discreción— y la vida se le complica de pronto, bien injustamente. La vida se complica hasta límites increíbles por un instante de vanidad en medio de una fiesta.

¿O es sólo mi atrición por aquel error la que me lleva ahora a toda esta paranoia de pensar que Peggy Day me lo tiene en cuenta?

3

La estupidez no es mi fuerte, decía Monsieur Teste. Me ha gustado siempre la frase y la repetiría cien veces ahora mismo, de no ser porque tengo interés en escribir ahora una que suene parecida a la frase de Teste pero que diga algo diferente; que diga, por ejemplo, que la repetición es mi fuerte. O bien: la repetición es mi tema. O esto: me gusta repetir, pero modificando. Esta última frase es la que se ajustaría más a mi personalidad, porque soy un modificador infatigable. Veo, leo, escucho, y todo me parece susceptible de ser alterado. Y lo altero. No paro de alterar.

Tengo vocación de modificador.

También de repetidor. Pero esta vocación es más corriente. Porque esencialmente somos todos repetidores. La repetición, gesto humano donde los haya, es un gesto que me gustaría analizar, investigar, modificar las conclusiones a las que hayan llegado otros. ¿Llegamos en la vida a hacer algo que no sea la repetición de algo ya previamente ensayado y realizado por quienes nos precedieron? La repetición es en el fondo un tema tan inabarcable que puede convertir en ridículo cualquier intento de captarlo plenamente. Mi temor, además, es que el tema de la repetición pueda albergar algo muy inquietante en su propia naturaleza. Pero seguro que investigar sobre ella tiene un lado interesante, porque, para empezar, puede ser vista como algo que se proyecta sobre el futuro. Ese lado atractivo de la repetición lo vio Kierkegaard cuando dijo que ésta y el recuerdo eran el mismo movimiento, pero en sentidos opuestos, «ya que aquello que se recuerda se repite retrocediendo, mientras que la repetición propiamente dicha se recuerda avanzando. Por eso la repetición, si es que ésta es posible, hace feliz al hombre, mientras que el recuerdo le hace desgraciado».

Puesto a modificar, yo ahora modificaría lo que dijo Kierkegaard, pero no sé cómo lo haría. Así que voy a dejar que pasen unas horas y podré ver si mejora mi instinto modificador. Mientras tanto, me dedico a registrar que la tarde es leve, anodina, provinciana, elemental, perfecta. Mi buen humor es extraordinario, tal vez por eso incluso el carácter anodino de esta tarde me gusta mucho. En realidad, esta tarde es la misma tarde de siempre.

Estoy sentado, quieto aquí, mirando ojo avizor hacia el amplio salón que hay más allá del despacho, esa sala donde la luz y las sombras no se enfrentan. Las horas, a veces de un modo inconcebible, van cayendo todas iguales en el reloj de la iglesia de este barrio del Coyote en el que vivo desde hace cuarenta años. Quizás en lo del reloj no haya repetición, me digo, sino una misma hora cayendo a todas horas: la vida vista como una sola tarde, como una tarde elemental, anodina; gloriosa en contadas ocasiones, y sin perder ni aun así su tono grisáceo de fondo.

He trabajado siempre en el negocio que fundara mi abuelo y que me ha hecho conocer tanto el esplendor como —en los últimos años— la catástrofe del sector de la construcción. He trabajado a fondo en ese convulso negocio familiar y, a modo de leve compensación por tan loco —verdaderamente loco— trabajo, he sido en mis horas libres un lector empedernido que ha espiado todo lo que ha podido —con deslumbramiento a veces y misericordia en otras— a escritores de todos los tiempos, pero muy especialmente a los contemporáneos.

Cuando no me ha devorado mi absorbente y al final derrumbado negocio, la lectura y la intensa vida en familia han sido mis actividades preferidas. No voy a silenciar que arrastro infortunios. Me acuerdo de cuando tenía cuarenta años y lo tenía todo y, sin embargo, me sentía fatal porque deseaba huir del negocio y estudiar más y ejercer de abogado, por ejemplo, pero mi funesto abuelo paterno, de nombre innombrable, lo impidió.

Hoy pienso que me habría encantado ser como Wallace Stevens, abogado y poeta. Me parece que, por norma general, siempre nos gusta ser aquello que no somos. Me habría encantado, como hizo Stevens en 1922, poder escribirle estas líneas al director de una revista literaria: «Haga el favor de no pedirme que le envíe datos biográficos. Soy abogado y vivo en Hartford. Estos hechos no son divertidos ni reveladores».

Me ha resultado difícil siempre volver la vista atrás, pero lo voy a hacer ahora para recordar la primera vez que oí la palabra *repetición*.

Cronos es un dios que, en los años de la extrema infancia, el niño desconoce. Hasta que un día, mientras nos dedicamos a flotar en medio de nuestro supino lago de ignorancia, la primera experiencia de repetición nos introduce de golpe, quizás a modo de espejismo, en el tiempo.

Esa primera experiencia la tuve con cuatro años, el día en que en la escuela alguien me dijo que mi compañero de pupitre, el pequeño Soteras, iba a repetir al año siguiente Párvulos. Ese verbo *repetir* cayó como una bomba en mi joven mente en pleno proceso de expansión y me introdujo de golpe en el círculo del Tiempo, pues comprendí —hasta entonces ni lo había intuido— que había un curso y un año y a éste lo sucedía otro curso y otro año y que todos andábamos atrapados en la pesadilla de la red de los días, de las semanas, de los meses y de «los kilómetros» (de niño creía que los años se llamaban kilómetros y quizás no andaba tan equivocado).

Entré en el círculo del Tiempo en septiembre de 1952, poco después de que mis padres me hubieran matriculado en un colegio religioso. A principios de los años cincuenta, la llamada Primera Enseñanza constaba de cuatro grados: Párvulos, Elemental, Grado Medio y Superior. Se entraba con cuatro o cinco años de edad y se podía salir, camino de la universidad, con dieciséis o diecisiete. Párvulos duraba un solo curso y se parecía mucho a una zona de recreo infantil, a lo que hoy llamamos guardería, sólo que los niños estaban allí sentados en pupitres, como si ya tuvieran que empezar a estudiar en serio.

Era un tiempo en el que los niños parecían muy mayores, y los mayores parecían muertos. Mi recuerdo más nítido de aquellos Párvulos es el rostro compungido del pequeño alumno Soteras. Le llamo pequeño, porque él, por algún rasgo físico que se nos escapaba, parecía tener menos edad que todos nosotros, que parecíamos cada día mucho mayores de lo que éramos, no parábamos de hacernos mayores a marchas forzadas. La patria nos necesitaba, decía un profesor, complacido seguramente de ver cómo crecíamos.

Con Soteras recuerdo que jugaba a veces con un balón hinchable, que era literalmente suyo y que nos cedía temporalmente a todos durante los recreos. Ese hecho de tener algo que era de su propiedad era lo único que le hacía parecer mayor a Soteras, como nosotros. En cuanto regresábamos a los pupitres, Soteras volvía a ser pequeño. Se me ha quedado grabado el capote gris que vestía en invierno y, en fin, durante largo tiempo me intrigó sumamente su caso de repetidor.

Si estoy dando de él un apellido falso es porque prefiero que tenga tratamiento de personaje y también porque, si bien no espero que esto lo lea nadie, no puedo evocarlo sin pensar en un lector. ¿Qué explicación veo para tan curiosa contradicción? Ninguna. Pero, de haber sido obligado a encontrar al menos una, recurriría a esta máxima jasídica: «Aquel que cree que puede prescindir de los otros, se engaña. Y aquel que cree que los otros pueden estar sin él, se engaña todavía más».

Durante muchos años fue para mí un gran enigma que Soteras hubiera repetido Párvulos. Hasta que una tarde, cuando él ya estudiaba Arquitectura y yo había abandonado mis estudios para trabajar en la inmobiliaria familiar, tropezamos en la plataforma central del autobús de la línea 7 de la Diagonal de Barcelona y no pude evitar preguntarle, a bocajarro, cómo era que había repetido lo que nadie jamás repetía nunca, Párvulos.

A Soteras no sólo no le sorprendió la pregunta, sino que me miró y sonrió, y le vi muy feliz de poder contestarme a aquello, parecía que llevara años preparándose para el día en que tuviera que contestarme.

—No me creerás —me dijo—, pero se lo pedí a mis padres porque me daba miedo pasar a Elemental.

Y le creí, parecía bien creíble aquello. Y aún me pareció más creíble cuando añadió que había espiado cómo era el curso siguiente, Elemental, y deducido que allí había que estudiar y que, además, era un lugar pensado sólo para que hiciera frío. En esos días, me dije entonces, había miedo a cambiar, miedo a estudiar, miedo al frío de la vida, miedo a todo, en esos días había mucho miedo. Estaba pensando en esto cuando Soteras me preguntó si había oído hablar de los que veían una película dos veces, pero la segunda no la entendían. Me quedé atónito, justo allí en medio de la plataforma central de aquel atiborrado autobús.

—Pues mira —dijo—, fue lo que me pasó después de dos años seguidos de párvulo, porque en el primero lo entendí todo, y en el segundo, nada.

[PUTHOROSCOPO 3]

«Problema matinal con los hijos. Por la tarde descubrirá que el mundo está tan bien hecho que no es preciso que le añadamos nada más.»

Esta vez Peggy no se ha dirigido a mí directamente, le debió de bastar con hacerlo ayer. Pero eso no me ha impedido, como tengo por costumbre, interpretar su oráculo en clave personal. Parece que trate de advertirme que no me moleste en escribir, en añadirle algo al mundo, pues no haré más que repetir y repetir. ¿O acaso no está ya escrito todo? En cuanto al «problema matinal», seguro que no he de pensar en mis tres hijos, que ya son bien mayores y se las arreglan solos, y sí en cambio en las enrevesadas dificultades técnicas que he tenido que resolver esta mañana mientras escribía. Los párrafos que tantos problemas y angustias me han creado son esos hijos.

En cuanto a ese «Por la tarde descubrirá», está bien claro lo que hace un par de horas he descubierto y que me ha llegado de la mano de Ander Sánchez y de lo que éste nos ha dicho a Ana Turner y a mí cuando he bajado a la calle a comprar cigarrillos y me lo he encontrado en la puerta de La Súbita riéndose feliz con Ana. No suele hacerlo demasiado, pero esta vez Sánchez, nuestro insigne vecino, el «reconocido escritor barcelonés», me ha saludado sin regatearme ni una sola porción de amabilidad. Raro en él, pero es que no íbamos andando los dos por la calle con prisas, como ha ocurrido la mayoría de las veces que nos hemos cruzado a lo largo de los años, sino que estaba parado allí en la puerta, y era blanco fácil para quien quisiera asaltarlo con palabras de admiración, o simplemente de cortesía. Estaba allí Sánchez varado, sin esconder que se hallaba subyugado por los encantos de la maravillosa Ana, lo que me ha dejado inesperadamente celoso.

¿Quién no conoce a Sánchez en un barrio que si se llama el Coyote en parte es por él, puesto que, por una casualidad muy casual, el piso en el que vive Sánchez desde hace varias décadas —situado en el inmueble contiguo al mío— perteneció a José Mallorquí, el más popular de los narradores barceloneses de los años cuarenta? Puede que Sánchez lo comprara sin saber que Mallorquí había sido el antiguo ocupante del piso, pero una maledicencia del barrio asegura que precisamente lo compró porque pensó que eso podía ayudarle a ser, como el antiguo inquilino, el autor más vendido de España. Y es que en la hoy vivienda de Sánchez, José Mallorquí, a partir de 1943, escribió las doscientas novelas de la serie *El Coyote*, novelas *pulp* que fueron *best sellers* absolutos en la España de la posguerra.

Cuando vine a vivir a este barrio hace ya tanto tiempo, esta zona del Eixample no tenía una denominación concreta, y al principio, medio jugando, acabamos con otros vecinos decidiendo que nos encontrábamos en el barrio del Coyote. Y aquello prosperó. El nombre fue calando y hoy prácticamente todo el mundo llama así al barrio, aunque la gran mayoría de las veces lo dicen ignorando de dónde viene. Es un barrio que se extiende, sin límites muy definidos, por debajo de la plaza de Francesc Macià, antes de Calvo Sotelo y, durante la guerra civil, plaza Hermanos Badía.

El caso es que hoy Sánchez, que ignora que soy de los que participaron en la creación del nombre de este barrio, se ha dignado saludarme. Es más, ha desarrollado por momentos una cortesía exquisita y rebuscada que me ha obligado a mí, poco acostumbrado a estas cosas, a desplegar una cortesía torpe.

Y en medio de todo esto, me ha parecido que más bien para deslumbrar a Ana, ha comenzado a contar con brillantez todo tipo de cosas y, sin que nadie se lo pidiera, ha terminado hablando de los problemas que tenía para volver la vista atrás y recordar sus años de juventud, muy especialmente para acordarse de un año entero, uno solo, en el que seguramente debió de beber más que nunca, ha dicho, porque escribió una novela sobre un ventrílocuo y una sombrilla de Java (que ocultaba un artefacto asesino) y sobre un maldito barbero de Sevilla.

—Pero no recuerdo mucho más —ha dicho—, salvo que era una novela con algunos pasajes incomprensibles o, mejor dicho, pasajes espesos, densos, tirando a pasajes, cómo diría yo, muy burros...

Sabía reírse de sí mismo, eso estaba claro. Y he pensado que debería imitarle yo también, aunque, de probar mi autorridiculización ante Ana, lo único que lograría, dado que lo haría de forma patosa, sería perjudicarme.

Lo que más le intrigaba, nos ha dicho Sánchez, era cómo pudo llegar a hacer ese libro de los pasajes tan necios. Hablaba sin duda de una novela de su primera época, de *Walter y su contratiempo*. Le sorprendía que hubiera llegado a escribir ese libro estando tan borracho siempre, y aún más cómo pudo esa novela llegar incluso a ser aceptada sin mayor problema por su editor, que la publicó sin rechistar, quizás porque pagaba tan poco que no podía exigir mucho.

Era un texto, ha dicho, lleno de incongruencias, errores, algún que otro cambio absurdo de ritmo, todo tipo de dislates, aunque también —aquí ha querido sacar pecho— contenía alguna idea genial, consecuencia curiosamente de esos dislates. Se acordaba sólo en parte de la novela, su memoria del libro siempre era acuosa, como si sólo recordara el agua de los gin-tonics que bebía incesantemente mientras escribía aquellas memorias tan deliberadamente oblicuas de su ventrílocuo.

Después de decirnos todo esto que sonaba hasta exagerado, se ha callado en seco. Ana parecía cada vez más embobada con él, y eso me ha irritado tanto que me ha hecho recordar que, según declaraciones del otro día del propio Sánchez, está actualmente preparando un total de cuatro novelas autobiográficas al estilo de las del noruego Knausgård.

—¡Será posible! —he gritado en voz muy baja al pensar en esto.

Me han mirado los dos sin comprender qué pasaba, pero sin que les importara no comprenderme, lo que me ha revelado que allí yo no pintaba nada. He pensado en *Walter y su contratiempo*, porque era un libro que no me era desconocido del todo. Lo recordaba extrañamente bello a veces, otras, irregular y desquiciado, no lo había terminado, de eso estaba seguro. Si no recordaba mal, lo había abandonado hacia la mitad, porque había empezado a cansarme de que en cada cuento o capítulo de las memorias del ventrílocuo Walter incluyera uno o dos párrafos que no se sostenían por ninguna parte; párrafos inaguantables que, si no me equivocaba, él había justificado luego, en entrevistas posteriores a la salida del libro, diciendo que los había construido confusos a propósito, «por exigencias de la trama».

¡Por exigencias de la trama! Ésta no era muy férrea precisamente. A pesar de que el libro eran las memorias de un ventrílocuo, esa trama o línea de vida estaba compuesta —si no recordaba mal— de sólo unas cuantas «láminas de biografía». Parecía una vida de la que sólo se nos ofrecía el esqueleto: unos cuantos momentos significativos, junto a algunos más laterales, y otros apenas conectados con su mundo, como si formaran parte de la biografía de alguien que no era Walter.

—Cuando lo escribí era muy joven —ha dicho— y desaproveché mi talento, me parece. Hoy no puedo más que lamentarme por la novela que dejé escapar, que perdí por mi propia idiotez. Pero qué le vamos a hacer. Ya no tiene remedio. La gran suerte es que ya nadie se acuerda de ella.

Ha bajado la cabeza un momento y luego la ha levantado para decir:

—Hay días que hasta me pregunto si no la escribió alguien por mí.

Y ha estado a punto de mirarme.

Vaya uno a saber, he pensado aterrado, espero que no crea que fui yo quien la escribió.

4

Me he quedado medio dormido esta mañana, justo cuando un pobre principiante estaba descubriendo por fin de qué quería hablar y abría una investigación en torno a la repetición, que era el tema al que sin duda le habían llevado los tres primeros días de ejercicios de escritura. ¿No había ya intuido ese debutante que el proceso de escribir propiamente dicho era el que le permitiría descubrir qué era lo que quería decir?

A todo esto, una voz decía:

—La repetición es mi fuerte.

En fin. Cuando, aún medio dormido, he comprendido que el pobre principiante podría ser yo mismo, me he dado un susto más tonto que el del flaco Stan Laurel cuando en una película muda está medio dormitando y un ladrón introduce la mano por el respaldo del banco y, al tener él las manos cruzadas, confunde en su majadero ensueño la mano del desconocido con la suya propia.

Algo más tarde, mientras pensaba en el tema de la repetición, me ha parecido ver que, aun suponiendo que uno venza en su primera batalla como escritor y logre lo mejor —dicen que lo excepcional es encontrar el camino, hallar una voz propia—, esa especie de victoria puede acabar resultando un problema, pues contiene en sí misma el germen que tarde o temprano llevará al escritor a repetirse fatalmente. Pero eso no quita para que lo excepcional —ese tono o registro inigualable— no tenga que ser lo más deseable, pues nadie puede eludir la visión de esa brecha que separa al escritor con voz propia del aborregado coro literario de la gran fosa común de los escritores nulos, por mucho que, en el fondo, al final del gran camino, haya un único plato glacial para todos.

Claro que también se podrían enfocar las cosas de diferente forma y observar, por ejemplo, que no seríamos nada sin la imitación y otras actividades parecidas, y por tanto no es tan fiera la repetición como nos la presentan: «Digo asimismo que cuando algún pintor quiere salir famoso en su arte procura imitar los originales de los más únicos pintores que sabe, y esta mesma regla corre por todos los más oficios o ejercicios de cuenta que sirven para adorno de las repúblicas» (*Don Quijote*, capítulo XXV).

Dicho de otro modo: en sí misma, la repetición no es ni mucho menos nociva, ¿qué seríamos sin ella? Y, por otra parte, ¿de dónde sale esa creencia tan arraigada en algunos escritores muy autocríticos de que, si comienzan a repetirse, estarán empezando a marchar indefectiblemente hacia la perdición? No puedo entender de dónde sale tal creencia si en realidad no hay nadie en el mundo que no se repita. Porque, sin ir más lejos, si uno observa con suma atención el cine de Kubrick —de quien siempre se ha dicho que era admirable cómo cambiaba de género, de estilo, de temas; siempre se dijo que cambiaba mucho de una película a otra—, se quedará atónito al ver que en realidad toda la obra de este gran director está construida sobre un círculo cerrado de repeticiones obsesivas.

El temor a repetirse. Esta mañana, cuando estaba medio dormido, me ha entrado el famoso pánico, y eso que sólo llevo tres días con este cuaderno. Ante esto, sólo puedo decir que las mujeres tienen una admirable facilidad para sacarse mejor de encima todos estos problemas que sospecho que han sido más bien ideados por envidiosos que sólo pretenden paralizar a las mentes más creativas.

Las mujeres son más hábiles para pulverizar esas ridículas complicaciones que tanto agobian y masacran a los pobres hombres, siempre más tontos y atormentados que ellas, que parecen tener un sexto sentido que las ayuda a simplificar con inteligencia las dificultades. Pienso en Hebe Uhart, la escritora argentina, por ejemplo. Preguntada sobre si no temía repetirse, dijo que en absoluto, que de todo eso se salvaba gracias a los viajes, porque escribía sobre desplazamientos y éstos eran siempre diferentes; encontraba en ellos, en todo momento, cosas nuevas, la coyuntura la obligaba en cada uno de sus viajes a escribir cosas distintas...

También Isak Dinesen, por ejemplo, resolvía pronto este tipo de problemas: «Al temor a repetirse siempre puede oponerse la alegría de saber que avanzas en compañía de las historias del pasado». Dinesen sabía que era recomendable construir desde el ayer. En *Yo ya he estado aquí*, Jordi Balló y Xavier Pérez hablan del placer repetitivo que no impide nuevos e inesperados descubrimientos por parte de los creadores, y también de cómo el mercado cultural ha vivido muchos años del mito del valor único de la novedad, de ese mito de la novedad editorial que ha sido vulgarizado hasta extremos insoportables, precisamente porque este culto ha querido encubrir *las fuentes originales de las narraciones*: «En las ficciones de la repetición, en cambio, se reconoce que el encadenamiento con el pasado es sustancial a su materia narrativa. Y es esta conciencia la que convierte estas ficciones en territorio experimental, porque buscan la originalidad no tanto en la rememoración de su *episodio piloto* como en la capacidad potencial de este origen para desplegarse hacia nuevos universos».

&

Al caer la tarde, al recordar las palabras de ayer de Sánchez sobre su novela cargada de dislates y de momentos tan pesados, me he acordado del día de hará unos tres meses en el que me senté en la terraza del Baltimore muy cerca de un grupo de grises cuarentones, con aire de bohemios tirando a mendigos —era difícil dilucidar claramente lo que eran, aunque uno finalmente se inclinaba por lo primero, unos bohemios muy de medio pelo—, que no había visto nunca antes y que, tras haber hablado sucesivamente de mujeres, drogas blandas y fútbol, siempre en tono muy alto, terminaron contando embrolladas historias protagonizadas por perros.

Quien más intervino de los contertulios, el más brillante y también el más charlatán, resultó ser nada menos que un sobrino de Sánchez, del que no tenía yo noticia alguna porque, para empezar, no era del barrio, o al menos no le había visto nunca; me acordaría de haberlo visto porque su físico —de poderosas espaldas anchas— no era corriente y se reparaba fácilmente en él.

Escuchando las historias perrunas que iban contando todos —oídas por mí con un gran esfuerzo, pues cambiaron el tono de pronto y éste pasó a ser cada vez más bajo y casi secreto, como si quisieran impedirme que oyera sus barbaridades— acabé teniendo que escuchar —de refilón, pero oyendo algunos fragmentos perfectamente íntegros y nítidos— la increíble historia del perro de un escritor. Alguien acabó preguntando de qué escritor hablaban. Y entonces el sobrino sentenció:

—Hablamos de Sánchez. Del perro de Sánchez.

Y siguió una desagradable sarta de calculados insultos dirigidos a ese tío, al que llamó varias veces «el imbécil de la familia».

Excesivamente agresivo, el sobrino era un individuo que me pareció enseguida muy dependiente de la supuesta gloria de su famoso familiar. Muy dependiente era decir poco. En todo el rato que estuve observándolo, no dejó de parodiarlo o de atribuirle actos de estupidez, y sobre todo no dejó de masacrar su estilo literario con burlas sórdidas, recochineo siniestro, siempre sin la menor misericordia hacia el tío —o perro— maltratado.

Era fácil reparar en que al sobrino le perdía su descontrolada vanidad; se jactaba sin cesar de su talento, como si estuviera plenamente convencido de que era muy superior a Sánchez. En todo caso, de vez en cuando cometía errores que delataban que todo él era un grandísimo polvorín de envidia: «Y pensar que he renunciado a escribir multitud de poemas y de novelas cortas que, de haberlas publicado, habrían sido leídas con gusto por las futuras generaciones...».

¡Las futuras generaciones!

Qué forma de hablar, y todo indicaba que no iba en broma, sino completamente en serio. Para el sobrino, los escritores que triunfaban —no sabía detectarles ninguna otra clase de mérito— debían su éxito simplemente a haberse acoplado mejor que otros al mercado, a la industria del libro. Era igual que tuvieran talento, o estuvieran podridos de genialidad: todos los que triunfaban, ya por el solo hecho de haber conseguido lectores, no eran nada. Los que eran buenos de verdad, buenos a rabiar, eran unos cuantos autores marginales y marginados, unos desconocidos que estaban fuera, por completo, del sistema. Para estar entre esos héroes había que ser alabado por un crítico de Benimagrell, cuyo nombre y apellidos aún hoy no me suenan de nada, como tampoco aquel día me sonaba el pueblo de Benimagrell, aunque al volver a casa pude ver en internet que existía el pueblo, se hallaba en la provincia de Alicante, sin que constara de todos modos que hubiera nacido allí ningún tipo de crítico, al menos mínimamente conocido.

En honor a la verdad —porque aquí lo último que haría sería engañarme—, aquel día entendí que podría haber estado de acuerdo con algunas de las cosas que decía el sobrino odiador si no fuera porque hablaba con una cólera exagerada. Tenía algo de «sobrino de Rameau», aquel personaje con el que Diderot, quizás sin saberlo, anunció que venían tiempos en los que no habría contrastes éticos entre grandes tipos y ridiculizadores de los mismos. Pero también en honor a la verdad he de decir que, al conseguir olvidarme en gran parte de aquel tono colérico, así como de su capacidad para insultar, empecé a reconocer que el sobrino tenía su gracia, un ingenio poco habitual, especialmente en las frases más violentas. Por mucho que me pesara, aquel monstruo era un monstruo, pero tenía una cierta madera de escritor...

Simulé que iba a buscar algo a la barra del Baltimore para a la vuelta poder verlo de frente, de un modo más completo al que hasta entonces le había podido ver.

Fui a pedir una coca-cola de cereza a la barra (un tipo de coca-cola del que ya nadie se acuerda) y, como cabía esperar, ni la tenían ni sabían de qué les hablaba. Bueno, dije, pues entonces nada. Y emprendí el regreso a mi mesa, lo que aproveché para poder ver de frente y completo al monstruo, y lo que vi fue a un gigante presumido, de barba antiestética en la que —quizás para estar a la altura de los desgraciados que le acompañaban— parecía que hubieran anidado golondrinas...

Es curioso pero ayer, al ver a Sánchez en la puerta de La Súbita, ni me acordé de su sobrino y menos aún del crítico de Benimagrell. Pero en cambio no me he quitado de la cabeza al gigante de espaldas anchas a lo largo del día de hoy, porque he empezado a asociar mi encuentro de ayer con Sánchez con mi involuntario encuentro hace aproximadamente tres meses con ese sobrino odiador del que no he vuelto a saber nada. Y he observado que una y otra secuencia componían una leve trama novelesca: como si de pronto se hubieran puesto de acuerdo algunos sucesos autobiográficos para enhebrarme una historia con toques incluso literarios; como si algunos capítulos de mi vida cotidiana estuvieran confabulándose y pidiendo ser narrados y, además, reclamaran convertirse en fragmentos de novela.

Pero ¡esto es un diario! Lo grito para mí mismo y de paso me digo que nadie puede obligar a otra persona a hacer una novela, y menos a mí, que adoro tanto los libros de cuentos. Además, escribo aquí exclusivamente un diario, esto es un diario, no tengo ni por qué recordármelo. Aquí vivo la escritura como secreto, como actividad íntima. Es un ejercicio cotidiano que me sirve para ejercer de debutante en la escritura —primeras escaramuzas literarias con la vista puesta en el futuro— y también para no desesperarme por el estado de ruina en el que me han dejado mis negocios.

Esto es un diario, es un diario, es un diario. Y también es una reivindicación secreta de la «escritura de literatura». Así que no veo del todo bien que la realidad de la calle conspire para que tenga un rumbo novelesco lo que escribo, aunque debo agradecerle que me esté dando material para escribir pues, de lo contrario, quizás no tendría ninguno. Pero no. Me es imposible ver con simpatía que la realidad de la calle conspire, y menos aún que haya esta incómoda tensión entre novela y diario, tensión que debería acabarse ya.

5

Hablé ayer de esas ficciones que buscan la originalidad, no tanto en la rememoración de su *episodio piloto* como en la capacidad potencial de este origen para desplegarse hacia nuevos universos. Y ahora me pregunto qué pasaría si, a partir de la capacidad potencial de un original como *Walter y su contratiempo*, me planteara emprender la repetición de ese libro que Sánchez dice haber olvidado prácticamente.

Primero, tendría que ejercitarme largo y duro como principiante y no desviarme del camino. Pero más adelante podría aceptar ese reto, tal vez llevarlo a cabo en el mismo diario. Después de todo, estas mismas páginas son las que me han ido adentrando en la repetición, en el tema que ahora veo que parece concernirme más de lo que creía.

Un segundo tramo de mi vida de principiante podría ocuparlo la reescritura de *Walter y su contratiempo*. ¿Por qué no? Si llegara con un buen bagaje de prácticas de escritura, quizás hasta me atreviera a modificar del original todo cuanto creyera oportuno cambiar. Por ejemplo, lo más probable es que como mínimo, al repetirlo, le suprimiera los párrafos inaguantables de Sánchez, todos aquellos que el alcohol le hizo construir de modo confuso...

Y lo reescribiría todo para, por supuesto, vengarme a fondo de haber perdido tanto tiempo de vida en el caos de las inmobiliarias burbujeantes. Y también por puro juego. Pero no sólo por poner en marcha un juego de orden literario, sino por puro —llamémoslo así, yo ya me entiendo— «juego humano». Y también por tratar de ver qué se siente cuando uno se sumerge en una causa tan santa como justa: mejorar en secreto la obra literaria del vecino.

[PUTHOROSCOPO 5]

Prosa al caer la tarde. Leo el horóscopo sin apenas ya luz de día: «La conjunción Mercurio-Sol en Aries indica que sólo importa lo que usted haga, pero piense que finalmente lo que haga no está ahí más que para descubrir lo que de verdad quiere hacer».

¿Es esto un oráculo de periódico? Que yo sepa, no se escriben así. El resto de las predicciones de hoy para los otros signos no son filosóficas, sino simplemente normales. Por tanto, ella ha tratado la casilla Aries de un modo diferente a las otras. Da toda la impresión de que escribe sabiendo que la leo. Tanto si es así como si no, me es imposible evitar una interpretación de su mensaje de hoy. Parece que en él esté diciendo que todo cuanto vengo haciendo en este diario va a conducirme a saber lo que de verdad quiero hacer. Es como si hubiera querido decir esto: «La conjunción Mercurio-Sol en Aries indica que sólo importa la obra, pero finalmente la obra no está ahí más que para conducir a la búsqueda de la obra».

Y ahí no acaba todo, porque si ella —improbable, lo reconozco, pero me gusta pensarlo— ha querido señalar esto, yo aún lo modificaría diciendo: «La conjunción Mercurio-Sol en Aries indica que tu libre repetición de *Walter y su contratiempo* podría acabar convirtiéndose en la búsqueda de tu propia obra».

Puesto que esa posibilidad acaba de pasarme por la cabeza, no la excluyo. Si acabara produciéndose esa búsqueda y ésta, como sería lo más lógico, se eternizara, la supuesta sugerencia *horoscopal* de Peggy estaría dando entrada a la sombra del gran Macedonio Fernández, el escritor que dedicó años de su vida a *Museo de la novela de la Eterna*, el libro que no pasó nunca de proyecto, pues jamás llegó a iniciar el relato y el preámbulo fue montado a base de búsquedas, reflejadas en múltiples prólogos. Macedonio fue una especie de Duchamp de la literatura. Así como éste jugaba al ajedrez en un bar de Cadaqués, Macedonio Fernández tocaba la guitarra en un fogón: el rasgueo era en el fondo su marca distintiva, el sello de su prosa a ninguna parte.

Museo de la novela de la Eterna es el libro incompleto por excelencia, pero no simula en ningún momento haber quedado inacabado. Es incompleto porque ésa es su propia naturaleza. Si además hubiera sido un libro *póstumo*, se habría acercado más a la clase de texto que un día quizás intente realizar: ese libro que parecería interrumpido pero en realidad estaría por completo terminado.

El otro día leí que en un museo de Nueva York había una exposición sobre obras inacabadas. Había piezas de Turner, ninguna de ellas expuesta en vida del autor: se trataba de esbozos para otras telas, y faltaban los puertos, los barcos, las insinuaciones mitológicas. Había también una batalla de Rubens donde la parte alta de la tabla había sido terminada con virtuosismo y la baja se encontraba, en cambio, sólo esbozada, mostraba el esqueleto de lo que iba a hacerse, como el museo Pompidou de París, que no tiene una fachada tradicional, su fachada muestra la propia estructura del edificio, su interior puro y duro. De forma involuntaria, Rubens aparecía ahí en una versión ultramoderna —casi de arte de vanguardia contemporánea— porque ofrecía un comentario sobre su propio trabajo: entregaba un campo de batalla y el método para construirlo.

Quien comentaba esta noticia decía que el arte contemporáneo no ofrece obras *terminadas*, sino inconclusas para que el espectador las complete con su imaginación. Esa exposición de obras incompletas, seguía diciendo el comentarista, describía en realidad la forma en que miramos hoy en día cuando las obras no bastan y necesitamos un hueco, una fisura para completarlas.

Esa fisura tiene, según creo yo, algo de señal secreta. Me recuerda a un aforismo de Walter Benjamin en *Sombras breves*: «Signos secretos. Todo conocimiento ha de contener en su interior alguna pizca de contrasentido, al igual que en la Antigüedad los dibujos de los tapices o los frisos se desviaban un poco en algún sitio respecto de su curso regular. Dicho de otra manera, lo decisivo no es el avanzar de un conocimiento a otro, sino la brecha que se abre en cada uno de esos contrasentidos». Esa fisura que se abre nos permite añadir detalles nuestros a la obra maestra inacabada. Hoy en día, sin esas brechas que abren caminos y hacen trabajar a nuestra imaginación y son la marca de la obra de arte incompleta, no podríamos seguramente ya ni dar un paso, tal vez ni respirar.

&

Tal vez lo que más recuerdo de la novela de mi vecino es que venían a ser las memorias del ventrílocuo Walter, unas memorias narradas con unos cuantos elementos distribuidos con sutileza a lo largo de los relatos: una sombrilla de Java, un barbero de Sevilla, la ciudad de Lisboa, un amor truncado... Esas memorias, si mal no recuerdo, se centraban en el conflicto principal de Walter, un ventrílocuo que luchaba con el grave contratiempo que para su oficio representaba tener una única voz, la famosa voz propia que tanto ansían encontrar los escritores y que para él, por razones obvias, significaba un problema, que acababa superando cuando conseguía disgregarse en tantas voces como relatos o láminas de vida contenían esas memorias.

Esto es lo que más recuerdo de *Walter y su contratiempo*, que pienso releer en los próximos días. En su momento, cuando lo leí, no pasé en realidad de la mitad del libro, aunque me asomé, eso sí, al capítulo final —lo hago a menudo, cuando quiero abandonar una historia pero al mismo tiempo saber cómo acaba— y supe que el ventrílocuo huía de Lisboa y, tras cruzar por variados países, se arrojaba al centro de un canal donde había una espiral que penetraba el globo terrestre y, cuando ya parecía que nuestro hombre se había extraviado en aquella oscuridad sin fin, la espiral le rebotaba hacia arriba y le hacía volver a emerger para dejarlo en una región extraña y remota de la tierra, donde él, lejos de desorientarse, empezaba a ejercer de narrador en el centro histórico mismo de las fuentes del cuento, en la antigua Arabia feliz.

El libro, en el fondo —me pareció intuir el día aquel en que leí en diagonal aquel final—, era un viaje a los orígenes del cuento, al pasado oral de éste.

6

¿Qué daría yo, principiante inclinado sobre un rectángulo de madera en su despacho, qué daría por tener esa voz propia que al ventrílocuo le representa tan tremendo contratiempo para poder desarrollar su oficio?

Nada daría, porque ni siquiera lo veo como un asunto que me ataña realmente. Porque no soy ventrílocuo, y tampoco es que sea precisamente un escritor, sólo un diarista en pruebas, que anda por su despacho estudiando qué aspecto puede tener ese insecto, ese oscuro parásito de la repetición que siempre está mermando el vigor de las hojas verdes, o corroyendo el papel escrito, y ocultándose en las mil vueltas que da la vida.

Andaba pensando en estos términos —ensayando lo que después quizás pasaría al ordenador— cuando he visto en plena Diagonal a una mujer en la que, en un viaje de hace años, nos fijamos mucho Carmen y yo cuando por una avería se detuvo el Transalpino en la estación de Kirchbach. Me ha parecido tan increíble, por no decir imposible, que fuera aquella misma mujer que un día viéramos fumando con elegancia frente a la nieve y de la que ni siquiera llegamos a saber nunca el nombre, que me he preguntado si, en mi ansiedad por comentar en el diario sucesos cotidianos y alejarme de la amenaza de novela, no estaría yo mismo deseando ver demasiadas cosas que no estaban.

Me he acercado más y, como cabía esperar, no era la mujer de Kirchbach. Ya en el mismo tramo exacto de la Diagonal —un paso de peatones que conduce a la calle Calvet— me había inquietado, hacía unos meses, otra mujer. Y seguramente esto es lo que me ha hecho pensar que ese tramo tenía algo extraño que no debía perder de vista. En esa primera ocasión de hacía meses —muy pocos días después de que mis negocios se hubieran hundido del todo—, la joven desconocida, que iba unos metros delante de mí hablando por móvil, dio un grito repentino y rompió en un fuerte llanto que la hizo ir doblegándose sobre sí misma y caer de rodillas al suelo.

De modo que ésta es la famosa realidad, pensé aquel día. Ésa fue mi fría y única reacción inicial al ver caer de aquel modo a la joven. Una reacción por mi parte a cámara lenta, quizás porque, desde el cierre de mis negocios, andaba abstraído por la calle, inmerso a todas horas en mi mundo mental, paralelo al real.

Volver sobre lo sucedido aquel día —acabé averiguando que a la joven le habían comunicado la muerte de un ser querido— me ha hecho ver que aquella transeúnte estaba en la vida y tenía sentimientos y yo estaba, como ella, en la misma vida, pero con menor capacidad de sentir, de sentir de verdad, quizás sólo sabía sentir con la imaginación. Y no sólo me ha hecho percibir esto, sino que a ella he empezado a verla como una persona admirable y hasta envidiable, porque sólo contaba con su vida y nada más, y quizás por eso sentía con tan verdadera fuerza su dolor, mientras que yo iba dibujando el humo de

46

un mundo paralelo que me dejaba algo incomunicado de la vida real.

La verdad es que hoy he llegado a dar incluso un paso hacia atrás, casi de miedo, al ver que no se trataba en absoluto de la mujer de Kirchbach. Pero es que no entiendo qué esperaba yo. ¿Cómo quería que aquella mujer fuera la que pensaba? Me he dado cuenta de que últimamente ha habido días en los que he pensado en algo y mi vena caprichosa ha querido verlo instantáneamente frente a mí, allí mismo donde me encontrara, como si me creyera capaz de crear yo mismo la realidad.

Nota breve: ese mayor apego repentino a lo real quizás sea la primera consecuencia de llevar ya seis días en estos ejercicios de escritura. En cualquier caso, he decidido incluir igualmente el suceso de la mujer de Kirchbach en el diario. Pero he tenido la impresión de que se trataba de un hecho que acabaría olvidando antes de regresar a casa. Y así habría sido de no ser porque el suceso ha ido ligado esta mañana estrechamente a la aparición de Sánchez de golpe en mi campo visual: mi ilustre vecino se hallaba apoyado en una pared, fumando, con la mirada perdida, junto al escaparate de una tienda de ropa de la calle Calvet.

Al acercarme más, no he tardado en darme cuenta de que estaba esperando a Delia, su mujer, que se encontraba mirando ropa dentro de la tienda. Me ha sonreído con desgana al verme y ha tirado el cigarrillo con algo de asco y de teatro, como si quisiera decirme que fuma pero que ya no le fascina hacerlo. He tenido la impresión de que no le gusta que su mujer le deje ahí parado en medio de la calle, porque él se convierte en un flanco asequible para peatones que hayan leído sus libros, peatones como yo, sin ir más lejos.

Aunque con rictus de fastidio y mirada de superioridad, me ha hablado con la naturalidad y franqueza con que lo hizo también el otro día en la puerta de La Súbita. Me ha dirigido la palabra para decirme que los sábados son tremendos. Inmediatamente he querido saber por qué. Porque se abren siempre al diálogo, ha dicho.

Al principio, como soy paranoico, he creído que lo decía porque se había vuelto a encontrar conmigo y quizás hoy no se sentía tan cortés como la anterior ocasión y, además, temía que le arrastrara a alguna plática. Pero no, las cosas no iban por ahí; sucedía que los sábados los dedicaba a Delia, que sólo le permitía trabajar de nueve a once de la mañana en el artículo periodístico que publica los domingos. A las once, según el pacto que tenían establecido, llegaba la hora del paseo y la vida social, el diálogo, la apertura al exterior. Me ha contado todo esto de repente y, por lo tanto, de algún modo —como si nos conociéramos de toda la vida— se ha desahogado conmigo.

Estaba seguro, me ha dicho, de que no le habían engendrado de ningún modo para los fines de semana. Con todo, reconocía que tenían que ser todo un lujo esos dos días enteros de libertad de los que disfrutaba la gente corriente. (Me ha mirado como si yo perteneciera a esa clase de gente corriente y me ha perdonado la vida.) De hecho, ha seguido diciéndome, siempre había envidiado los fines de semana de todo el mundo. Para él, un sábado y un domingo eran una tortura de tedio, de frustración, a lo que había que añadir el amargo esfuerzo de tener que hacerse pasar por un ser humano. Cuando no estaba sentado ante su escritorio, se sentía vacío, «como una piel despellejada sin huesos», ha precisado. Y le he creído, aunque me ha parecido que esto último no podía acabar de creérselo nadie, ni siquiera él mismo.

Le he preguntado de qué hablaría mañana en su columna.

—De la fascinación —ha dicho.

Lacónica y misteriosa respuesta.

¿De la fascinación, así, en general? De la que tenemos, ha dicho, por fragmentos de libros y películas que no entendemos. Mañana hablará de *El sueño eterno*, por ejemplo, de una escena en la que Lauren Bacall canta en un tugurio, y nunca ha estado claro por qué. Hablará de cosas que salen en las películas o en los libros y que no tienen el menor sentido, pues carecen a todas luces de cualquier relación con su contexto.

En ese momento ha salido Delia de la tienda; iba muy feliz, luminosa, y ha querido saber de qué reíamos. Como en modo alguno nos reíamos, no hemos sabido qué contestar y, algo oscuros y ridículos los dos, hemos permanecido mudos durante unos largos segundos. Se oía perfectamente el ruido del agua que caía de una fuentecilla barcelonesa cercana, un sonido poco musical, sonido de chapoteo o golpeteo.

—Decíamos, Delia, que tienes nombre de serie negra —ha dicho Sánchez, sin duda improvisando sobre la marcha.

Y ella entonces ha querido saber si era por *La Dalia Negra* que decíamos aquello y a mí no se me ha ocurrido nada mejor que mirar a Sánchez y decirle que, en efecto, los sábados son tremendos. Lo he dicho en un intento de dar un paso más en mi relación con él o, mejor, con los dos. Pero enseguida me he dado cuenta de la gran metedura de pata, porque era él quien me había dicho que los sábados eran tremendos y me lo había dicho porque su mujer ese día de la semana le obligaba a ir de compras. He quedado por momentos compungido y me ha parecido que Delia me pedía una explicación en lugar de pedírsela a su marido.

Comentando lo primero que se me ha ocurrido para tapar esa frase, he preguntado —como si fuera un admirador de su obra— qué época del año era mejor para escribir. Verano, ha dicho Delia. El verano es la época menos propicia, ha dicho Sánchez, pues él tiende a salir al aire libre, mientras que, en cambio, de octubre a febrero es tiempo de encierro, ideal para la liberación de energías mentales.

Mientras mantenía mi cara de ignorante, pensaba —perversamente, porque me gusta aparentar que he leído poco— en un verso de Mallarmé.

«El invierno lúcido, estación del arte sereno.»

&

Durante unos minutos hemos subido por la calle Calvet, sin saber yo adónde íbamos. Se mezclaba la agradable brisa con el ya potente sol de primeros de julio y diría, sin miedo a exagerar, que la mañana era perfecta, aunque la situación de andar subiendo una cuesta con aquel matrimonio con el que nunca antes había paseado lo volvía todo complicado, entre otras cosas porque no tenía claro qué estaba haciendo allí, caminando y conversando con tanta normalidad con ellos, que en momento alguno me habían pedido que los acompañara.

Me ha parecido de pronto un momento inmejorable para comentarle a Sánchez que me planteaba reescribir su novela casi olvidada. Informarle de aquello iba a dar incluso sentido a que estuviera paseando en aquel momento con ellos. Pero enseguida he recordado que había decidido no decírselo y que, por otra parte, no necesitaba encontrarle un sentido a nuestra caminata, bastaba con poner un pie detrás de otro y seguir la marcha.

Consciente ya de que decirle que iba a reescribir *Walter y su contratiempo* era meterse en un lío descomunal, he terminado no atreviéndome ni a insinuar el tema. No he querido olvidarme, además, de que nuestro trato no fue nunca especialmente fluido o de rango amistoso a pesar de los muchos años que ya llevamos de vecinos, sino siempre fríamente cordial: un trato entre dos personas que en ocasiones conversan de asuntos triviales y en otras ni se miran a los ojos para escabullirse del saludo. Que ahora estuviéramos caminando y hablando como si nos conociéramos de toda la vida me creaba una cierta inquietud, por lo extraordinario quizás de la situación. Pero no quería engañarme a mí mismo. Sánchez tenía un notable punto vanidoso, probablemente se creía superior a mí en todo. En realidad apenas sabía nada de él, lo mismo me sucedía con tantos otros vecinos del Coyote, todos unos extraños; la mayoría, inaccesibles, cordiales pero distantes, a veces ni siquiera cordiales.

Así que finalmente he optado por no informarle de que algún día, cuando me sintiera debidamente preparado, iba a reescribir su vieja novela. Pero le he dicho en cambio que, desde que hace tres días me hablara de ella, había pensado en encontrar tiempo para buscar *Walter y su contratiempo* en mi biblioteca y echarle un vistazo.

Me ha parecido que su cara palidecía de terror.

—¿Un vistazo? Pero ¡si ya no la lee nadie! —ha dicho, y creo que le ha salido del alma esa indirecta recomendación de que deje en paz su libro equivocado.

En realidad, al decirle que iba a encontrar tiempo para buscar su vieja novela, le he mentido, ya que precisamente di con ella anoche y leyendo la contracubierta estuve refrescando mi memoria.

De los diez relatos del libro, nueve habían sido escritos por cada una de las distintas voces del ventrílocuo. Porque, superado en el primer capítulo su contratiempo de tener una voz propia —algo que lógicamente le agarrotaba y paralizaba del todo—, Walter se desparramaba en tantas voces —nueve— como capítulos les quedaban a sus sesgadas memorias. Los capítulos eran cuentos y los cuentos eran capítulos. Y lo que el lector encontraba en ese libro eran unas memorias contadas por Walter, pero también una novela que a su vez era un conjunto de relatos. Eso al menos se leía en la contracubierta, y yo en su momento, aunque lo había abandonado hacia la mitad, me había formado una buena visión del conjunto del libro, y aún la conservaba.

Detrás de las distintas voces correspondientes a cada uno de los cuentos se hallaban camufladas unas «imitaciones, a veces paródicas y otras no, de las voces de los grandes maestros del cuento», y así, detrás de quien narraba el primer relato —el capítulo inicial de la novela—, se hallaban una voz y un estilo influenciados por John Cheever; detrás de quien narraba el segundo cuento, una voz que parecía haber caído bajo el influjo de la prosa de Djuna Barnes; detrás del tercero, alguien que pretendía evocar el inimitable estilo de Borges; detrás de *Algo en mente*, el cuarto relato, estaba un narrador que utilizaba una estrategia narrativa muy característica de Hemingway; detrás de *Dos viejos cónyuges*, las huellas del rocoso estilo de Raymond Carver...

En fin, no me he atrevido a decirle a Sánchez que anoche, aunque muy superficialmente, había estado revisando su libro de hacía treinta años y eso me había permitido recordar que los relatos se hallaban todos encabezados por un epígrafe del correspondiente «gran maestro del cuento», lo que le daba un sello muy concreto a cada capítulo. Y puesto que no he querido decirle que había revisado por encima *Walter y su contratiempo*, obviamente tampoco he querido referirme al asunto de los fragmentos densos y calamitosos de los párrafos inaguantables cuando no directamente ebrios que él justificó en su momento diciendo que eran insoportables sólo por exigencias de la trama.

Yo seré un principiante en la escritura, pero tengo un largo recorrido de años como lector avezado y no se me escapa que Sánchez tendría que haber simplemente eliminado aquellos párrafos. Y más teniendo en cuenta que había, por lo menos, uno o dos, a veces incluso tres fragmentos confusos en cada uno de los capítulos. En ellos el narrador —generalmente el propio ventrílocuo, que era quien organizaba sus memorias— se mostraba particularmente lento y mareado, viscoso y enormemente espeso, denso con escasa fortuna en la pesadez, como si tuviera la cabeza a punto de estallar, como si su talento narrativo fuera de repente a la deriva: una escritura más propia de una persona en estado resacoso y huevón que otra cosa.

Tampoco he querido comentarle que *Walter y su contratiempo* recordaba a esa época, especialmente en Francia a finales del xix, en la que el cuento representaba para algunos escritores algo así como un género que se oponía a la novela, como un género que la superaba o la esquivaba; el signo de una nueva estética.

No he querido decirle nada de todo esto, pero no sé cómo ha sido que le he dicho que de *Walter y su contratiempo* lo que más recordaba era el extraño caso de los fragmentos densos y confusos. ¿Se acordaba él de ellos? He esperado a ver qué me decía, pero su silencio ha sido largo, como si le doliera que le hubiera recordado eso precisamente. «La suerte es que ya nadie se acuerda del libro», le había dicho él hacía bien poco a Ana Turner. Y seguramente acababa de causarle un daño irreparable. Le he mirado para confirmar su incomodidad y me ha parecido que en realidad Sánchez estaba incluso furioso y pensaba: uno puede hablar mal de un libro suyo, pero que lo haga el vecino es muy distinto.

&

Al doblar por la calle Rector Ubach, ha roto Sánchez el silencio para decirme, con voz amable que ocultaba casi seguro un malestar de fondo, que a esos pasajes dentro de los cuentos un crítico los calificó en su día de «momentos mareantes», y quizás dio en el blanco. Obviamente, ha seguido diciéndome, siempre fue falso que colocara los fragmentos espesos a propósito.

A partir de ahí, ha empezado a atropellarse a sí mismo hablando. Y creo que se ha dado cuenta de que estaba pagando un alto precio por haber dicho delante de mí, en su flirteo del otro día con Ana Turner, que había escrito una mala novela en el pasado.

En cada uno de esos «momentos mareantes», ha comenzado a decirme, en uno detrás de otro, sin excepción, lo único que había sucedido era que había sufrido siempre las consecuencias de su desmadre etílico de la noche anterior. Al publicar el libro de aquel modo tan loco, sin tan siquiera corregirlo mínimamente, tuvo luego que inventarse algo para justificar aquellos impresentables «baches mareantes» que no faltaban en ninguno de los capítulos y fue cuando dijo a la prensa que eran fallos creados por él mismo de forma deliberada, con la idea de mostrar al mundo que «los grandes maestros del cuento» —así definió su selección de diez narradores— también tenían momentos irregulares, pues no eran dioses, sino personas. Baches creados a propósito por él mismo, les dijo a todos los periodistas. Baches para que se viera que las obras principales de los dos últimos siglos eran obras maestras imperfectas, pues los mejores autores asumieron, en las estructuras mismas de su narrativa, el caos del mundo y la dificultad de entenderlo y de expresarlo... Eso les dijo a todos los periodistas, pero sólo para disimular y para que no se metieran demasiado con aquellas páginas tan estúpidamente densas. Sin duda, podría haber corregido los «momentos mareantes», pero en esos días no tenía tiempo para tomarse tantas molestias, pues tenía un ansia desaforada por publicar, una prisa grandiosa (que ha calificado de muy mala consejera), necesitaba dinero y ser conocido; pensaba que, si publicaba libros, estaría en los escaparates y encontraría más trabajos de escritura y podría así ir sobreviviendo.

—Dije todo aquello para disimular, así de sencillo. Ni te imaginas la tranquilidad que da, tras publicar el libro, difundir que tus cuentos llevan fragmentos raros a propósito, que los llevan para demostrar que no sólo son imperfectos, sino que todos los grandes maestros del cuento tienen un lado muy pesado. Lo mejor fue que la coartada funcionó. La mayoría de la gente creyó que había hecho un ejercicio experimental muy interesante, aunque plomizo, eso no había quien me lo quitara.

—Arrepiéntete, cabrón —ha intervenido Delia inesperadamente, he tardado un poco en ver que bromeaba.

Sánchez se ha detenido y ha encendido pausadamente un cigarrillo, como si creyera que éste iba a calmar su excitación.

—De rodillas, pecador —le ha dicho Delia con una mirada de odio que cabía pensar que era fingida, pero no era algo que se viera muy claro.

Mientras tanto, yo pensaba: vaya idea, no está nada mal, publicas el libro y te buscas de inmediato una excusa por no haber estado a la altura de John Cheever, por ejemplo. Ni a la altura de Djuna Barnes. Ni de ninguno de los que para ti son «los grandes maestros del cuento». Te evitas así a los moscardones que sólo quieren joderte con sus críticas. Y cuando llega la noche, hasta puede que duermas mejor.

Y he pensado también que, bien mirado, no podía ser más cierto que los grandes maestros eran imperfectos.

A todo esto, Delia sonreía, ahora enigmática.

¿Por qué aquella risa y por qué tan misteriosa? Quizás Delia era enigmática sin más, sin que eso necesariamente tuviera que encerrar misterio alguno.

Qué me importaba Delia y qué me importaba todo. Además, no estaba para muchos enigmas. Pero, si lo pensaba mejor, vería que sí me importaba todo aquello, muy especialmente la excesiva tensión que dominaba aquel encuentro, así como las palabras algo sobrepasadas de Sánchez, su nerviosismo, la metralla reiterada de sus convulsas frases, lo forzado de la situación.

¿Acaso me habían invitado a subir con ellos por la calle Calvet y a doblar por Rector Ubach? Me había metido en realidad en todo aquel lío, iba pensando yo, por ganas de jugar y quién sabe si también por ganas de aprender a escribir y por ganas de conocer mejor al hombre al que algún día le iba a copiar —seguramente para mejorarla— una novela olvidada.

Me he separado de la pareja al llegar a la altura de la calle Aribau. Temía que en cualquier momento Sánchez fuera a pedirme explicaciones y a decirme que dejara en paz sus cosas. Y yo sabía que, en el caso de que él dijera algo de ese estilo, me sentiría un ridículo fisgón y un entrometido y se me caería literalmente la cara de vergüenza.

—Adiós, Mac —me ha dicho como si me conociera de toda la vida, como si siempre me hubiera llamado por mi nombre.

—Hasta la vista —ha dicho Delia.

Y yo he empezado a separarme de ellos y he pensado en lo poco que conocía esa zona alta del barrio del Coyote, lugar que en mi imaginación había reinventado secretamente en los últimos años, transformándolo en un lugar terrorífico, no sé por qué, si era muy parecido al Coyote Sur.

[PUTHOROSCOPO 6]

«Procure cultivar relaciones involucradas en un proyecto que, aunque lento, presenta grandes perspectivas.»

Se refiere Peggy, quizás, a las grandes perspectivas que me abre la idea de repetir en secreto la novela de Sánchez, y también a que hoy sábado he cultivado relaciones importantes.

Como sea que en el periódico colocan una dirección de e-mail al lado de Peggy Day, he tenido un ataque súbito de osadía y, en un momento de impaciencia nerviosa, de inquietud por saber si llegó a sus oídos lo que dije de ella en público hace poco, y también en un momento de debilidad —demasiado bañado en ginebra—, le he escrito esto:

«Soy Mac Vives, quizás me recuerdes, S'Agaró de hace cuarenta años. Si llovía, escuchábamos la lluvia. Y también los truenos. Si no llovía, nos personábamos descalzos en la entrada del Flamingo, donde nuestros bailes no tenían final. Ansiaba protegerte del mundo aun cuando probablemente no lo necesitabas. Me fui de tu vida como quien se va de una frase. Disculpa al irresponsable que fui. Y que sepas que acertaste hoy al prever lo que me iba a ocurrir. Porque es verdad, he comenzado a cultivar con fuerza una relación que habrá de llevarme a grandes cosas. Tuyo, Mac».

Después de enviar el e-mail, me he dado cuenta de que podría haberme evitado esa locura, pero ya era tarde para remediarlo. Y he comenzado a andar medio noqueado por la casa, como si el error de haber enviado aquel e-mail me hubiera dejado mucho más que desorientado. Para rebelarme contra mi desconcierto, he decidido irme al dormitorio sin apagar las luces de la casa, es decir, derrochando energía, pero no por derrocharla de cualquier manera, sino sólo porque me ha parecido que el exceso en sí mismo puede sentirse como vida y, de una forma curiosa, hacernos sentir más vivos.

&

Me despierto, me levanto para anotar lo único que recuerdo del final de mi pesadilla. Alguien, con obstinación, me estaba diciendo:

—Es que, mira, es muy raro querer escribir la novela del vecino.

7

Carmen ha tenido que ir con urgencia a su taller de restauración de muebles, su boyante pero a veces empreñador negocio, porque la obliga a hacer cada vez más horas extras inesperadas. Por si fuera poco, le han salido demasiados clientes, y se nota que a la larga eso acabará siendo un problema, porque a este paso tendrá que trabajar todos los domingos. Le he preguntado si volvería pronto y he descubierto —porque así me lo ha dicho— que yo tenía una rara habilidad para ponerla de mal humor. Tantos años casados y con tres hijos ya hechos y derechos y los tres ya bien situados en el mundo y yo sin saber que poseía esa rara pericia para ponerla a ella de mal humor con sólo preguntarle a qué hora volverá a casa.

He bajado al garaje con Carmen y, con cautela, dado lo susceptible que estaba, he subido a su coche y le he pedido que me dejara en el quiosco de periódicos.

—Pero si lo tienes a cuatro pasos... —ha protestado.

Ni he respondido, porque temía la explosión de su mal humor peligroso.

Ya en el quiosco, me ha fastidiado que, como todos los domingos, hubiera cola y tuviera que esperar mi turno; pero sobre todo me ha molestado porque la mayoría de los que van a comprar prensa ese día son los mismos que no leen nada el resto de la semana. De hecho, van al quiosco los domingos igual que antes, al menos en mis años de adolescencia, se iba ese día a las pastelerías, donde había colas de espera que resultaban a veces interminables. Claro que en el Coyote hay, además, un aliciente añadido a la hora de comprar la prensa dominical: se va también para admirar los pechos de la quiosquera.

Cada barrio con su tema.

Sentado en el Black Bar, me he quedado pensando por momentos en que, como no veo para nada un final cercano a mi estado de principiante, creo que voy a sentirme muy cómodo en la onda de Macedonio, el Duchamp de la literatura.

Tenía tres periódicos para leer, pero me he entretenido pensando en esto y también en algo que me ha llamado últimamente la atención: que haya tantos narradores que se crean preparados para escribir una novela; se sienten tan increíblemente preparados que en su inagotable vanidad están convencidos de que la harán y la harán muy bien, porque para ello se han instruido durante años, son inteligentes y leídos, han estudiado la literatura contemporánea y, como han detectado dónde fallaron los otros novelistas, se sienten preparados para todo, especialmente desde que compraron tanto una buena silla que no les destroce la espalda como un perfecto procesador de textos.

Después, cuando no logran llevar a cabo la novela que tan platónicamente habían soñado, algunos enloquecen. Para la ensayista Dora Rester, redactar una novela es escribir los fragmentos de un intento, no el obelisco completo: «El arte está en el intento y ese modo de entender lo-que-está-fuera-de-nosotros usando sólo lo que tenemos dentro de nosotros es uno de los trabajos emocionales e intelectuales más duros que se pueden hacer».

Yo no iría tan lejos. O sí. No lo sé, pero es verdad que en esto de proponerse una novela es recomendable ir paso a paso, moverse con afilada cautela. Con decir que yo voy a obrar con mucha precaución, y eso que sólo aspiro a reescribir la de Sánchez...

&

Cuando a la hora de comer he ido a buscar a Carmen al trabajo, la he encontrado de un mal humor insuperable, aunque pronto ha empezado a esforzarse por aliviar la tensión que ella misma ha conseguido que circulara entre los dos. Pero ha durado poco su esfuerzo y enseguida ha vuelto a estallar el conflicto. Yo quería ceder en todo y perder lo antes posible en la discusión con ella, pero ni eso me ha permitido, lo que ha acabado llevándome a intentar que reconociera que es víctima de depresiones caprichosas y por tanto debería tomar algunas medidas al respecto. También he querido que viera que, si estaba en su ánimo seguir quejándose de la casa y proponer cambios en ella (arreglo de la cocina, etc.), sería bueno también que pensara que, como bien sabe, no me he arruinado del todo, pero tampoco es que lo tenga fácil para aportar capital a las reformas.

Como cabía esperar, se han puesto peor las cosas cuando le he dicho todo esto, y no ha parado de gritarme por la calle. Y finalmente, cuando hemos llegado al Tender Bar, justo cuando ya sólo pensaba en separarme de ella —me quedaría sin apoyos económicos, pero a veces me planteo separarme para abandonar la idea siempre pronto—, ha empezado a caer una tormenta de verano de mil diablos y, en mi nerviosismo, hasta me ha parecido que el viento cambiaba dos veces de dirección.

La lluvia lo ha invadido todo y quizás nunca me había sentido como hoy, tan atrapado emocionalmente. Lejos además, para colmo, de mi escritorio y también de mi diario, lo que me ha hecho ver que, en el espacio de una sola semana, ambos han acabado por volverse imprescindibles.

De repente, he sido invadido por una inquietud muy simple: ¿no me estaré convirtiendo en otra versión de esa «piel despellejada sin huesos» en la que decía convertirse Sánchez cuando estaba fuera de su escritorio? ¿O tal vez he empezado a sentirme en la piel de John Cheever, el escritor que, con su talento sumergido a veces en negrísimas espesuras, se halla detrás de *Yo tenía un enemigo*, el cuento que abre *Walter y su contratiempo*?

En ese primer capítulo del libro de mi vecino, el narrador tiene una voz cercana a la de Cheever cuando en sus tensos diarios discurseaba sobre asuntos mundanos y, tras cada sorbo potente de ginebra, pensaba siempre en divorciarse.

Yo, últimamente, cuando pienso en separarme de Carmen, me pregunto por qué no ir a La Súbita a ver a Ana Turner. Ir a verla y no tomar ninguna precaución, actuar sin reserva alguna: entrar con paso decidido y jugármelo todo a una carta al proponerle que nos fuguemos. Saldría mal, lo sé, no le intereso nada y, además, no puedo financiar ninguna fuga ni nada parecido, pero me gusta pensar que debería intentarlo para al menos olvidarme momentáneamente de mi última bronca con Carmen y quedarme algo más en paz conmigo mismo.

Yo tenía un enemigo, donde la voz del narrador imita

bien la de Cheever, es el relato con el que el propio ventrí-locuo abre sus oblicuas memorias diciéndonos que tiene desde hace tiempo un perseguidor llamado Pedro, una especie de «odiador gratuito» que de un modo muy persistente trata de mermar su moral, y lo logra en ocasiones: una especie de Moriarty muy de andar por casa.

Puesto que todos sus males proceden de ese perseguidor, Walter acaba atribuyéndole también a su tan gratuito enemigo el lamentable hecho de no disponer más que de una sola voz, lo que tan seriamente viene dificultando su trabajo con los muñecos, con sus marionetas. Las desgracias se suceden con regularidad asombrosa hasta que llega una noche verdaderamente sorprendente, no sólo porque en ella se produce la súbita desaparición de su odiador —que bajo una luna llena perfecta viaja a los Mares del Sur para ya no volver—, sino porque el ventrí-locuo pierde por completo su voz.

No es que Walter se quede afónico, sino literalmente mudo, y cree, además, que es el final de todo y que ya nunca más hablará y no se podrá ganar la vida con nada. Sin embargo, días más tarde se empieza a desvanecer su afonía grave y va recuperando las palabras y descubre con asombro que, con la paulatina vuelta del habla, va recobrando la gran variedad de voces que un día tuvo y que perdió por culpa de su tenaz disidente íntimo, por culpa de su obstinado enemigo particular, por culpa de su enojoso odiador gratuito, el fantasmón de Pedro.

Vencido el obstáculo de aquel enemigo que le obligaba a tener una sola voz —«la voz propia tan ansiada precisamente por los novelistas»—, el ventrílocuo con aires estilísticos de John Cheever remata el cuento diciéndonos:

«La desaparición de mi odiador me permitió recobrar todas mis voces, por lo que espero que siga mucho tiempo en los Mares del Sur y no regrese nunca más de los jamases; seguro que allí, en alguna remota y sucia isla del Pacífico, en una choza con techo de paja, junto a cuatro babosos hermanos maristas, guarda el tal Pedro mi *voz propia* en una de esas cajitas de plata de las que dicen que tan orgullosos están los coleccionistas de odios insensatos».

Mientras daba vueltas a esto, me ha parecido que en el Tender Bar el viento cambiaba por tercera vez de dirección. Luego la lluvia, casi como un milagro, ha cesado de golpe. Ha ido volviendo tímidamente el calor intenso y se ha ido confirmando que estamos en el verano de Barcelona más cálido en cien años.

Se han ido apaciguando los ánimos, sobre todo los míos. Y yo, para no persistir en la discusión con Carmen, he empezado a dedicarme a la entretenida pero imposible tarea de captar los distintos tonos de verde que puede uno descubrir en cada una de las gotas de lluvia que han quedado sobre las hojas de los árboles.

—¿Te das por vencido? —ha preguntado Carmen.

—Por supuesto, jamás me ha gustado vencer.

Eso he dicho mientras pensaba en otra cosa bien diferente: en salir a toda velocidad de allí y marcharme adonde fuera, a cualquier lugar menos a aquel en el que me encontraba.

—A la antigua Arabia feliz —dice la voz.

Es la voz del muerto que está en mi cabeza, reapareciendo.

—Ni soñarlo. Aquello se ha vuelto un campo de minas —le he contestado.

Y es que la novela de mi vecino termina —se nota que la escribió hace treinta años— en el Yemen, cuando ese país era un lugar al que se podía ir sin problemas, aún era un espacio que conservaba destellos idílicos, donde, según contaron amigos que en esa época viajaron hasta allí, uno podía pasar todavía unos días en la extraordinaria ciudad de Sanaa y tener la impresión de estar viviendo en un reducto en el que aún quedaban rastros luminosos de la antigua Arabia feliz, el paraíso en el que, en época de los griegos clásicos, desde el puerto de Moca, se exportaban el café y el incienso.

[PUTHOROSCOPO 7]

«Es un periodo difícil en el ámbito económico, sobre todo en cuanto a recursos matrimoniales.»

Esta vez sí que ha afinado del todo la puntería Peggy Day en su oráculo, y hoy ya sólo le ha faltado decir —seguro que alguien ya se lo ha deslizado al oído— que no me arruiné del todo, pero a la larga podría ser que tuviera que vivir de Carmen cuando toda la vida he pensado que ocurriría lo contrario.

Quiero creer que ésta es la fórmula que Peggy ha elegido para responder a mi e-mail de ayer. Me contesta con un mensaje de doble fondo, en realidad con una grosería con la que trata de decirme que sabe que dependo de alguna forma de mi mujer. Pero también podría ser que nada de esto que imagino respondiera a lo que está pasando y tal vez Peggy ni ha leído aún mi e-mail. De hecho, ha habido un momento esta tarde en que he decidido no pensar más en el asunto y he cambiado la dirección de mis pensamientos y me he dedicado a leer crónicas de la actuación de Bob Dylan anoche en Barcelona. El primer tema que interpretó fue *Things Have Changed*, canción que compuso para la película *Wonder Boys* y que, según parece, cantó sin moverse.

8

He almorzado en casa de Julia, he repetido una de las visitas que más habré hecho en mi vida, porque ya no sé cuántas veces habré ido a almorzar a casa de mi hermana. Pero la de hoy ha sido una visita ligeramente distinta. Primero, por ese síndrome del tema de la repetición que parece haber pasado a formar parte de mi propia naturaleza y que me ha hecho sentir, ya dentro de la casa, el peso de todos los encuentros que allí han tenido lugar a lo largo del tiempo. Y segundo, porque me he fijado en algo que desde luego antes me pasaba inadvertido: mi hermana mayor no escribe, y tampoco escribe su marido, y ya no digamos mi otra hermana, Laura, ni mis tres hijos —todos volcados en prósperos negocios—, ni escribieron jamás mis padres y abuelos, y no hay ni un solo pariente cercano que haya tenido tentaciones literarias.

Esto me ha hecho observar que llevo tan sólo una semana con este diario y ya he empezado a fijarme en historias que hasta ahora no me importaban. Por ejemplo, he pensado que el síndrome colinda con ese género que podría llamarse «ficción de la repetición».

No son cosas que antes uno pensara. Estando ya en

casa de Julia, me he imaginado que ella me preguntaba a qué me dedico ahora que me he quedado tan inactivo, y yo le respondía:

—A las ficciones de la repetición.

Misterio para Julia, y en parte también para mí, que aún no acertaba a saber en qué consistiría exactamente ese posible nuevo género.

Pero mi hermana no es de las que preguntan «qué haces ahora que no haces nada», así que he pasado a pensar en algo que parece más trivial, pero que es bien importante: la extraordinaria calidad de las sopas que, incluso ahora en verano (cuando toca gazpacho, como hoy), me prepara mi hermana desde hace años. Ésa sí que es una verdad como un templo: son buenas de verdad. Son exquisitas, lo han sido siempre. Y son, además, como dijo la gran Wisława Szymborska cuando habló de su familia (una familia también ágrafa como la mía), «sopas extraordinarias, que uno puede tomar con la tranquilidad de saber que en ningún momento ninguna de ellas correrá el peligro de derramarse sobre algún frágil manuscrito».

He bebido demasiado en el hogar de los que viven sin literatura, en la casa de Julia y su marido. Y hacia el final he bordeado el ridículo, aunque por suerte no he caído del todo en él, porque he sabido reprimirme a tiempo y no decirle a Julia —en un lenguaje algo confuso que espero poder reproducir ahora aquí— que la veía como si fuera ella un gran río y como si su súbita condición de potente corriente de agua y no de hermana la estuviera convirtiendo a mis ojos en la más ajustada y precisa imagen del curso de mi vida, como si ella y su caudal condensaran mi experiencia y destino, tan ligadas ambas impresiones a nuestra excursión predilecta de la infancia, aquella feliz navegación en la que, en barca, seguíamos el curso del Garona, en nuestros veranos pirenaicos, cuando estaba a punto de desmayarme si veía restos de carne en los platos...

Por suerte he visto a tiempo que decirle todo eso sólo a Julia para literaturizar mi visita era tan enloquecido como confuso y, además, delataba obviamente tanto mi falta de equilibrio por haber perdido el negocio como mi cada día más excesiva tendencia a beber cuando estoy en su casa y ya no digamos mi tendencia a las frases largas y enrevesadas que desde hace unos días creo que digo sólo con la idea de memorizarlas y poder luego pasarlas al diario, cosa que al final, afortunadamente, no suelo hacer nunca.

Me he contenido y la habitual comida fraternal se ha celebrado en paz, aunque de un modo raro, porque he bebido realmente muchísimo.

Veo ahora en retrospectiva la escena última de mi adiós: mudo, inmóvil, despidiéndome en silencio en el rellano, y luego esperando a que se cierren las puertas metálicas del ascensor y, justo cuando eso ocurre, a causa de la excesiva bebida ingerida, llorando en silencio mientras me digo: somos hermanos, pero mis palabras siempre acaban pareciéndome una especie de suceso metafísico que ella nunca puede llegar a conocer plenamente. Y viceversa. No importa cuánto se viva, no importa cuánto se ame, permanecemos siempre confinados en cada uno de nosotros mismos. Y eso que somos hermanos.

[PUTHOROSCOPO 8]

«No es un buen momento para hacer valer sus propuestas ni entablar tratos de importancia, pues encontrará obstáculos», dice Peggy Day.

¿Me sugiere que no entable tratos tan pronto con ella? ¿O se refiere a esa persona con la que he empezado a cultivar «una relación que habría de llevarme a grandes cosas» y entonces lo que desea decirme Peggy es que espere un tiempo para incordiarla y así me ahorraré problemas?

Escribirle ese correo me ha dejado en cierta forma más que nunca a merced de sus pronósticos y, desde luego, lo más probable es que haya empezado yo mismo a convertirme en una especie de Lidia de Cadaqués, interpretando enloquecido los oráculos de Peggy como una respuesta diaria al e-mail que en mala hora le envié.

Me divierto, eso también es verdad. Pero, al final, la fiesta siempre acaba dejándome angustiado. Hace un momento, acabo de mirar por la ventana hacia la calle y he controlado imaginariamente los movimientos de los pocos transeúntes que a las diez de la noche pasan por debajo de casa. Creo que Carmen ya está más que acostumbrada a verme junto a la ventana a esta hora y a pensar que mis barridos visuales del exterior son una consecuencia más de la holgazanería y la desorientación que cree ella que me dominan desde que me desvié de aquella línea falsamente sólida de mis negocios.

Es bien injusto que piense eso. ¿Me quedo mirando perdido por la ventana en demasiadas ocasiones y parezco desorientado? De acuerdo, pero puede ocurrirle a cualquiera. Hay momentos en que me extravío, instantes en los que no sé qué hacer, y eso es todo. Ahora bien, hay ciertas horas en las que no puedo estar más ocupado. Hace tan sólo un momento, por ejemplo, no he podido estarlo más cuando he imaginado desde mi ventana que entraba en contacto con Sánchez en plena calle y le preguntaba por el segundo relato (o capítulo) de su novela, por el cuento *Duelo de muecas*; le interrogaba acerca de algunos aspectos de la historia que me habían dejado intrigado.

Y es que esta mañana, antes de ir a casa de mi hermana, me he dedicado a leer *Duelo de muecas* y he comprobado que en efecto tiene un aire a lo Djuna Barnes. Esta escritora, hoy poco leída, estuvo de moda en España a mediados de los ochenta y aún me acuerdo de que fue discutida en algunos suplementos, especialmente en el de *El País*, donde el crítico Azancot la tildó de lesbiana y dijo que debía su fama tan injusta al apoyo que le había dado T. S. Eliot. Esa crítica fabricada con bilis negra ya hacía presagiar los tiempos que vendrían después, los tiempos de las redes sociales, donde, como escribió hace poco Fernando Aramburu, se castiga a los creadores por la pretensión de haber buscado felicidad en el ejercicio público de la imaginación y la palabra.

Pero a Sánchez no debieron de afectarle nada las críticas a esta autora porque la incluyó, sin más problemas, en su libro. Yo leí a Djuna Barnes en su momento y mi recuerdo es bueno: es una elegante estilista que combina giros arcaicos con cadencias innovadoras. Cuando cambió la noche (que la había dejado enferma, alcoholizada) por la serenidad del día, se volvió perfeccionista y se dice que trabajaba hasta ocho horas diarias durante tres o cuatro días para elaborar dos o tres líneas de un poema. A los noventa años, se dejó morir de inanición. Fietta Jarque, que escribió sobre ella, dijo que no se supo nunca si dejó de comer por olvido o si su ayuno fue voluntario. El caso es que parece que quiso irse como quien se enfrenta al amanecer.

&

Yo diría que *Duelo de muecas* rememora un relato de Djuna Barnes, cuyo título he olvidado, pero es un cuento que creo haber leído hace tiempo. En él, Barnes narraba el horror de una madre al constatar que había parido un hijo que ya se veía que, desde el punto de vista ético, acabaría siendo un tipo inmoral, maligno, tan horrible en el fondo como ella. El epígrafe de Barnes que Sánchez colocó al comienzo de *Duelo de muecas* no entra en estas cuestiones morales, pero sí contiene un notable desprecio por la figura de un hijo. Tal vez sea incluso una frase de ese cuento: «Mi heredero tiene la misma personalidad que una rata perdida en una gota de agua».

En *Duelo de muecas*, el ventrílocuo —se advierte enseguida que es el mismo narrador del primer cuento y que por tanto hay una cierta continuidad entre relato y relato— visita a un hijo al que no ve desde hace veinte años y, al descubrir que éste es un tipejo espeluznante —«¿Por qué, Dios santo, nos empeñamos en perpetuar la más que imperfecta condición humana?»—, descubre también que es espantoso que seamos todos tan conscientes de que el mundo es una mierda y, aun sabiéndolo, sigamos siempre como si nada pasara, es decir, sigamos teniendo hijos, «seres que vienen sólo a incrementar el número de monstruos que pueblan el planeta Tierra», sigamos ahí «formando parte de las filas incesantes de seres inservibles que vienen desde el fondo de los tiempos a morir sin cesar ante nosotros y, sin embargo, ahí continuemos todos, impertérritos, esperando lo que sea, sabiendo que nada tenemos que esperar...».

Duelo de muecas es un cuento en el que se infiltran ya algunos elementos que van a ir cobrando poco a poco su importancia dentro de la leve trama criminal que recorre la novela. Uno de ellos —que aparece de pasada en este relato, aparece lateralmente, sin llamar apenas la atención— es la sombrilla de Java, ese curioso artefacto con el que el ventrílocuo asesinará más tarde al barbero de Sevilla.

En un momento determinado el hijo agrede verbalmente al padre y le dice que ya está harto:

—Me agotas, papá. Soy poeta y tú, en cambio, sólo un ventrílocuo en paro, tocado por el mal humor y por el fracaso, y encima por el rencor hacia los ventrílocuos que triunfan, a los que, estoy seguro, quieres comerte vivos.

En su respuesta, el padre muestra una mezcla de sabia calma y humor:

—No te preocupes, propondré que nos aumenten el sueldo a los dos.

Es una respuesta que no parece tener relación con lo que le había dicho el hijo, aunque seguramente sí la tiene, porque se deduce de ella que tampoco el hijo gana dinero; es un hombre también sin sueldo, que arrastra el fracaso paterno.

Algo más tarde, ensordecidos por el ruido de los helicópteros que van a sofocar el incendio de un bosque cercano, vemos a padre e hijo refugiados —de un modo tan trágico como al mismo tiempo cómico— en el desván de la casa de un vecino. Se han convertido ahí en unos impresionantes duelistas a muecas.

Escribe el ventrílocuo: «Le agradó mucho a mi hijo la idea del combate y también las reglas del juego: debíamos llevar hasta sus mismos límites nuestras muecas más personales, individuales e íntimas, hasta el final las más hirientes y aplastantes, sin jamás suavizarlas».

El padre resulta al final ser el más *muecoso*. Y su aspaviento último, cuando con los dedos estira la boca y todos sus dientes salen hacia afuera al tiempo que con los pulgares hace saltar los ojos, es tan monstruoso que su pobre hijo, su pobre oponente, ya no puede encontrar otra mueca más pavorosa y se rinde. Ya no son tal para cual. El vencedor es el Monstruo de mayor edad, Walter.

Por la noche, el hijo, triste y perdido y perdedor, sintiéndose cada vez más afectado por la derrota, parece de pronto pasearse por un mundo negro muy oscuro, por un territorio de miedo y desconfianza, y se encalla en una frase de forma tan penosa que la va repitiendo como un loro enfermo. A su vez, parece que, de pronto, el narrador haya empezado a desvariar, o que hable medio dormido, tal vez ha tomado alguna pócima o licor exagerado. Pero lo único que sucede es que nos encontramos en pleno «momento mareante». Es fácil descubrir esos momentos o baches fatigantes en la novela de Sánchez, porque, si mal no recuerdo, todos son instantes que caen como el plomo sobre el desprevenido lector, son intervalos —compuestos, por lo general, por varias frases—, cuya flojura y desvarío son de una pesadez y de una incomodidad tan grandes que causan vergüenza ajena en el lector.

Finalmente, habiendo dejado atrás la batalla por llevar a sus límites las muecas más personales de Walter y Walter Jr. y habiendo atravesado ya los «momentos mareantes», llegamos a la escena final del cuento, donde observamos que el problema que tiene el ventrílocuo al disponer de una sola y única voz ha podido heredarlo fatalmente el desgraciado de su hijo, especialista entre otras cosas en quedar a veces bloqueado en una sola frase.

No recordaba de mi anterior lectura de ese cuento esa escena final y, al llegar a ella, me ha sorprendido encontrarme con ese obsesivo «episodio de repetición», es decir, con la angustiosa frase de loro enfermo que tanto repite el hijo espeluznante y que me ha hecho pensar en la más conocida secuencia de *El resplandor*, de Stanley Kubrick, aquella en la que confirmamos el desequilibrio mental de Jack Torrance. Es un momento de terror metafísico. Wendy se acerca para ver qué está escribiendo y descubre que su marido ha estado tecleando compulsivamente una frase hecha en la que se ha encallado y que repite de un modo insistente y perturbador: «*All work and no play makes Jack a dull boy*».

La frase en la que el hijo del ventrílocuo queda de vez en cuando bloqueado y en un momento determinado repite hasta cuatro veces seguidas es ésta:

No habría sombras si no estuviera brillando el sol.

No habría sombras si no estuviera brillando el sol.

No habría sombras si no estuviera brillando el sol.

No habría sombras si no estuviera brillando el sol.

9

Nada más singular que un vecino. Que uno de ellos mate a otro es moneda corriente de nuestros informativos, como lo es que un vecino de ambos diga del criminal inesperado que era una persona de lo más normal. El otro día alguien fue más lejos y dijo en televisión que el asesino de su escalera le había parecido siempre «un vecino muy natural». Tras oírlo, me acordé de que morir es ley de la naturaleza y me pregunté si se puede morir con naturalidad si nos mata un vecino natural.

Una ley del régimen de Vichy prohibía a los judíos tener un gato. El de los padres de Christian Boltanski se meó un día en la alfombra de la terraza de los vecinos. Por la noche, éstos, que eran gente muy educada y gentil, llamaron al timbre y dijeron que o mataban al gato o los denunciaban a la Gestapo, pues sabían que eran judíos.

El infierno son los vecinos. Me acuerdo de los Ezkeitia, unos amigos de Bilbao que acababan de casarse y se instalaron confiadamente en su primer apartamento y no tardaron en oír unos ruidos raros que les llegaban del otro lado de la pared. En el apartamento contiguo tenía lugar todas las noches una extraña ceremonia, lo que podríamos llamar «la repetición constante de lo incomprensible»: se oían risas estremecedoras, ruido de sierras eléctricas, graznidos de cuervos y gritos de horror. Ni siquiera cuando supieron que sus vecinos, con los primitivos efectos especiales de la época, se dedicaban a grabar cuentos de terror para la radio, se quedaron tranquilos. Los vecinos siempre inspiran miedo, aunque tengan explicaciones para todo.

[PUTHOROSCOPO 9]

El oráculo de hoy de Peggy Day dice que «una culpa que arrastra desde hace años podría hoy causarle bastantes problemas».

Es sorprendente, ¿qué pensarán los demás aries al leer este pronóstico que, es arriesgado decirlo, pero sospecho que va dirigido a mí? No puedo evitar pensar que Peggy, que seguro que ya ha recibido mi e-mail, me está exigiendo disculpas por haber desaparecido de un modo tan drástico al final de aquel verano en S'Agaró.

Nunca sabré por qué el último día de aquel agosto actué de esa forma. Tal vez quise imitar al Irreductible, un compañero de pandilla, el más admirado por todos, que se separó sin explicaciones de su novia al final también de aquel verano. El Irreductible huyó literalmente de la novia, sin que llegara a saberse nunca el porqué de aquel gesto tan abrupto. Y yo creo que lo que sucedió es que copié su extraño movimiento, debió de parecerme una decisión imitable, porque parecía muy masculina. El caso es que no acudí a la última cita del verano con Juanita Lopesbaño y ya no volví a verla más en la vida. Una vez, creí que la tenía delante mismo en una iglesia en Módena, pero resultó que me había equivocado del todo. Su espalda, su figura, su culo especialmente, eran muy parecidos, pero fue una decepción encontrarme —allá donde esperaba volver a ver el marilynesco rostro de la Bomba, así la llamábamos— la cara de una frígida desconocida de expresión desencajada.

De vez en cuando, vuelvo sobre aquella repentina fuga mía sin sentido y me resulta imposible entenderla. Y como sé que jamás la sabré entender, me digo que pudo ser perfectamente el gesto que inauguró mi relación con lo incomprensible. Me comporté de un modo difícil de explicar. Hui, y hundí a una buena muchacha.

Sin embargo, no soy culpable.

&

Venimos al mundo para repetir lo que quienes nos antecedieron también repitieron. Ha habido avances técnicos, supuestamente importantes, pero en lo humano seguimos idénticos, con los mismos defectos y problemas. Imitamos, sin saberlo, lo que han intentado hacer los que nos han precedido. Todo son intentos y muy pocas realizaciones que, además, cuando se dan, son siempre de segunda fila. Se habla de nuevas generaciones, cada diez o quince años, pero cuando uno analiza esas generaciones que a primera vista parecen distintas sólo ve que repiten que es urgente y necesario suprimir a la precedente y, por si acaso, también a la que precedió a la precedente y que en su momento trató de borrar a la que la precedía. Es extraño, ninguna generación quiere colocarse en los márgenes del Gran Camino, sino en el centro que ocupa la anterior. Deben de pensar que afuera no hay nada, y pensar esto los lleva a la larga a imitar y a repetir la aventura de aquellos a los que empezaron despreciando. Y así siempre, no hay una sola generación que se haya situado en el margen, que haya dicho, casi en bloque: esto no va con nosotros, ahí os quedáis. Llegan los jóvenes para luego, de la noche a la mañana, desaparecer sigilosamente, ya viejos. Al huir del mundo, se hunden, y hunden sus propios recuerdos, y mueren, o se mueren y hunden sus recuerdos, ya muertos desde que nacieron. En esto no hay excepción a la regla, en esto todos se imitan. Como dice un epitafio en una tumba del cementerio de Cornualles, en Inglaterra: «¿Hemos de morir todos? / Todos hemos de morir. / Todos morir hemos de. / De morir hemos todos».

10

Hay que imaginar a un Borges muy a la deriva como cuentista y, además, muy alcoholizado —que yo sepa, ni siquiera bebía— si deseamos creernos que al menos el eco de su voz se encuentra detrás del narrador de *Ríe todo el teatro*, ese tercer capítulo de *Walter y su contratiempo* que a la vez es también un cuento que, como todos los del libro, se puede leer de forma independiente. Aunque, eso sí, éste es el capítulo que menos conviene desconectar del resto del libro porque, a diferencia de los otros, que están a veces menos ligados a la columna vertebral de las memorias, *Ríe todo el teatro* contiene la escena del crimen y momento imprescindible del libro si se quiere que la autobiografía oblicua del ventrílocuo tenga un mínimo sentido.

Sin la cita de Borges al comienzo —«Llego a mi centro, a mi álgebra y mi clave, a mi espejo. Pronto sabré quién soy»—, no creo que hubiera en momento alguno percibido que el argentino era el inspirador de *Ríe todo el teatro*. Pero el epígrafe me ha informado de que encontraría a Borges en el relato. No puedo decir que lo haya encontrado mucho. En realidad, creo que Borges no está en absoluto detrás del narrador, aunque, si intento ser algo indulgente, diría que lo he encontrado en el uso de estereotipos dramáticos sutilmente parodiados y también en el hecho de que la narración condense la vida de un hombre en una escena única que define su destino.

En esa escena única, el artista Walter llega a su centro, llega a la escena más crucial de su vida. Y comprende que ha de partir, que ha de huir y esconderse. Esa escena única, que transcurre en un teatro de Lisboa, la cuenta el propio ventrílocuo, que no siempre, si no me equivoco, va a ser el obvio narrador de los cuentos del libro. En el cuarto capítulo, en el relato *Algo en mente*, me parece recordar que no era Walter quien lo narraba; espero comprobarlo cuando llegue a él y lo relea.

En cualquier caso, en *Ríe todo el teatro*, es el ventrílocuo a todas luces el que, en el marco frágil de sus memorias, nos cuenta la breve historia de su despedida repentina de los escenarios. Un adiós muy inesperado para sus seguidores, pero que intuimos justificado, pues el propio Walter insinúa que si, después de su última función teatral, continuara en la ciudad de Lisboa, se estaría arriesgando a pasar el resto de su vida entre rejas.

¿Qué delito puede haber cometido? Entrevemos que algo ha pasado esa misma noche, en un callejón de la ciudad, pero aún no han encontrado el muerto, aún no han dado con el cuerpo del barbero, con el cadáver del Rapabarbas (sobrenombre por el que le conoce Walter). Pero todo esto del crimen, que aún no ha descubierto la policía lisboeta, en momento alguno nos lo dice Walter; sólo se desprende y lo deducimos de lo que él, como narrador, nos va dando a entender ligeramente.

Lo que el ventrílocuo nos cuenta —utilizando el presente como tiempo verbal— es de qué forma más ridícula, al llegar probablemente al centro de su vida y a su álgebra, al disponerse a huir para, en algún lejano lugar del mundo, acabar sabiendo por fin quién es, va perdiendo los papeles ante su público a lo largo de una escena muy tensa en la que, improvisando, se dedica a contar, con la valiosa ayuda de su muñeco Sansón, la patética historia de su pasión por su ayudante Francesca.

Es una escena memorable en la que Walter se dedica a llorar de verdad sobre las tablas por el amor perdido, contándolo todo menos que acaba de asesinar al barbero, al amante de su amor, y debe por tanto dejar la ciudad aquella misma noche.

Hay en todo el cuento un gusto extraordinario por recrearse en la idea de despedirse del modo más teatral posible. Su conmovedor y aterrador adiós a las tablas y a todo —sabe que en cuanto termine la función huirá como si llevara pólvora en los pies— comienza con una involuntaria nota falsa de su voz, un gallo que se le escapa en cuanto intenta empezar a hablar para decir que se va, que se retira de los escenarios.

Se trata de un aciago gallo casi idéntico al que emitía delante de sus alumnos el severo profesor Unrat de *El ángel azul*, aquel hombre que se deslizaba por un camino de perdición sin retorno cuando la cabaretera Lola-Lola le enamoraba sólo para poder arruinar su dignidad. Pero el paralelismo con Unrat no pasa de ahí porque en todo lo demás Walter es diferente del profesor alemán. Walter es latino y, aunque no nos lo dice claramente, siembra su teatral conversación con Sansón de indicios emotivos que nos permitirán pensar que, por horroroso que sea, es verdad que ha cometido un crimen y ha dejado seco esa misma noche —en un perdido callejón de la ciudad— al barbero que le robó a Francesca.

Walter va a irse en pocas horas muy lejos, no sólo por causas mayores, sino también porque ya no tiene interés por nada desde que Francesca, su bella ayudante italiana, le engañó con el maldito Rapabarbas. Y porque el engaño le ha desquiciado y le ha llevado a creer, a lo largo de la última hora, que es del todo normal hablar y discutir —en voz alta en el vestuario y luego sobre el escenario— con el muñeco Sansón.

Walter va contando al público, a su entregado público, con un dramatismo sin límites, aunque siempre de un modo sesgado, su historia de amor truncada. Y para ello se sirve de la ayuda de su «íntimo» Sansón, que en el escenario, entre desaforadas risas de la platea, se dedica puntillosamente a corregir las palabras de su dueño y a intentar que de algún modo éste se aproxime más a la verdad de la historia que está contando, algo que Walter en modo alguno puede hacer si no quiere cometer un error suicida.

Buena parte del público que llena por completo el teatro y que aún no ha reparado en lo que allí está sucediendo realmente advierte de pronto, por fin, al igual que ya había advertido la otra mitad de la platea, que el ventrílocuo se halla representando en directo un fragmento muy dramático y verdadero de su vida —fragmento que ocurre al mismo tiempo que es representado— y entonces esa otra mitad se une a la parte del público que ya era consciente del drama, y va cayendo todo el teatro en un abismo de risas y penas que se turnan y parecen marchar entrelazadas.

—Tu delirio —le recuerda Sansón con una voz sumamente teatral— comenzó cuando sólo eras amable y cariñoso con Francesca, cuando le hablabas con mi voz, ¿me oyes?, con mi voz, y no con la tuya. Porque si eras tú quien le hablaba, lo hacías en una lengua inventada que sonaba siempre agresiva y atroz.

—¿Yo, agresivo? —dice con una voz tan enrabiada que el público no puede contenerse y ríe.

—Francesca lo pasó mal sintiéndose bien tratada por mí y, en cambio, tan despreciada por ti. La relación se deterioró a causa de esto y porque la acusabas a todas horas de descuidar el camerino, tus trajes, las cajas donde guardas las marionetas, donde nos guardas a todos nosotros.

—No es exactamente así, Sansón, estás asustando al público...

—Y la acusabas también de tu declive como artista, y eso ya fue muy injusto y, además, fue el colmo. Hasta que ella se cansó, Walter, ella se cansó mucho y se marchó con otro. La perdiste y a mí no me extrañó que la perdieras, siempre con tu látigo y tu locura, diciéndole que los muñecos dormíamos mal porque ella no nos atendía como era su obligación.

—Francesca no me abandonó, no se fue —trata de desmentir Walter, enérgico, desesperado—. En todo caso, la despedí yo, hacía mal su trabajo de asistenta. Y ella comprendió que era mejor irse, irse, irse —grita cada vez más fuerte— y finalmente desapareció entre las sombras de cristal hilado del camerino...

—Nunca hubo sombras de cristal hilado en el camerino —le corrige Sansón.

Ríe todo el teatro.

Y en un loco y desesperado intento de que el público transforme su risa en un llanto contundente, Walter entona dos estrofas de la canción que les había cantado unas horas antes a Francesca y el Rapabarbas cuando los sorprendió en plena función teatral en un cabaret del sur de

Lisboa y se enteró de que iban a casarse: «No te cases con ella, que está besada. / Que la besó su amante cuando la amaba».

Al cantarlo de un modo tan visiblemente torcido y perturbado, vuelve a salirle una nota falsa a Walter y todo el teatro ríe desaforadamente. Es una nota que no es en realidad un gallo ni tampoco exactamente una nota, sino todo un grito desesperado y ridículo, un grito de angustia y de pura locura que produce una risa desenfrenada en parte del público.

Poco después, Walter decide —furioso quizás por la insensibilidad de sus seguidores— no dar más rodeos y despedirse, en nombre suyo y de Sansón, del «distinguido público».

Sansón se rebela y añade unas palabras a última hora, antes de que él y su dueño hagan mutis por el foro.

—Tendencias asesinas muy acusadas —dice, como si quisiera delatar a su amo y señor.

Por un momento, cuando ya se retira, Walter tiene la sensación de que por entre los faldones de su túnica está asomando, atada a una liga que lleva en el tobillo, la pequeña daga que hasta hace poco iba camuflada en el extremo de la sombrilla de Java. Pero le tranquiliza pensar que nadie de entre el público, ni siquiera la mente más imaginativa de la platea, pueda llegar a sospechar que en esa daga hay restos de un cianuro letal.

11

Observo que últimamente me suceden cosas que juzgo mucho más narrables que antes cuando no escribía el diario y sólo estaba sumergido en la eterna monotonía de lo real y más concretamente en la latosa vorágine del mundo de la construcción de pisos, en el día a día del negocio, siempre hundido en las llanuras grises de lo cotidiano.

Hoy, por ejemplo, me ha ocurrido algo que enseguida he visto que iría a parar al diario. Nada tenía que ver con el tema de la repetición, y quizás por eso me ha gustado más, porque me permitía alejarme de la obsesiva cuestión y por momentos salir afuera al menos a respirar, aunque ya por el solo hecho de respirar también me repetía.

Ha ocurrido frente al quiosco en el que brilla, con su gracia y exuberancia física, la simpática quiosquera y donde todos los días compro la prensa. Transcurrían las cosas con la siempre deseable normalidad cuando he visto con asombro que se dirigía hacia mí, directo, con la mano extendida, un ciudadano de rasgos faciales cuadrados —un peatón cubista, he pensado enseguida—, un señor con diferentes colores de piel en los brazos, feo a morir.

He notado un ligero gran rechazo al estrecharle la mano a aquel monstruo —la llevaba tatuada—, pero qué remedio, negársela habría dificultado las cosas.

—Me alegro de poder saludarlo por fin —ha dicho el peatón de rasgos cuadrados—. Y también me alegro muy sinceramente de haberle visto ayer por televisión.

Que yo sepa, nunca he salido en la televisión, jamás, así que me ha parecido que el hombre de la mano tatuada sólo podía estar equivocado, o quizás loco.

—Estuvo usted muy bien ayer —ha insistido— y me llenó de orgullo. Después de todo, estudiamos juntos en los jesuitas. Me llamo Boluda.

El apellido me ha engañado inicialmente, pues hace cuarenta años que busco a un Boluda que fue mi amigo en el colegio. Pero pronto he visto que era difícil, por no decir imposible, que aquel tipo —su configuración física lo impedía— pudiera ser el que buscaba, aunque tal vez —había muchos Boludas en la escuela— fuera su hermano o su primo.

El peatón de rasgos cuadrados ha empezado a nombrarme los curas y profesores más carismáticos del colegio, lo que me ha permitido comprobar que efectivamente había estudiado conmigo y que su único error —perdonable— era pensar que yo había salido en la televisión.

El hecho es que ha empezado a agradarme habérmelo encontrado, porque he visto que —rara vez me llega esa oportunidad— podría contrastar con alguien la fuerza real de algunas emociones de otro tiempo.

¿Me acordaba del padre Corral? La pregunta de Boluda me ha permitido explayarme acerca de mis recuerdos sobre aquel incomprendido profesor que nos leía en clase poemas medievales. Y cuando, poco después, ha aparecido el nombre del padre Guevara, no he tardado en asociarlo a un cura que acosaba a los niños y que se suicidó una madrugada de niebla arrojándose al patio escolar desde el tejado del sórdido edificio... Había mucho que comentar sobre aquel turbio asunto, pero Boluda ha preferido pasar página cuanto antes y, algo nervioso, ha evocado al padre Benítez, el más humano y el único que había llevado una vida de mujeriego antes de entrar en el colegio, siempre tan tostado por el sol y tan exigente en las clases de gimnasia.

Pues claro que lo recordaba. Me sentía cada vez más animado, pero Boluda no me acompañaba en la alegría y pronto he sabido la triste causa: el padre Benítez había tratado siempre de ridiculizarle o afeminarle ante los demás diciendo en clase de gimnasia que era un niño salido de un cuadro de Murillo.

Eso sí que era extraño, me he dicho, porque parecía imposible que alguna vez hubiera podido tener Boluda los rasgos lo suficientemente finos para que alguien pudiera pensar que parecía un angelito del pintor Murillo...

Algo no iba bien ahí y ha empezado a ir peor cuando he descubierto que el peatón cubista fue siempre cinco cursos por debajo del mío y, por lo tanto, no le había visto antes en mi vida, pues en el colegio jamás me fijaba en los estudiantillos de cursos inferiores.

Me he indignado, primero en silencio. Si me lo hubiera dicho antes, no habría perdido el tiempo con él. Me he sentido cabreado, rabioso, y finalmente no he podido contenerme —me ha llegado siempre al alma todo lo que se refiere a mis sagrados recuerdos del colegio— y le he reprochado que hubiera sido lo suficientemente ambiguo como para crearme la falsa impresión de que habíamos compartido aula. ¿Cómo se había atrevido a hacerme perder de aquel modo el tiempo siendo, además, tan feo? ¿Tan qué?, ha preguntado incrédulo. Tan gordo, tan feo, he dicho, o repetido. Imperturbable, ha querido saber si yo creía que estaba delgadito —ha dicho «delgadito»— y si creía que no se notaba que me faltaba medio cerebro.

¿Medio cerebro? ¿Tan mal le había sentado que le llamara feo? Sí, medio cerebro, ha dicho, se notó mucho ayer en la televisión cuando dijo que hemos salido de la crisis.

—Pero ¡qué televisión y qué crisis y qué clase de Boluda es usted! —me he sentido obligado a decirle.

Inmutable y también tozudo, ha querido saber si al mentir en la televisión me quedaba tan ancho. Porque le parecía, ha dicho, que entonces él también tenía derecho a introducir falsedades en lo que me decía y por eso, por ejemplo, me había dicho que estaba gordo cuando no lo estoy, aunque también era verdad que tampoco podía presumir yo de flaco.

—Pero es que —ha dicho levantando mucho la voz— ¿acaso sólo usted, el señorito, tiene licencia para mentir aquí?

¿El señorito?

¿Llegó la lucha de clases al Coyote?

—Al padre Corral —le he dicho— lo llamábamos Pollo, así a secas, Pollo, ¿lo recuerda?

Él estaba tan fuera de sí, tan enojado que se ha ido de allí de golpe, con rápidas zancadas de imberbe, y me ha dejado con la palabra en la boca; me ha dejado perplejo, atónito, medio lelo, hundido más allá del quiosco y de la vida.

—¡Pollo! —le he gritado bien fuerte, para ver si conseguía que se sintiera aludido y humillado.

Pero él ya había doblado la esquina y dejado solamente una especie de huella en el aire, de huella humana de rasgos cuadrados, juraría que cubista.

[PUTHOROSCOPO 11]

«Facilidades para agilizar cuestiones favorables a la familia o al hogar, seguramente gracias a una mejor comunicación.»

Es como si Peggy Day me estuviera diciendo: «Vuelve tu vista al hogar, a tu dulce hogar, y déjame en paz, Mac».

¡Puto horóscopo!

&

Descubría en La Súbita —será mejor decir: en la pesadilla de la que acabo de salir— que Peggy Day había publicado un diario personal de siete mil páginas: apuntes filosóficos, vívidas descripciones de una jornada en el campo, pinceladas narrativas, descripciones de personajes reales, detalles del círculo familiar, cosas que le pasaban en la calle, preocupaciones por la salud, angustia creciente por su futuro, atormentadas prosas del insomnio, divagaciones ociosas, recuerdos de todo tipo —sin que apareciera yo en ninguno de ellos—, narraciones de viajes, aforismos, hasta comentarios de béisbol (esto último ha debido de desconcertarme tanto que de golpe me he despertado).

12

Ríe todo el teatro es un relato que podría leer muchas veces sin cansarme demasiado porque, a excepción del «momento mareante» —el de este cuento, fragmento espeso donde los haya, es especialmente insoportable—, contiene una bella invitación a que tomemos la decisión de nuestra vida: una fuga radical.

Ese tipo de huidas son siempre seductoras y uno no quiere renunciar a ellas jamás, aunque a la hora de la verdad acabamos siempre echándonos atrás y eligiendo la calma de nuestra latosa ciudad de toda la vida. Pero si vivimos aún con una cierta alegría es porque sabemos que, por tarde que ya sea, la oportunidad de dejarlo todo y marcharnos no la hemos perdido aún.

Eso no quita para que yo prefiera un tipo de adioses menos sonados, muy distintos. Una vez leí algo sobre la tradición del *sans adieu* (sin adiós), expresión que en el lenguaje coloquial español del xviii se tradujo por «despedirse a la francesa» y que aún hoy sirve para reprocharle a alguien que se haya largado de un lugar sin despedida, sin gesto alguno; parece que irse de esa forma sea una mala acción cuando en el fondo irse de una reunión sin decir un solo adiós es mucho más exquisito y educado que lo contrario, quizás porque aún me acuerdo de los días en que, habiendo bebido más de la cuenta, me empeñaba de un modo ridículo en despedirme de todo el mundo cuando en realidad me habría convenido más una discreta retirada y no ser visto tan reiteradamente en aquel pésimo estado.

El *sans adieu* estuvo de moda a lo largo del xviii entre la gente de la alta sociedad de Francia cuando se convirtió en una costumbre retirarse uno sin despedirse del salón donde tenía lugar una velada; retirarse sin tan siquiera saludar a los anfitriones. Llegó a estar tan bien considerado este hábito que fue considerado un rasgo de mala educación lo contrario, saludar en el momento de marcharse. A todo el mundo le parecía bien que uno, por ejemplo, diera signos de impaciencia para dar a entender que no tenía más remedio que irse, pero quedaba muy mal que se le ocurriera decir adiós cuando finalmente se iba.

El mutis por el foro me parece la forma más elegante de partir. Como hiciera Walter en Lisboa, por ejemplo. Porque marcharse sin emplear la fórmula consabida no indica más que el inmenso agrado que nos produce la compañía con la que estamos y con la cual tenemos el propósito de volver. Dicho de otro modo, nos vamos sin decir palabra porque decir adiós significaría una muestra de desagrado y ruptura. Es algo que hoy indefectiblemente me lleva a pensar en cómo desaparecí de forma tan abrupta de la vida de Juanita Lopesbaño. Le hice una mala jugada. Pero no serviría hoy, cuarenta años después de mi huida, que le dijera que no me despedí para que no pensara que le daba señales de desagrado y ruptura. No, no serviría. Es más, seguro que ni me creería. ¿Cómo iba a hacerlo si no puedo creerlo ni yo, que sé muy bien que por aquellos días desconocía las sutilezas del *sans adieu*? Me fui sin saber por qué me iba, por un impulso turbio, descontrolado, quizás por un ansia insuperable de marcharme.

Ríe todo el teatro es, en efecto, un relato que podría leer muchas veces sin fatigarme demasiado, porque tiene además la ventaja de que Lisboa entera se halla dentro de él. Me parece fascinante el clima trágico que creó Sánchez alrededor del gran adiós de Walter. Y también que ese clima de crimen y fatalidad tenga de fondo una ciudad tan apropiada para algo así como Lisboa, de la que recuerdo que un amigo decía que había que verla completa, de golpe, con la primera luz del amanecer, y después llorar. Y otro, que también era amigo, decía algo completamente distinto: que había que verla entera en el tiempo que dura una sonrisa mínima, justo cuando puede verse el fugaz último reflejo del sol sobre la Rua da Prata.

Me ocurrió a mí y sé que les sucedió a otros: la primera vez que estuve en Lisboa, tuve la impresión de haber vivido antes allí; no sabía cuándo, no podía tener ni idea, pero ya había estado en aquella ciudad antes de haber estado nunca.

—Lisboa para vivir y para matar —dice la voz.

No necesito comprobarlo: es la voz del muerto que se aloja en mi cabeza.

[PUTHOROSCOPO 12]

Prosa al caer la tarde. Tras un largo paseo por el barrio y sus alrededores, pues hoy he ido más allá de los límites razonables del Coyote, he regresado extenuado a casa y, según vieja costumbre, he encendido mentalmen-

te mi pipa —lo que significa que he «encendido la chimenea de mi mente», que decía mi madre— y me he puesto
a pensar un rato en mi viejo deseo de irme un día muy
lejos y también en mi afán casi constante para que este
diario no sea una novela.

Después, he tomado un par de copas y he empezado
a plantearme si debía hoy también consultar el horóscopo. Finalmente, he decidido que iría a ver qué decía Juanita en la maldita página. Pero, justo en ese momento, ha
entrado en el correo electrónico su respuesta a mi e-mail
del otro día. Ni que decir tiene que no lo esperaba. Me
he encontrado con un texto algo chispeante, frívolo, quizás burlón, de carta postal, desconcertante: «Tiempo inmejorable. Todo divino. Duro *far niente* y mucho *hula
hoop*. Y a veces *surf*. Adiós, tonto».

Puedo entenderlo, pero no demasiado, para qué me
voy a engañar. Me ha disgustado, me ha desagradado. Podría haberme reído también, pero me ha pillado en un
momento sensible y con algunas copas de más.

Antes de desplomarme sobre la cama, aún me ha
quedado tiempo para contestarle a Peggy y pedirle a ver
si, por favor, podría avanzarme lo que me va a pasar mañana. He sido educado a la hora de pedirlo, pero también
es verdad que estoy algo zumbado, así que mucho me
temo que...

(Desplome figurado.)

&

A veces imagino que me voy.

Entonces, me convierto en un hombre de viaje en dirección a algo parecido al fin del mundo, un tipo que vis-

te una elegante y cuidada chaqueta, cuyos bolsillos, sin embargo, están cada vez más desfondados, quizás porque se oculta en ellos su identidad de vagabundo.

Ese alguien piensa a veces en el sobrino de Sánchez, al que no ha vuelto a ver, pero le dejó algo intrigado. Y llega a conclusiones curiosas: le parece que si le obligaran a escoger entre el resentido del sobrino o Sánchez, se quedaría con el primero, porque éste aún no ha escrito nada y, además, desde el punto de vista moral, tal vez no sea un gran tipo, pero de los dos es obvio que el único que a estas alturas aún podría revelarse como un genio literario es el sobrino, pues su trayectoria, por nula que haya sido hasta ahora, permite que se pueda especular con tal posibilidad, aunque sólo sea porque todavía no ha escrito nada, mientras que su tío, junto a algún acierto, ya ha acumulado un buen número de errores y de impresionantes torpezas.

El sobrino, en cambio, le recuerda al de Wittgenstein que aparece en la obra en la que Thomas Bernhard, siguiendo al Diderot de *El sobrino de Rameau*, especula con la posibilidad de que Paul Wittgenstein fuese un filósofo más importante que su tío, precisamente porque no escribió nada de filosofía y por tanto no llegó a decir ni siquiera la frase famosa: aquello de lo que no se puede hablar, mejor es callarse.

—Pero Mac, el sobrino de Sánchez es sólo un vagabundo —dice esa voz alojada en mi cerebro, como si ahora quisiera tener incluso sentido común.

13

El epígrafe del cuarto relato, *Algo en mente*, es de Hemingway, de *París era una fiesta*: «Una muchacha encantadora, de cara fresca como una moneda recién acuñada, si vamos a suponer que se acuñan monedas en carne suave, de cutis fresco de lluvia».

En mis recuerdos, una cara así de fresca sólo creo haberla visto en toda mi vida en una ocasión, en París también, una escena real en el Bois de Boulogne: una mujer que, poco antes de adentrarse en la densa niebla del día, se giró justo lo suficiente para dejar ver, con extrema fugacidad, un fresco rostro de imperfecta pero increíble belleza.

Ese fragmento en mi recuerdo, esa escena de la desconocida que se giró poco antes de desvanecerse en la neblina, aparece siempre en mi mente como si perteneciera a una secuencia cinematográfica que se encalla y repite una y otra vez, sin que avance ya nunca más la proyección del film. En cuanto evoco esa escena, en cuanto la recuerdo, la veo repetirse de una forma insistente pero sin posibilidad de saber cómo siguen las cosas después de que la mujer se haya adentrado en la bruma.

En todo momento, quizás porque veo con frustración que será imposible acceder al desenlace, quizás porque veo que en realidad no iré nunca más allá de aquella secuencia interrumpida, se origina en mí una duda irresoluble, trágica: ¿qué pasó después?, ¿qué hizo la desconocida tras adentrarse en aquella zona de nebulosa eterna?

Hace un rato, mientras iba leyendo *Algo en mente*, texto marcado en todo momento por la forma de contar de Hemingway, le he ido dando a la joven invisible de la historia el rostro fugaz y hermoso de aquella enigmática mujer que entreví un día en el Bois de Boulogne. He hecho bien en tomar esta medida, porque así le he puesto rostro a la muchacha invisible que cruza sigilosamente por todo ese cuarto relato. A diferencia de los tres anteriores, no es en modo alguno un cuento narrado por el ventrílocuo, sino por la voz de un desconocido que nos propone una trama que no nos parecería conectada con las memorias de Walter si no fuera porque la chica invisible, a tenor de lo que se insinúa de ella, tiene que ser un trasunto de Francesca, el gran amor de Walter.

Algo en mente es sólo en apariencia una historia banal y mínima: dos adolescentes barceloneses, después de una idiota juerga nocturna, visitan a las siete de la mañana a la abuela de uno de ellos para pedirle dinero y así poder seguir, ya en pleno día, su particular fiesta. De fondo, como historia secreta que no llega a aparecer en ningún momento, está la disputa que sostienen los dos por conseguir a una joven de gran belleza que nunca es nombrada, pero que está ahí y que es algo que no se aparta en momento alguno de la mente de ambos; una *ausencia* que casi palpamos, a pesar de que el cuento en apariencia es sólo la reproducción de la anodina conversación que sostienen los dos adolescentes en su intempestiva visita matinal.

El narrador anónimo, que trabaja con la técnica de Hemingway conocida como *teoría del iceberg*, pone toda su pericia en la narración hermética de la historia secreta —dos juerguistas enamorados de una joven de la que nunca hablan— y usa con tal maestría el arte de la elipsis que logra que se note la *ausencia* de ese otro relato, donde estaría ella, la muchacha en disputa. De hecho, el narrador escribe la historia como si el lector ya supiera que los dos alocados adolescentes se han peleado toda la noche por esa chica que, a tenor de lo que dice el epígrafe, debe de tener un cutis fresco como la lluvia. En cualquier caso, todo lo que hablan entre ellos es pura cháchara, salvo un momento en el que la abuela pregunta por qué el amigo de su nieto es tan exageradamente tímido, y su nieto Juan —aunque rival en amores del otro— desmiente que sea tan apocado y le dice a su abuela, inventando todo sobre la marcha, que su amigo Luis no es nada tímido, sino que piensa en la historia de amor y muerte que está escribiendo y que hace un rato le han robado.

La abuela quiere saber entonces dónde se la han robado.

—En una sala de baile —dice, balbuceante y apresuradamente, Luis.

—En realidad —añade Juan—, la historia no era de amor exactamente, más bien eran las memorias de un ventrílocuo, y podían leerse como una novela, pero también como un libro de cuentos.

—En realidad —dice Luis—, eran las memorias oblicuas del ventrílocuo.

La abuela quiere entonces saber por qué oblicuas. «Porque no se contaba todo», se apresura a decir Luis. Y añade Juan: «El ventrílocuo era uno de esos tipos que siempre están pensando en dejarlo todo y salir corriendo, pero en sus memorias no aparecía la verdadera causa por la que acababa huyendo».

La abuela quiere entonces saber cuál era esa causa.

Que antes de irse de Lisboa, dice Luis, había dejado planchado al tipo que le había robado la novia.

—¿Planchado? —pregunta la abuela.

—Y pinchado —dice Luis.

Silencio.

—Es más —dice Juan—, pinchado y muerto, abuela. ¿Me comprendes ahora? Punzado con una daga que salía de una sombrilla, pero obviamente el ventrílocuo no iba a confesarlo en sus memorias y cuenta otra cosa, supongo que para disimular lo que sucede.

Este fragmento de *Algo en mente* resume por sí mismo cómo está contado todo *Walter y su contratiempo*, el libro en el que se inserta ese cuarto cuento. Así que es muy probable que Sánchez haya utilizado el relato con narrador anónimo para explicar que toda la novela de la que forma parte ese cuento, todo *Walter y su contratiempo*, está montada con la *teoría del iceberg*. Porque en el libro de Sánchez suceden algunas cosas relevantes, pero la historia secreta y clave, la escena del crimen, se intuye, pero no llega a aparecer nunca: algo comprensible si nos ponemos en el lugar de Walter que, de confesar su crimen, saldría bien perjudicado de su decisión.

Ponerme en el lugar de Walter puede que sea lo primero que tenga que hacer si un día escribo el *remake* de la novela. Y quizás una forma de meterme en la piel del ventrílocuo sea que me transforme en un tipo celoso —ya lo soy, esto sería fácil—, capaz de escribir sus memorias sin contar que ha matado a un barbero, pero sabiendo insinuarlo lo suficiente para que comprendamos que lo ha asesinado y por eso ha de poner pies en polvorosa y huir de Lisboa.

Pero para vivir con intensidad y veracidad la digamos «tempestad emocional» que pudo producirle su crimen en esa ciudad y su retirada de los escenarios, quizás tendría que encontrar un método de identificación plena con ese pobre Walter perdido en el mundo. Por ahora sólo se me ocurre el método que utilizara el famoso «pintor de la luz», William Turner, cuando se hizo atar cuatro horas al mástil de un barco azotado por una temible tempestad buscando que eso le ayudara a medir bien el temperamento de la naturaleza.

[PUTHOROSCOPO 13]

Entre los e-mails he encontrado la respuesta de Peggy Day a mi petición de que me adelantara lo que me ocurriría hoy: «Todo brutal. *Far niente* y *hula hoop*. Y a veces *surf* con viento fresco, mi pequeño tragasables».

Observo que ha eliminado esta vez el ofensivo «tonto», pero no ha mejorado su mala leche. En cuanto al «viento fresco» de su mensaje, parece estar ordenándome que dé media vuelta y me largue, con el viento más fresco posible. Escribe «Todo brutal. *Far niente* y *hula hoop*» y llama la atención su posible adicción a las repeticiones, pero no a las que me atraen, sino a las que no contienen imaginación y conducen a callejones sin salida.

En realidad, si uno se detiene a observar la actividad cotidiana más repetida de Peggy —sus continuos dictámenes horoscopales— acaba viendo que ahí le sucede lo mismo que con los e-mails repetidos que me ha enviado y que la han dejado a ella prácticamente en un *cul-de-sac*.

Y es que Peggy maneja para su horóscopo un número muy limitado de palabras —*sueño, problemas, felicidad, familia, asunto, dinero,* etc.— y las combinaciones que puede hacer con ellas se agotan pronto. Es el tipo de poética de la repetición que precisamente no me interesa nada, porque conduce a una vía muerta, a una vía seca, desabrida, rota ya para siempre.

Ahora bien, creo que mi fracaso en la vía de investigación que había abierto con Peggy es muy buena para mis prácticas de principiante: contiene una lección que puede serme útil de ahora en adelante. Como suele ocurrir, se aprende de los errores. Busqué que los oráculos de Peggy funcionaran paralelamente a mis escaramuzas en la escritura y se relacionaran con éstas, es decir, con mis asaltos al tema de la repetición. Y lo busqué porque pensaba que los dos apartados —oráculos y primeras refriegas en la escritura— no tardarían en confluir, pero no ha sido así en absoluto. La cuestión del horóscopo se ha convertido en una vía muerta, en una fuente que se me ha quedado seca y con la que a lo sumo he de acostumbrarme a vivir. Está claro que, al usar esas dos historias, intenté armar algo que finalmente no he encontrado, quizás porque aún no lo sé expresar. Porque el método no es malo, lo usan escritores de todos los países: combinan asuntos que a primera vista no tienen nada que ver entre ellos, con la confianza de que eso les permitirá acceder a algo que está en el mundo de *lo indecible.* Es algo que funciona en psicoanálisis, pero aquí en mi diario no lo ha hecho. O quizás sí, y no he sabido todavía percibirlo. Sea como fuere, ahora ya sé que abrir dos vías distintas y tratar de combinar asuntos que a primera vista carecen de un punto en común entre ellos no siempre lleva a un resultado afortunado.

14

Me disponía esta mañana a revisar *Dos viejos cónyuges*, el quinto relato, cuando, mientras escuchaba *Trouble in Mind*, cantado por Big Bill Broonzy, he ido olvidándome de lo que me proponía hacer y he comenzado a acordarme de cómo Borges nunca dejó de ver las novelas como *no narrativas*. Decía que estaban demasiado alejadas de las formas orales, y eso les había hecho perder la presencia directa de un interlocutor, la presencia de alguien que pudiera hacer posible siempre el sobreentendido y la elipsis, y por tanto la concisión de los relatos breves y de los cuentos orales. Había que recordar, venía a decir Borges, que si bien la presencia del oyente, la presencia del que escucha el relato, es una especie de extraño arcaísmo, el cuento ha sobrevivido en parte precisamente gracias a esa antigualla, gracias a conservar esa figura del oyente, esa sombra del pasado.

Aún no sé por qué he pensado en todo esto, pero un diario siempre está para dejar constancia de lo que un día pensamos, por si acaso algún día, al volver sobre lo que nos dijimos aquella mañana, descubrimos que eso que transcribimos sin darle mayor importancia es de pronto la única roca a la que podemos adherirnos.

[ÓSCOPO 14]

Ayer el Puthoroscopo perdió su nombre completo y casi su sentido, porque Peggy Day se borró, por decirlo de una forma suave. Y ahora esto es un Óscopo, en parte una señal de luto por un adiós definitivo, y en parte una rutinaria y silenciosa fiesta de celebración del final del día. El Óscopo, como antes su antecesor, el Puthoroscopo, no es más que prosa escrita al caer la tarde. Si hasta no hace mucho, a estas horas, le prestaba atención al oráculo de Peggy Day, ahora, que he dejado a un lado su sección astral (bien atrás queda ya la dimensión mortal de sus limitadas combinaciones de palabras, es decir, su lenguaje ya en vía muerta y sin la menor posibilidad de continuidad, al menos en mi diario), el Óscopo va a seguir ahí, cumpliendo una de las funciones que tuvo desde el principio: añadir al día, ya en declive, lo que puede que quede aún por añadirle.

Liberado de Peggy y de su restringido vocabulario, yo ahora descanso, mientras bebo ginebra y me siento tranquilo, sin moverme del butacón rojo de mi cuarto habitual, donde antes despachaba como constructor y ahora despacho con mi mente, lo que encuentro francamente mucho más divertido.

15

Anoche me encontraba sumido en pensamientos dispares y, no sé por qué, entre absorto y emocionado cuando entró en mi despacho, por la ventana entreabierta, una cotorra argentina.

Tras varios tropiezos con el techo, el animalillo —verde y de pecho blanco— acabó cayendo al fondo de un hueco nada ancho (asombroso que cupiera en él) de dos metros y medio de profundidad que hay en lo alto del ángulo que forman las dos librerías principales de este despacho. Se trata de un hueco que ahora me intriga porque, de no ser por el incidente de anoche, no creo que hubiera conocido nunca su existencia, pues para verlo tendría que, a lo largo de los muchos años que llevo en esta casa, haberme subido alguna vez a una escalera. Pero ¿por qué debería haber ascendido por ella alguna vez si ahí arriba no hubo para mí nunca nada?

Fue Carmen la que, creyendo que le mentía, se subió a una escalera y se llevó un susto de muerte al ver que, en efecto, había una cotorra al fondo de un hueco mínimo que tampoco había visto ella nunca. Al principio pensé que, si no se desmontaban las dos librerías de roble y dada la profundidad de la trampa y el imposible acceso a la misma, la cotorra era irrescatable y se quedaría para siempre en ese inesperado pozo oscuro e invisible de la casa: graznaría durante días y yo estaría allí escribiendo sin poder verla pero oyéndola y después, bueno, después... ese pobre pájaro moriría, y sus restos empezarían a descomponerse extendiendo pronto su mal olor por toda la casa, generando gusanos que se desplegarían por el interior de los libros y terminarían por devorarlo todo, por engullir la historia entera de la literatura universal.

No parecía posible sacar a aquel animal de las estrechas profundidades del agujero de más de dos metros, aunque estaba claro que algo había que hacer.

—Tienes que hacer algo —decía Carmen—, sacarla de aquí.

Los graznidos me inspiraban. Pero no podía decirlo porque habría agravado las cosas. Los graznidos me ayudaban a escribir, sobre todo cuando la cotorra se comunicaba —a través de la ventana abierta— con sus semejantes, la familia de cotorras que parecía esperarla en el exterior de la casa. Yo escribía en medio del recorrido imaginario que trazaban los graznidos desesperados que partían del interior del hueco e iban hacia afuera, hacia la calle, donde eran devueltos por los graznidos de las cotorras que, desde las copas de los árboles, parecían preguntarle a mi involuntario animal de compañía desde dónde emitía aquellos signos de angustia. Y quizás lo peor era que no podía comentarle nada a mi mujer, porque me creería más loco de lo que ella pensaba.

El caso es que Carmen comenzó a ponerse cada vez más nerviosa —más lo habría estado de haber sabido que los graznidos me inspiraban y me hacían dar pasos adelante en mi aprendizaje de escritor— y yo comencé quizás a quedarme demasiado paralizado. En tantos años de matrimonio no me había enterado de que ella le tenía verdadero pavor a cualquier tipo de ave. Finalmente, tras una infructuosa llamada a la Guardia Urbana (que vino a casa pero no supieron hacer nada y se desentendieron de aquel caso, dijeron, tan raro), llamamos a los bomberos y éstos a su vez al servicio de protección de animales (asistencia gratuita del ayuntamiento), y finalmente un joven protector de aves voladoras —tras una angustiosa espera de diez horas para que viniera y unos minutos de penosos esfuerzos, pues, como era de prever, el rescate resultó más que difícil— se valió de una cuerda de más dos metros de longitud y de una cesta a modo de trampa para sacar con infinita paciencia al animal del fondo de aquel pozo. Con un movimiento excepcional y muy ingenioso de la cuerda, sacó del agujero a la cotorra argentina. Y a continuación, con suavidad, con unos guantes para evitar posibles picotazos, la depositó en la tarima más alta de la biblioteca para que, a través de la ventana, reemprendiera su vida voladora. Por unos momentos, la cotorra, liberada ya del hueco, pareció dudar, como si no quisiera marcharse.

Y es demente y hasta puede que resulte curioso y seguramente haría reír a quien pudiera ahora oírlo, pero reviento si no lo digo ya de una vez por todas: ahora, a la pobre cotorra la echo mucho en falta.

16

Dos viejos cónyuges es un cuento trabado con mucho ritmo por el intercambio de golpes —mejor dicho, de monólogos— de dos hombres engañados, Baresi y Pirelli, dos tipos que acaban de conocerse y que, sentados de forma algo inestable en sus taburetes de bar, se van contando sus respectivas (y casi simétricas) historias de amor desgraciadas.

Todo sucede en la madrugada, en la barra de un bar de hotel de la ciudad de Basilea, donde los dos desgraciados beben sin cesar —de ahí que no estén muy quietos en sus taburetes— y se cuentan sus penas. El cuento se inicia con este monólogo de Baresi que me ha gustado mucho y del que hasta creo que puedo aprender algo:

«Usted me ha empujado a sumergirme en demasiado alcohol o, mejor dicho, su confesión de que le gustaba escuchar historias ajenas me ha estimulado a beber (le dije a un elegante italiano, ocasional acompañante en el bar de un hotel de Basilea), y ahora lo cierto es que estoy bebido y un tanto emocionado o, para ser más exacto, me siento ligeramente soñador y con ganas ya de contarle esta historia que recordará usted que le anuncié no hace mucho cuando le dije que últimamente tenía cierta propensión a narrar pasajes de mi vida, pasajes que a veces transformo para no ser repetitivo y no cansarme a mí mismo, señor Pirelli, permítame que le llame así, aquí todo el mundo parece llamarse Pirelli, aunque nadie lleva un monóculo como el suyo, no me diga su verdadero apellido, de poco habría de servirme, yo tan sólo estoy interesado en contarle lo que me sucedió con una compatriota suya, es posible que le complazca escuchar la historia, señor Pirelli».

Pronto sabemos que Baresi perdió a su mujer italiana casi nada más casarse, cuando descubrió que ella mentalmente pertenecía a otro hombre. Y que Pirelli, por su parte, descubrió en la isla de Java, tras veinte años de apacible matrimonio, que su mujer no había olvidado todavía a su primer amor, un joven muerto por mano propia.

Se van contando Baresi y Pirelli detalles de sus respectivos y casi idénticos fracasos sentimentales y puede observarse que, mientras Baresi se recrea en su monólogo añadiendo mucha ficción a su atroz historia real, Pirelli obra narrativamente al revés y es muy estricto y trata de no inventar nada, es decir, de ajustarse a la que, por dolorosa que sea, considera la verdad de los hechos.

Eso hace que los dos italianos, trastornados por el amor y por el paso del tiempo y por la soledad a la que irremediablemente nos va llevando la vida, sean algo más que dos abandonados maridos perturbados, y también hace que uno de ellos, Baresi, parezca encarnar el mundo de los escritores de ficción —el de los que creen que un relato que cuenta una historia verídica es un insulto al arte y a la verdad— mientras que el otro, Pirelli, parezca el representante de los que piensan que la realidad se puede reproducir con exactitud y por lo tanto no ha de ir entrecomillada, puesto que verdad sólo hay una.

Ficción y realidad, dos viejos cónyuges.

Al final del cuento hay una escena que en circunstancias normales me habría hecho enarcar una ceja y quizás mirar hacia otro lado. Pero eso no ha acabado de ocurrir porque en el fondo la belleza de la conexión perfecta entre los dos amargados conversadores apoyados en la barra del bar de hotel de Basilea me ha parecido intachable. Y es que Baresi y Pirelli acaban componiendo una sola figura humana en la que ficción y realidad se mezclan tan intensamente que por momentos se antoja tarea imposible desunirla. En cierta forma, salvando las insalvables distancias, recuerdan Baresi y Pirelli al toro y al torero cuando en la plaza, si el esplendor taurino de la faena es completo, se transforman en una sola e indivisible silueta en la que se mezclan animal y hombre, sin que sea sencillo acertar a distinguir quién es uno y quién el otro. Michel Leiris describió ese bello y trágico efecto de unidad de esta forma: «En la medida en que el torero, moviendo el capote lentamente, consiga que sus pies permanezcan inmóviles durante una serie de pases bien ajustados y ligados, logrará formar con la bestia esa composición prestigiosa en la que hombre, muleta y enorme masa astada parecen unidos entre sí por todo un juego de influencias recíprocas».

—Y yo, señor Pirelli —le oímos decir a Baresi entre sofocados sollozos—, comprendí ya sin más dilación que cuanto pudiera hacer resultaría inútil, que iba a perderla a ella, y comprendí también que en el fondo nunca había sido mía, que era la mujer de otro, y formaba con ese otro una pareja de viejos cónyuges, cuya tensa relación se remontaba a épocas lejanas, tan lejanas en el tiempo o más que la primera noche en la que realidad y ficción se acoplaron: dos viejos cónyuges debatiéndose en una pesadilla infinita con la misma pertinaz angustia que la puta y el chulo, ¿me comprende ahora, señor Pirelli?

Pirelli le comprende, pero misteriosamente no contesta. Y en los segundos que siguen le hace a Baresi una propuesta que, al tiempo que cierra su largo diálogo, deja caer sobre su nocturna reunión la sombra de una duda:

«Y ahora, señor ventrílocuo, permítame que le invite a visitar mi habitación en este hotel, quisiera que creyera firmemente en mi historia y supiera que, de vez en cuando, a mi espalda aparece el muerto. Y ahora, para que vea que estuve realmente en Java, deje que le regale algunas cosas típicas de aquella isla, las guardo en mi cuarto, acompáñeme, suba conmigo, quiero ofrecerle *souvenirs* de Java. Me gustaría darle una especie de sombrilla que tiene un resorte secreto que la convierte en un arma muy afilada, en una especie de bayoneta que, quién sabe, algún día pueda serle útil. Y también me gustaría que ahogáramos ahora mismo todas nuestras penas acostándonos juntos, ¿no cree que así dispondríamos de más tiempo para comentar mejor a dúo las cosas que pasan en el mundo?».

Ya sabemos, pues, de dónde pudo salir la sombrilla de Java, lo que nos hace pensar que Baresi, que acepta el regalo, podría ser la persona que le dio a Walter la afilada sombrilla.

Lugar aparte merece el inevitable «momento mareante» que tienen todos los relatos del libro de Sánchez y del que *Dos viejos cónyuges* no se libra. Ese plúmbeo «momento» se halla a poca distancia del final del diálogo entre los dos bebedores, en una zona del relato que se vuelve súbitamente densa y en la que se ve a la legua que la narración zozobra: como si a los conversadores les hubiera entrado de pronto un penoso dolor cerebral que los estaría dejando lelos.

Aun así, a pesar de esa breve zona zozobrante y de aspirina efervescente, este cuento en especial —por la atmósfera y por la metafísica de angustia conyugal que transmite— es quizás el más logrado de los cinco primeros relatos del libro. *Ríe todo el teatro* es más emocionante, pero *Dos viejos cónyuges* está mejor acabado. Y quizás su mayor defecto resida sólo en el epígrafe, que es de Raymond Carver, de su libro *Catedral*, y dice: «Insistí y logré que mencionara el nombre de su mujer. Olla, dijo. Olla, repetí para mí. Olla».

¿Qué pinta en todo esto Carver? ¿Qué hace Carver en un viejo hotel de Basilea? Uno no sabe, además, por qué Sánchez eligió esa cita insustancial. ¿Quería que el lector leyera las bodas de la realidad y la ficción como si éstas sólo pudieran parecerse a una olla a presión? Seguro que no. El relato tiene un aire a lo Carver, pero es mucho más sofisticado que el pedestre mundo que emite siempre Carver. Y, en fin, soy yo el que tiene la cabeza ahora como una olla a presión y apenas puedo ya seguir por hoy. La bebida me ha restado facultades, debo reconocerlo. Ya no sé ni siquiera si soy Pirelli o Baresi.

Escucho a Lou Reed al fondo.

Olla, repito para mí mismo, y lo voy a repetir hasta que ella me oiga. ¿Quién ha de oírme? ¿Olla o Carmen? ¿Por qué Carmen hace como que no se ha enterado de que escribo este diario? ¿Qué piensa que hago tantas horas en el despacho?, ¿que me distraigo todo el rato en internet? Detesta el mundo de las letras, de acuerdo. Las ciencias la hacen sentirse superior, a pesar de que la realidad dice que se dedica a restaurar muebles. ¿Por qué para distinguirse de mí siempre ha necesitado despreciar las bibliotecas? ¿Por qué esa alergia tan exagerada al papel impreso? Ni el listín de teléfonos permitía que estuviera en la sala de estar.

Bueno, mañana será otro día. Maldita ginebra.

En mi cabeza sólo recuerdos de estragos. Y esta marea que atonta y entumece.

17

Al mediodía he salido a dar una vuelta y me he llevado una buena sorpresa cuando me he cruzado con el sobrino de Sánchez, que, a pesar de haberse quitado la barba, iba más desastrado que el otro día y tenía cara de no haberse acostado todavía y me ha mirado como si pensara: a éste le conozco de algo.

Aunque le espié con disimulo el otro día, quizás reparó en mí y por eso ha mirado de esa forma. No me ha temblado el pulso cuando le he dicho:

—Perdona, eres el sobrino de Sánchez, ¿no?

—Lo seré esta noche —me ha respondido.

Y se ha alejado veloz, casi se ha volatilizado al doblar la esquina.

Menudo pájaro.

&

El héroe triste del sexto cuento, *Un largo engaño*, es un señor apellidado Basi, del que ya en el segundo párrafo se nos dice que «toda su vida fue una flor tardía». El cuento se inicia con buen pulso narrativo, con la solvencia de un escritor que ese día, a la hora en que empezó a escribirlo, debía de estar muy sobrio y sin duda alejado de los «momentos mareantes» de los que tan a menudo era rehén:

«Una noche le despertó el ruido de la lluvia contra las ventanas y pensó Basi en su joven esposa en una tumba húmeda. Esto era nuevo para él, porque hacía tantísimos años que no pensaba en su mujer que su recuerdo le hacía sentirse violento. Se imaginó la tumba descubierta, hilillos de agua serpenteando en todas las direcciones, y a su mujer, con quien se había casado siendo ambos de edad desigual, que yacía sola en medio de una humedad cada vez mayor. Ni una flor crecía en su tumba, aunque él juraría que había contratado el servicio de cuidado perpetuo».

Al empezar a releer hoy *Un largo engaño*, me he dado cuenta de que en realidad no releía, sino que estaba ante el cuento en el que treinta años antes me había detenido para abandonar el libro. No seguí con la lectura de las memorias —lo he recordado hoy como si no hubiera transcurrido tiempo desde entonces— porque ese mismo día leí en la crítica de Ricardo Ragú de *El País* que *Un largo engaño* era la copia casi exacta de un cuento breve de Malamud. Al leer esto, vi entre otras cosas que no era por lo tanto nada extraño que el epígrafe que Sánchez había colocado al comienzo de ese sexto cuento fuera de Bernard Malamud: «Da igual cómo siga o deje de seguir». Y también recuerdo que, quizás influido por esa cita inicial del cuento, pero también por lo que había dicho Ragú, decidí no seguir.

Hoy, en cambio, he seguido.

El relato narra la historia del viejo Basi, que se despierta una noche con el fuerte ruido de la lluvia contra las ventanas de su cuarto y se queda pensando en su joven esposa en su sepulcro húmedo. A la mañana siguiente, el viejo busca la tumba, pero no la encuentra. Le confiesa al director del cementerio que en realidad nunca se llevó bien con su mujer y que ella hacía ya años que se había ido a vivir con otro hombre cuando la sorprendió la muerte. Días después, el director llama a Basi para decirle que ya han localizado la tumba donde reposa su esposa, pero que han podido ver que ésta no se halla en la tumba: su amante consiguió años atrás una orden judicial para que la trasladaran a otro nicho, donde también a él le enterraron al morir. Así pues, piensa Basi, su mujer descansa engañándole eternamente junto a otro hombre. Pero, eso sí —le dice el director—, su propiedad sigue ahí y no olvide que ha salido ganando una tumba para uso futuro: está vacía y su interior le pertenece plenamente.

A *Un largo engaño* me parece que Sánchez le quiso dar voluntariamente el aire de un capítulo añadido de un modo totalmente caprichoso por Walter en sus memorias. Aunque puede ser también que fuera incluido por Sánchez sólo por pereza y por ver cómo de pronto su novela, gracias a aquel plagio sin contemplaciones, crecía instantáneamente en número de páginas. Tal vez lo adjuntó Sánchez a la autobiografía oblicua porque estaba tan perdido y borracho que ni se dio cuenta de la gravedad de lo que hacía al incorporar aquello al libro. O bien —otra posibilidad, la mía y la que juzgo más plausible— el cuento lo añadió Sánchez de un plumazo, y nunca mejor dicho, para incluir, de un modo casi oculto y sin duda muy lateral, un episodio de la vida del padre del autobiografiado. Porque me parece que la desgraciada relación de Basi con su esposa recuerda a la que padeciera Baresi con su mujer, esa relación que hemos conocido en *Dos viejos cónyuges*. Por tanto cabe preguntarse si Basi no es una contracción del apellido Baresi. ¿Podría ser que Baresi fuera el apellido de quien, a modo de nombre artístico, se hace llamar Walter? ¿Y si el Baresi de Basilea fuera el padre de nuestro Walter? De serlo, algo al menos habríamos podido sacar en claro: sabríamos de quién heredó el ventrílocuo el arma asesina, la sombrilla de Java.

En cuanto al «da igual cómo siga o deje de seguir», me sonaba mucho y, aunque no sabía de qué libro de Malamud podía salir, en menos de cinco segundos el buscador de Google resolvió la cuestión: la frase se hallaba en un libro de entrevistas y otros textos de Philip Roth; era la respuesta que Malamud diera a la peligrosa pregunta que Roth le hizo la última vez que se vieron en la vida; se la dio casi al final de la visita que Roth le hizo en su casa de Bennington. El verano anterior, Malamud había tenido un derrame cerebral y las agotadoras secuelas le habían dejado en malas condiciones para viajar, para poder moverse de su casa. Roth cogió en Connecticut su coche y fue a ver a su maestro a Bennington y ya nada más llegar se dio cuenta de lo débil que estaba Malamud, porque si éste siempre se las había arreglado, lloviera o tronara, para permanecer en la acera mientras su discípulo llegaba o se marchaba, ese día Malamud estaba ahí también, en efecto, con su chaqueta de popelina, pero mientras le dedicaba un saludo de bienvenida más bien sombrío, parecía como si estuviera escorándose ligeramente hacia un lado, sujetándose al mismo tiempo, a fuerza de voluntad, sólo de voluntad, totalmente inmóvil, como si el más pequeño movimiento hubiera podido dar con sus huesos en el suelo: «Se había convertido en un anciano frágil y muy enfermo, sin apenas vestigio de su antigua tenacidad».

Al final de la visita, Malamud se empeñó en leer el inicio de la precaria novela en la que había empezado a trabajar y de la que tenía sólo una cuartilla. Roth intentó sin éxito que no le leyera aquel arrugado folio suelto, pero Malamud se empeñó en hacerlo, y con voz temblorosa lo leyó. Hubo un silencio brutal después de la lectura. Y Roth, que no sabía qué decir, preguntó finalmente si podía saber cómo seguía aquello.

—Da igual cómo siga o deje de seguir —dijo Malamud, encolerizado.

Para el discípulo, escuchar lo que el maestro había escrito en aquella arrugada cuartilla fue «descubrir que no había ni siquiera iniciado aquella novela, por mucho que él se empeñara en creer otra cosa; escuchar lo que leía fue como verse conducido a un agujero oscuro para admirar, a la luz de una antorcha, el primer relato de Malamud jamás escrito en la pared de una caverna».

Ignoro qué sentido —más allá de lucirse con la frase— pudo tener esa transcripción meticulosa de Roth del declive de su admirado maestro. Hay ocasiones en las que no me gusta nada Roth. En cambio, Malamud despertó siempre mis simpatías de lector. Se crió entre agentes de seguros y quizás por eso tenía el aspecto de pertenecer a ese gremio. Me atrae el Malamud que merodea tercamente alrededor de la capacidad que, por increíble que nos parezca, tiene el ser humano de mejorar. Y me atrae también porque crea todo tipo de seres discretos y grises con aires de agentes de seguros que, a causa de ese algo que llevan dentro, intentan ir al fondo y, como en el caso del afligido y sombrío ruso que protagoniza *El reparador*, que es mi novela preferida de Malamud, se transforman en grandes obstinados, siempre en lucha por ir más allá en todo.

Para un principiante como yo, Malamud, tan gris y tan tenaz, puede servir de perfecto modelo para escribir, siempre sin ánimo excesivo de ir a ninguna parte, para escribir evitando los esfuerzos del «reparador», ese personaje tan en constante lucha por evolucionar. Malamud es un buen modelo para mí, porque sus héroes se superan a sí mismos, pero, en cambio, el escritor permanece en una zona de rocas grises y encinas austeras, siempre sin ir a ningún lugar que se aleje de sus «saberes discretos» sobre el arte de la narración.

Para un principiante como yo, el gris y tenaz Malamud puede ser una bendición. Porque elegir la grisura puede significar no ver la necesidad imperiosa de evolucionar, eso tan absurdamente prestigioso. ¿O acaso los animales que no evolucionan —como el águila— no son plenamente felices con su estatus? Es probable que, si no hubiéramos tenido unos padres, unos profesores y unos amigos empeñados en que debíamos mejorar, podríamos haber sido mucho más felices. Por eso me parece que aquí, en este diario, me limitaré a seguir adentrándome en lo que llamo el *discreto saber*, que es una especie de asignatura que conlleva un conocimiento de la materia literaria y en la que es posible que lentamente obtenga avances, pero, por paradójico que incluso a mí mismo pueda parecerme, *sin prosperar demasiado*. Y es que ese *discreto saber* —no muy conocido por muchos, porque no suele dejarse ver— genera su propia protección contra los avances y contribuye a confirmar lo que tantos sospechamos desde siempre: que prosperar demasiado puede ser un suicidio.

«No evoluciono: viajo», escribió Pessoa.

De algún modo, esto me recuerda que en ocasiones se puede conocer mejor a un hombre por todo lo que desdeña que por lo que aprecia, y me recuerda también que, como creo que dice Piglia, en la literatura no existe lo que llamamos *progreso*, del mismo modo que uno no sueña mejor a lo largo del tiempo: tal vez lo que más se aprende a medida que se escribe es lo que se prefiere no hacer; seguramente avanzamos por descartes.

Estaba pensando en esto hará unos minutos, mientras miraba por mi ventana tratando de revivir el placer que me han producido siempre los dibujos muy intensos de algunos pintores, esas imágenes que surgen impulsivamente de lo que ocurre; estampas que surgen de la belleza del día gris que avanza serenamente hoy en las calles del Coyote y al mismo tiempo surgen de mi propio mundo de artista debutante: esos dibujos mentales, tan próximos siempre a lo que está sucediendo; grabados mentales de cierto encanto, algo inocentes, por suerte; inocentes, porque quien los realiza se encuentra todavía en la fase inicial de todo y no aspira a ir más allá, le basta con la calma que le da ser *el que empieza*; le basta con pertenecer a esa secuencia feliz del que aún está debutando y viaja apostado en su ventana y nunca pierde de vista que le es suficiente con la confortable grisura de su *discreto saber*.

En definitiva: que avancen otros.

O, como diría Malamud: quizás fuera más útil instalarse en la tenacidad de la discreta aula gris y aceptarla como lo que es, como un lunes eterno en la clase de Párvulos. Después de todo, no sabemos si, al igual que nuestro *discreto saber*, las cosas no son mejor así, *insuficientes a propósito*. Aunque, vistas desde según qué ángulo de mi propio despacho, las cosas desbordan, cada vez más, vida. Eso confirmaría mi sospecha de que prosperar con la timidez de Malamud es simplemente mejorar en secreto mi visión normal, mejorarla como si contara de pronto con

lupas especiales y todo lo que fuera estudiando, aprendiendo, viendo, se encontrara iluminado por una clase de
luz muy potente que no identifico, tal vez porque sólo es
en realidad la discreta luz de todo lo que voy sabiendo.

18

Esta mañana, bajo un sol casi literalmente de plomo, andaba por las calles del Coyote tan al acecho de cualquier acontecimiento reseñable que no habría sido extraño que alguien dotado de un fino instinto hubiera captado que andaba buscando algo, por pequeño que fuera —un guiño que me pareciera un mensaje cifrado, o una partícula de polvo en la que, poniéndole mucha imaginación, viera resumido el mundo—, para poder comentarlo en este diario. De haber existido ese observador de fino instinto, quizás hubiera dicho:

—Por ahí va un principiante, de caza por el Coyote.

He pensado en los muchos años que llevo paseando por este barrio, atado a mis rituales cotidianos. Tengo establecidas costumbres y rutinas, pues no sé ya cuánto tiempo hace que llevo esta deliberada vida de provinciano dentro de la gran ciudad. De aquí, del barrio, es toda mi familia, desde mi bisabuelo germanófilo hasta mis seis nietos, los hijos de mis hijos, de Miguel, Antonio y Ramiro, todos militantes de partidos políticos equivocados con los que a veces simpatizo, aunque sólo a esa hora del día en la que me olvido de que la idiotez no es un defecto de época, sino que viene existiendo siempre, es congénita a la condición humana.

De aquí, del Coyote, no he salido demasiado a lo largo de mi vida, aunque se me ha visto en muchos lugares, porque hice abundante turismo y los negocios de la construcción, además, me hicieron ampliar mercados y viajar en ocasiones muy lejos. El caso es que, desde hace ya tiempo, dibujo a diario pequeñas rutas que me conducen siempre a los mismos lugares del Coyote. Esto ayuda a que, tal como busco con cierta tenacidad, esto sea un diario y no una novela. Pero esta mañana me he olvidado absurdamente de esto y he abierto por momentos, sin darme cuenta, las puertas a sucesos que podían derivar en situaciones de novela. Iba esta mañana al acecho de algún acontecimiento reseñable cuando la voz —la voz de ese muerto que anda alojada en mi cerebro— ha reaparecido, sólo para advertirme:

—No es necesario que busques nada. Piensa que basta con tu vida, que es la única, la mayor aventura.

—¡Vaya tópico! —le he dicho.

Y poco después, como si fuera una consecuencia de haber censurado la voz, he empezado a tener la fea sensación de que me estaba deshidratando. Se ha vuelto urgente buscar una fuente de agua, o entrar en un bar lo más pronto posible. Me sentía medio mareado y he pensado entonces —en momentos como ése se piensan cosas extrañísimas— en la humildad de un hombre cuya máxima aspiración en un instante determinado es tan sólo acceder a un vaso de agua. Y me han venido a la memoria unas palabras de Borges que, dado mi estado, no sabía si podría recordar enteramente, pero sí he podido hacerlo: «Un hombre que ha aprendido a agradecer las modestas limosnas de los días: el sueño, la rutina, el sabor del agua».

Entonces, ya bastante más preocupado que instantes antes, me he plantado frente a la quiosquera, que estaba precisamente bebiendo agua en ese momento. Le habría quitado de cuajo la botella, pero he sabido contenerme.

—¿Ha visto lo que hace el calentamiento global? —me ha dicho la inefable Venus (así la llaman en el barrio, creo que con un punto de ironía, pues no es la belleza personificada), y al principio no he sabido si se estaba ella refiriendo a su sed o a mi tremendo aspecto de sudoroso ahogado por las altas temperaturas. Cuando he visto que hablaba sólo de su sed, he deseado vengarme de la pobre Venus y de su botella y me ha venido a la memoria un amigo de otra época, odiado por todos los ecologistas porque estaba especializado en contribuir con sus potentes industrias a los gases de efecto invernadero. Y eso me ha dejado mudo, hasta que finalmente he sonreído, como si guardara un secreto.

—¿Cree que mañana seguirá el calor? —ha preguntado.

Ahogando mis ganas de decirle que bajará, pero no lo hará en cambio la calentura, he terminado respondiéndole:

—Da igual cómo siga o deje de seguir.

No he esperado a ver cuál era la reacción de Venus. Me he ido del quiosco, me he marchado de allí sin tratar siquiera de intentar comprar el periódico, he entrado en un bar, he saciado la sed, he agradecido aquella modesta limosna que me daba la vida.

Minutos después, me encontraba felizmente ya de retorno de mi excursión bajo aquel calor tan asfixiante y estaba a dos pasos de cruzar el umbral del portal de mi casa cuando me ha parecido ver a lo lejos a Sánchez entrando en la pastelería Carson, ajeno totalmente, por supuesto, al desorbitado espacio que en mi mente ocupan, desde hace dos semanas, tanto él como las memorias de su ventrílocuo. Y me he dado cuenta enseguida de que estoy acostumbrado a pensar, muchas horas al día, en él o en esa novela suya de hace treinta años y que sin embargo no sólo no le conozco casi de nada, sino que en realidad es un perfecto extraño para mí. Lleva una intensa vida dentro de mi cerebro, al menos desde hace dos semanas, pero si se lo dijera, él mismo se quedaría sin comprender nada.

Luego, se han precipitado los acontecimientos. O quizás me he precipitado yo.

Desde lejos, con una visión deformada por la nube de calor, he visto de pronto, naturalmente con gran sorpresa, que entraba también Carmen en la Carson. ¿No estaba en el trabajo? He querido pensar que, como sucede en otras ocasiones, habría salido del taller una hora antes de lo previsto. El sol apretaba fuerte y era cierto que una especie de neblina móvil deformaba las figuras y he pensado que no podía estar tan seguro de haber visto a Sánchez, y aún menos a Carmen detrás de él, como si mi mujer fuera su perseguidora. Pero me he instalado en la duda. Y en lugar de ir hacia donde me había parecido ver a Carmen y aclarar de inmediato aquello, quizás por temor a aclararlo demasiado, he cruzado el umbral de la portería y luego la misma portería y he entrado en el ascensor, y allí por fin me he preguntado cómo debía tomarme las cosas.

Lo que había visto, ¿era sólo una pura coincidencia? ¿O la relación entre Carmen y Sánchez existía y era la historia de *un largo engaño*, como rezaba el título de aquel cuento que mi vecino había copiado de Malamud y que yo había leído ayer? ¿O no había visto ni a Sánchez ni a Carmen y todo era producto de la ola de calor que lo desfiguraba todo?

He entrado en casa, me he servido un vaso de agua bien fría, helada. Me he preguntado si ese gesto insignificante debía reflejarlo en el diario. La respuesta no ha tardado en llegar. Era necesario anotarlo si quería de algún modo seguir sintiendo que estaba escribiendo un diario y no una novela. Además, no debía perder de vista que al género del diario todo le ha ido siempre bien, puedes arrojarle lo que quieras, incluidas —faltaría más— las insignificancias; en realidad, éstas le van especialmente bien, así como también le van perfecto los pensamientos, sueños, ficciones, breves ensayos, miedos, sospechas, confesiones, aforismos, glosas de lectura.

Me he sentado en mi sillón favorito y me he dicho que debía ser muy prudente y, cuando viera a Carmen, no lanzarme a interrogarla y menos a acusarla de algo tan impreciso como aquello tan borroso de lo que quería acusarla. He ido al sillón y reiniciado mi lectura de *Walter y su contratiempo*. El séptimo cuento se titulaba *Carmen*.

19

Como ayer quizás hubo demasiadas emociones para un solo día, decidí dejar para hoy mi comentario sobre la lectura de *Carmen*. El cuento lo abre una cita de Petronio: «Otra vez tener que ser modesto me cansa, como me ha cansado toda la vida esta necesidad de tener que menospreciarme para adaptarme a los que me menosprecian, o a quienes no tienen de mí ni la más mínima idea».

No son palabras que parezcan de Petronio, pero ayer mismo investigué y no encontré nada que indicara que no pudieran ser suyas. En cualquier caso, lo que dice ahí Petronio, o quien sea que lo haya dicho, no tiene demasiada relación con lo que se cuenta en *Carmen*, lo que me lleva a pensar que la cita está sólo para mencionar a Petronio, y señalar así, aunque sea de un modo indirecto, que *Carmen* pertenece al género de las *vidas imaginarias* que creara Marcel Schwob.

Entre las historias que el escritor francés narrara en *Vidas imaginarias* (1896) estaba precisamente la vida de Petronio. Schwob me gusta mucho, desde hace años. Fue pionero en ese género especializado en mezclar invención y datos históricos reales y que en el siglo pasado influyó en autores como Borges, Bolaño o Pierre Michon.

En el caso de *Carmen* hay una parte de invención, pero, desde luego, completa ausencia de datos históricos. Sin embargo, los datos de realidad —entresacados únicamente de la vida que Carmen llevó justo antes de que yo la conociera— se mezclan con la ficción igual de bien que si hubieran sido históricos. En otras palabras, el cuento está bien hecho y encima el «momento mareante» es gracioso, porque, a diferencia de los otros que ya me he encontrado en el libro, aquí el «momento» dura breves segundos y no resulta pesado y sí en cambio produce un cierto mareo: «La pobre Carmen iba acumulando pelotillas de papel que se le quedaban en los vaqueros, porque no paraba de olvidarse los *kleenex* en los bolsillos».

Entrar en el cuento me pareció una experiencia extraña, en realidad increíble, pero tuve que aceptarlo, porque no podía llevarme a engaño, Sánchez había escrito sobre Carmen de muy joven: «Bueno, tenemos a una jovencita ya crecida de cara anémica y ancha que realza tal vez demasiado la armonía de sus rasgos pero, aun así, agraciada. Alta y de pechos delicados, lleva siempre un suéter oscuro y una bufanda en torno a su pálido cuello...».

Al principio, lo habría matado. Porque, aunque no podía creerlo, se trataba de Carmen, de mi mujer, y porque no sabía qué otra cosa podía hacer viendo que Sánchez escribía tan tranquilo sobre sus «pechos delicados», por ejemplo. ¿Y cómo era, además, que Sánchez había escrito sobre ella treinta años antes y yo ni lo sabía?

Después, para no volverme loco y mientras esperaba que llegara Carmen a casa y quizás pudiera explicármelo todo, me entretuve analizando el lugar de aquel cuento dentro de *Walter y su contratiempo*. Y me dije que lo más probable era que *Carmen* fuera un texto totalmente independiente que al mismo tiempo podía funcionar como un guiño para indicar a lectores atentos que todas las memorias de Walter eran una *vida imaginaria*. Pero también me dije que quizás se trataba de un cuento metido ahí sin relación alguna con la autobiografía del ventrílocuo, un cuento que tal vez con el tiempo se integraría con naturalidad en el conjunto y podía incluso ser visto como un relato sobre, por ejemplo, la primera novia de Walter.

Claro que, si lo pensaba mejor, tenía que reconocer que no podía decirse que fuera tan *imaginaria* la vida de la joven Carmen, al menos para mí, que conocía muchas de las cosas que ahí se contaban, cosas extraídas directamente de su vida real antes de conocerme. Me chocó mucho ayer leer todo eso, pero ahora, en frío, haciendo —no lo niego— un pequeño esfuerzo, reconozco que fue una buena idea por parte de Sánchez haber incluido ese relato en el contexto de la autobiografía del ventrílocuo porque así al menos había dos mujeres en ella —Francesca y la primera novia, o lo que pudiera parecer que era Carmen— y porque lo volvía todo más elástico —una jovencita de cara anémica y ancha podía tener algo que decir en la vida de Walter— y también porque de paso se daba entrada al gran Petronio.

Lo mejor de todo era que Petronio entrara en juego. Había algo en él que me había atraído desde la infancia. Al principio, durante mucho tiempo, este escritor romano había sido sólo para mí el genial personaje de *Quo vadis?*, aquel film que todos los años, en plenas vacaciones de Semana Santa, nos pasaban en las matinales de «cine religioso» que organizaban en mi escuela.

La fijación con *Quo vadis?* que parecían tener los padres jesuitas de mi colegio debió de nacer seguramente de algún equívoco, porque no es una película precisamente muy seria, ni religiosa: allí, el emperador Nerón, por ejemplo, gracias a la interpretación de Peter Ustinov, era un hombre sumamente cómico, un Nerón que se sentía poeta y atormentaba con los horrendos poemas que escribía al pobre Petronio, que a veces tenía que opinar sobre lo que el emperador escribía, hasta que llegó un día en que no pudo más con su tensa labor crítica y se suicidó. También Petronio tenía un punto cómico en *Quo Vadis?*, que no le faltó cuando, poco antes de quitarse la vida, le escribió a Nerón una maravillosa carta de despedida:

«Puedo perdonarte por haber asesinado a tu esposa y a tu madre, por haber incendiado nuestra amada Roma, por haber esparcido en toda la nación el hedor de tus crímenes. Pero hay una cosa que no puedo perdonar: el aburrimiento de haber escuchado tus versos y tus canciones de segunda categoría. Mutila a tus súbditos si te place, pero con mi último aliento te pido que dejes de mutilar las artes. Me despido, pero no compongas más música. Embrutece al pueblo, pero no lo aburras, como me has aburrido a mí hasta preferir matarme a tener que seguir oyendo tus ridículas composiciones líricas».

Estas palabras de Petronio proceden de la obra en la que se basa el film, la novela del polaco Henryk Sienkiewicz. Pero durante muchos años pensé que eran las que en verdad Petronio dejó escritas en una carta a Nerón antes de liberarse de él por el sistema rápido de quitarse la vida. No descubrí a otro Petronio hasta que encontré el libro de Schwob, donde había un personaje distinto al creado por Sienkiewicz. El Petronio de Schwob había escrito dieciséis libros de aventuras, todos leídos por su único lector, el criado Siro, entusiasta casi exagerado de todas esas narraciones. Aplaudía con tal entusiasmo el esclavo la lectura de aquellos cuentos que su amo terminó por concebir el proyecto de poner en práctica las aventuras escritas en los dieciséis libros. De modo que, una noche, sabiéndose condenado a muerte por Nerón, un escurridizo Petronio, en compañía de su fiel Siro, huyó sigilosamente de la corte del emperador. Cargaron por turnos con el saquito de cuero que contenía sus ropas y sus denarios. Durmieron al aire libre, recorrieron caminos, no se sabe si robaron... De hecho, comenzaron a vivir las dieciséis aventuras que previamente había escrito Petronio. Marcharon siempre hacia un lado y hacia otro, con el saquito de cuero. Fueron magos ambulantes, charlatanes rurales y compañeros de soldados vagabundos. Y dice finalmente Schwob, a modo de cierre memorable de su biografía: «Petronio olvidó completamente el arte de escribir en cuanto vivió la vida que había imaginado».

Me distraje ayer pensando en todo esto, es decir, pensando en la participación no imaginaria de Petronio en mi vida, hasta que, dado que Carmen aún no había vuelto a casa, volví a hacerme la pregunta tan ineludible de por qué hacía treinta años Sánchez había escrito un cuento sobre ella.

La joven anémica del relato era distinta de la que conocí, pero muy reconocible, porque lo que contaba ahí Sánchez era, por distorsionada que estuviera, la vida de ella antes de que de una forma tan extraña y en el fondo tan divertida —quizás manipulada por fuerzas invisibles— chocara conmigo casualmente en una esquina del Coyote y fuéramos a tomar un café y, a los cuatro meses, enajenados en el buen sentido de la palabra, termináramos casándonos.

Lo que cuenta Sánchez en *Carmen* es siempre anterior a ese choque en la esquina y en ocasiones muy inventado, como la boda de una jovencísima Carmen con un señor de Olot que, por supuesto, en la vida real nunca existió y que en el libro de mi vecino es descrito como un gran pelmazo que, por suerte, murió muy joven. Este marido o personaje inventado tenía ya cansada a Carmen antes de que se casaran, como puede observarse en este fragmento: «Nunca conocí al marido de Carmen, un industrial de Olot que, según me dijeron, era un palurdo completo —lo que ya es decir— y la persona menos adecuada para ella. Se casaron en Barcelona, en la iglesia de Nuestra Señora de Pompeya, y de aquel día quedan ya tan sólo unas fotos roídas por el tiempo en las que se ve a Carmen con la más desgarrada de sus sonrisas. Pero, Dios mío, qué aburrimiento, se sabe que dijo ella cuando el coche partió hacia la luna de miel que programaron entera en la sólidamente tediosa Plana de Vic, esa gran depresión alargada en dirección Norte-Sur que constituye el núcleo central de la comarca de Osona, provincia de Barcelona...».

Me he desviado hacia Osona, por caminos inesperados, pero ahora vuelvo al enigma de cómo puede ser posible que hace treinta años Sánchez escribiera la vida de Carmen joven, enigma que se resolvió fácilmente nada más llegar ayer Carmen a casa, treinta minutos después de haberla visto entrar en la Carson. Tras mi pregunta casi temblorosa y urgente, me contó, sin perder la calma, que, en efecto, Sánchez había escrito ese relato hacía treinta años inspirándose en la vida que ella llevó de muy joven, aunque le insufló una parte de «vida imaginaria» en todo lo referente a la historia del pelmazo muerto y otros asuntos también menores, pero sin duda empalagosos.

Sea como fuere, descubrir aquello me dejó zumbado y perdido todo el día de ayer y parte de la mañana de hoy. ¿Qué hacía ella metida precisamente en el libro que me proponía yo reescribir y mejorar?

Veo como si fuera ahora la escena de ayer en la que, nada más volver Carmen a casa, le pregunté si venía de la Carson.

—¿No ves los pasteles? De allí vengo —dijo.

—¿Te has encontrado con alguien en la pastelería?

La desconcertó la pregunta y pensó algo la respuesta.

—No, ¿por qué?

Fue entonces cuando le dije que, por increíble que pudiera parecer, acababa de leer un cuento de Ander Sánchez sobre ella.

—¡¿Ah, sí?! —dijo.

En ningún momento se alteró lo más mínimo. Me contó que fue novia de Sánchez por unos días en la prehistoria de todo, siempre antes de conocerme, en un verano perdido en la noche de los tiempos: el entonces joven Sánchez escribió después el cuento, inventándole un marido de Olot horrendo y matándolo encima, y ella decidió que no le daría nunca mayor importancia al asunto, pues, como yo seguramente sabía muy bien, «la literatura y otras disciplinas de *litera dura*» se la traían bien floja.

—¿Y no estaba hoy Sánchez en la pastelería? —le pregunté.

—¿Qué pasa? ¿Tienes una cámara secreta allí?

—Os he visto entrar, eso es todo.

Me miró con incredulidad, como si pensara que me había vuelto loco. Y se encogió de hombros, ajena a cualquier preocupación por lo que le insinuaba.

—Deberías ocupar tus horas en algo —pasó a decirme—. No puede ser que andes tan aburrido. Pero es que, además, Mac, de aquello ha pasado mucho tiempo. Tres décadas, creo. Y digo «décadas» porque así aún suena a más antiguo todo. ¡Décadas! ¡Décadas!

Su relación con Sánchez, empezó a decirme, fue una historia de juventud tirando a breve, un amor de los muchos que por aquellos días tuvo y que nunca me contó, porque jamás contempló la idea de que fuera necesario reavivar el fuego muerto de pasiones mínimas, las cenizas de tantas historias banales. A Sánchez le veía a veces por el barrio, hacía años que le veía por ahí. Sí, le veía en el supermercado, en el Tender Bar y en la terraza del Baltimore y en la pastelería Carson —hacía un momento que, en efecto, le había visto comprando con exasperante lentitud unas lionesas— y en el bar Treno y en el restaurante coreano y en el bar Congo y en la relojería de los hermanos Ferré, y en el cine Caligari y en el estrecho probador del sastre del barrio, y en la peluquería Ros y en el restaurante Viena y en el cajero de la calle Villarroel, y en la floristería de Ligia, etc. Como ella salía el triple que yo a la calle, veía a Sánchez con más frecuencia, y eso era todo. Ni le saludaba cuando le veía porque Sánchez estaba endiosado y porque seguro que no la reconocía porque aquel verano del pasado había quedado muy lejos.

La miré con desconfianza y Carmen me devolvió la mirada de un modo tan agresivo que me dejó helado. Nos quedamos en silencio unos segundos y recuerdo que sólo oíamos el tictac angustioso de un reloj que siempre tuve por sigiloso. Y de pronto, Carmen quiso saber por qué leía el libro de Sánchez y si no me habían dicho que era muy malo, tanto aquel libro como los demás que había escrito, se lo había dicho Ana Turner.

—¿Ana Turner te lo ha dicho?

—No desvíes la conversación —dijo.

Y preguntó cómo era que había podido reconocerla en el cuento. Como la cuestión era absurda y la respuesta era obvia, parecía que fuera ella quien quisiera desconcentrarme dentro de la conversación. No lo logró. Por lo visto, le dije, no te acuerdas de que, entre otros detalles, salen nombrados todos tus primeros pretendientes. Es verdad, dijo. Y además, le dije, hay un fragmento en el que Walter intenta por carta describir el color del mar a una amiga y le habla en realidad del color de tus ojos.

Ya sólo me faltó leerle ese fragmento: «¿Cómo explicarte el azul intenso de este mar? Es zafiro, pero zafiro vivo; es el color de los ojos de ella, unos ojos transparentes, pero indescifrables, con una especie de pureza a la vez límpida y sólida, alegres, vivos, únicos bajo este cielo azul pálido y blanco de bruma».

Es extraño, pero hace un momento, al transcribir este fragmento de los ojos color zafiro, he sentido algo súbito e irracional y he vuelto a enamorarme de ella, como en los primeros tiempos.

¿Controlamos nuestro destino o nos manipulan fuerzas invisibles? Me lo pregunto mientras oigo que Carmen va hacia la cocina, casi seguro que a preparar nuestro almuerzo. Oigo sus pasos alejarse por el pasillo y rememoro otro fragmento del relato:

«Hija insumisa de la egipcia Ast, bella y pálida como la noche, tempestuosa como el Atlántico, Carmen se fue especializando en provocar desesperaciones».

Desesperado, me llevo las manos a la cabeza. No sé muy bien por qué lo hago, quizás sólo es amor de perdición, sólo desesperación de tanto amor y de tanto temor a perderlo.

20

Sabía que los efectos de un cuento podían ser arrolladores, pero nunca los había probado en carne propia. Desde ayer sé que pueden, por ejemplo, hacer que vuelvas a enamorarte de tu esposa de tantos años. ¿Lo más curioso en todo esto? Que acabo de ver que el relato que sigue a *Carmen* en el libro de mi vecino se llama *El efecto de un cuento*, y ante esto no sé ya qué pensar, porque la nueva casualidad parece excesiva. Descarto que vaya a leer ahí la historia de mi reenamoramiento, pero si eso ocurriera tendría que entenderlo sólo como una señal de que el mundo real se ha vuelto loco; no yo, por supuesto.

En cualquier caso, el hecho de que el cuento que sigue a *Carmen* se llame de ese modo me ha ido bien, porque me ha ayudado a imaginar algo en lo que creo que nunca había pensado: libros en los que el lector iría leyendo lo que le iba sucediendo en la vida, justo en el momento en que todo eso iba ocurriendo.

Esto me ha hecho sospechar que podría estar sucediéndome lo siguiente: antes de que llegue el día en que me disponga a reescribir la novela de mi vecino, la propia lectura de la misma me está obligando a veces a *vivir previamente* algunas de sus secuencias.

¿Podría ser que sucediera algo así? Nada es descartable. Ya puesto a imaginar y especular a fondo, me pregunto si en los últimos tiempos unos agentes de la Oficina de Ajustes no han ido trabajando en la sombra para hundirme como hombre de negocios y así poder empujarme más fácilmente a iniciar un diario personal que me llevara a proyectar un *remake* de la novela más etílica de Sánchez, lo que a su vez iba a ponerme en bandeja volver a enamorarme de mi mujer, que es nada menos que lo que me ocurrió ayer... Aunque todo esto también se podría ver de otro modo algo distinto, como una gran broma pesada que habrían querido gastarme esos hipotéticos agentes ajustadores: dejarme arruinado, sin capacidad de maniobra para nuevos negocios, y todo sólo para que conozca las alegrías que da una actividad marginal (escribir) y la felicidad de un retorno a un aburrido matrimonio estable, sin turbulencias.

La Oficina de Ajustes de la que hablo es la que aparece en *Destino oculto* (*The Adjustment Bureau*), un film que no hace mucho vi en televisión. Una adaptación de un breve cuento de Philip K. Dick por el que transitan subalternos kafkianos o agentes del Destino, hombres de la llamada Oficina de Ajustes, funcionarios que controlan y, si es preciso, manipulan el destino de los humanos.

—¿Crees que esos subalternos conspiran para que tu diario sea sólo novela? —pregunta la voz.

En eso estaba precisamente pensando, de modo que no es ni necesario que le responda.

&

Este mediodía he leído *El efecto de un cuento* y, tal como cabía esperar, el mundo no se había vuelto loco del todo y mi dilema —saber si controlamos nuestro destino o nos manipulan fuerzas invisibles— ha quedado bastante resuelto, porque el relato no contenía ninguna historia de reenamoramiento, ni nada por el estilo; podía quedarme tranquilo, estaba desvinculado de mi vida privada.

Si había algo bastante obvio en ese octavo relato del libro era que Sánchez se había inspirado para escribirlo en *Aquí vivía yo*, un desolador y muy breve cuento de fantasmas de la caribeña Jean Rhys. De hecho, el epígrafe era de ella: «Por primera vez se daba cuenta de lo que pasaba realmente». Y la historia que contaba Walter tenía evidentes ecos de *Aquí vivía yo*, pues la trama de una y otra eran muy parecidas.

Al principio de *Aquí vivía yo* teníamos a una mujer que de piedra en piedra —un precario camino que se notaba que conocía a la perfección— iba cruzando un riachuelo. La mujer iba muy confiada en que estaba volviendo a su casa y sólo, allá arriba, el cielo la inquietaba, porque parecía, ese día, ligeramente distinto, quizás porque estaba demasiado gris y vidrioso. Cruzado el riachuelo, se plantaba ante los gastados escalones de una casa, junto a la que estaba aparcado un automóvil; un detalle que la sorprendía mucho. ¿No había visto nunca un coche? Un niño y una niña jugaban bajo un gran árbol del jardín. «Hola, hola», les decía queriéndose animar a sí misma. Pero ellos no parecían advertir su presencia y proseguían, como si nada, con sus cosas. «Aquí vivía yo», murmuraba entonces la mujer, y alargaba instintivamente los brazos hacia ellos. El niño la miraba con sus ojos grises, pero no la veía. «Se ha levantado frío de repente. ¿No lo notas? Vamos adentro», decía el niño a la niña, su compañera de juegos. La mujer dejaba caer los brazos, y el lector leía entonces la frase que tanto temía y que cerraba el relato: «Por primera vez se daba cuenta de lo que pasaba realmente».

En *El efecto de un cuento*, Sánchez / Walter toma como punto de partida la historia de Rhys para ensamblar literatura y vida al narrar el desasosiego que le causa a un niño llamado Manolín la escucha casual del relato *Aquí vivía yo*. Ese relato lo cuenta en voz alta un padre a una madre, y el hijo de ellos, el tal Manolín, lo oye casualmente y queda muy afectado porque entiende que la historia ha venido a revelarle que todos, tarde o temprano, tenemos que morir y que, después de hacerlo, visitaremos la casa familiar sin que nadie nos reconozca, como fantasmas. Manolín pasa entonces a preguntarse para qué ha nacido si es para morir y si sus padres le concibieron para que conociera la experiencia de la muerte.

«Era ya de noche en Nueva Orleans cuando al pobre Manolín le tembló la mano y le cayó al suelo su vaso de leche, y me retó a que volviera a contarle el cuento. Se le veía tan afectado por lo que yo acababa de contarle a su madre que no parecía nada oportuno repetirle ni una sola palabra de lo que tan alegremente había narrado en voz alta, hacía sólo un momento. Y recuerdo que resultaba chocante que aquel cuento hubiera podido producirle semejante efecto, pues no era una historia fácil de entender por un niño. Pero Manolín, visiblemente triste, iba repitiendo como un fantasma: aquí vivía yo, aquí vivía yo... Y se iba quedando después, una y otra vez, silencioso y pensativo, desasosegado, hasta que cayó rendido y finalmente dormido. Guardó cama tres días, aunque el doctor nos dijo en todo momento que no tenía nada».

El doctor del cuento —no es un detalle precisamente irrelevante— es sevillano, y hacia el final del relato se puede ver que el lugar donde transcurre todo —incluso el descomunal episodio denso o «momento mareante» en el que el misterioso narrador, el imitador de la escritura de Rhys, parece tener la resaca del siglo, la resaca de siete mil copas de ron seguidas— es una Nueva Orleans que en realidad recuerda mucho a Sevilla. Que la recuerde es algo difícil de conseguir porque son ciudades bien distintas y sin embargo el narrador nos convence de que se parecen. Y es que el narrador, aunque no llega a decirlo nunca explícitamente, indica al lector con la suficiente claridad que el niño de la historia es el futuro barbero sevillano en el momento de descubrir que, tarde o temprano, va a morir (quizás ya sólo le faltó saber al pobre Manolín que le asesinaría un ventrílocuo en un oscuro callejón portugués).

«No vi nunca en mi vida una cara tan triste como la del pobre durante aquellos tres días que pasó en la cama. A qué hora me moriré, nos preguntó en la tarde del tercer día. Su madre no sabía qué decirle. Y yo, que no soy de la familia, aún menos sabía cómo podía echarle una mano en aquel complicado conflicto. "Entendí que me voy a morir, ¿no es así? Lo decía el cuento del otro día", dijo el niño. Y nos quedamos tan de piedra que mirábamos a otro lado, al final le sonreímos, como queriendo decirle que no se preocupara».

En un momento determinado nos enteramos de que en Nueva Orleans, a la orilla del mar, todos los jóvenes se pasean tristes. Para entonces, ya estamos a las puertas del final del cuento:

«Por la noche, Manolín había recuperado parte de su incansable vitalidad y, como si quisiera imitar nuestra sonrisa de horas antes, se reía de cualquier cosa. Todo le hacía gracia. Pero ya no era el mismo. Había terminado de golpe la infancia para él. A través del cuento involuntariamente oído, había accedido al conocimiento de esa realidad indestructible que llamamos muerte. Eso le había dejado enfermo, aunque también libre para reaccionar como quisiera. Para reírse, por ejemplo. Y sólo Dios sabe lo mucho que el niño se reía, porque se reía tanto que era del todo imposible saber cuánto exactamente se reía, soltaba también carcajadas que acababan dejando en él un rictus fatal de angustia».

Con estas palabras termina *El efecto de un cuento*, y con él las andanzas de un niño que, con el tiempo, iba a descubrir en un callejón lisboeta cuán cierto era aquello que le había predicho aquel cuento oído casualmente en la infancia.

Y aquí termino por hoy. Me ha entrado sueño, y creo que lo mejor es pensar que mañana será otro día, etc. ¿No hablan así los diaristas? Carmen está viendo la televisión en la sala. Cierro la puerta de casa con doble vuelta de llave, pero antes miro por la celosía para ver cómo está el rellano, y disfruto viendo el trozo triangular visible de la barandilla de la escalera. Parece que no haya un solo vecino en el inmueble. Gran silencio en el edificio. Sin embargo, la mayoría de la gente ya debe de haber entrado en sus casas y muchos estarán ya dormitando. Me imagino a Sánchez en su piso del inmueble de al lado, también ya retirado en su casa, preparándose para el sueño reparador, y de pronto poniéndose en pie de un salto, como si algún ruido mínimo, proveniente del mundo del subsuelo, le hubiera alertado del peligro indefinido que represento yo, su vecino, que, sin haberlo comunicado a él ni a nadie, no paro de planear modificaciones que haré en las memorias de Walter. Y eso que aún no he terminado de leerlas.

[ÓSCOPO 20]

Lo he pensado y voy un poco zumbado y creo que, en efecto, tendría que irme a dormir, pero lo he pensado y me interesa no olvidarlo y por lo tanto creo que he de transcribirlo aquí, aunque esté rendido de sueño. No creo que esté tan mal ni que sea necesariamente desconcertante que Sánchez incluyera dentro de las memorias de Walter una historia vivida por el barbero cuando era niño. De hecho, empiezo a pensar que la inclusión de esas historias tan laterales con respecto al tronco central de la autobiografía del ventrílocuo es todo un hallazgo, pues la vida de un hombre no viene determinada únicamente por sucesos en los que él está allí presente. Cosas aparentemente muy desvinculadas de su mundo pueden acabar explicando mejor su vida que otras en las que él está muy implicado.

Eso me recuerda la primera vez que vi que algo así ocurría en la biografía de un artista. Hará años leí un libro sobre Baudelaire en el que la cronología de los hechos de la vida de este poeta se iniciaba con el nacimiento de su abuelo y terminaba cuatro años después de su muerte, en un apartado en el que el biógrafo se ocupaba de los pasos perdidos —apoyada en muletas y hablando sola por los bulevares— de Jeanne Duval, la amante del escritor. Ya entonces me pareció interesante que se considerara que aquellos pasos perdidos también formaban parte de la vida de Baudelaire.

A veces unos cuantos focos descentrados, muy laterales, pueden mejorar la iluminación de la escena central.

&

Me despierto, me levanto para anotar lo único que recuerdo del final de mi pesadilla. Alguien, con notable obstinación, me estaba diciendo:

—Mira, es muy raro estar leyendo una historia contada por un vecino hace mil años.

21

La realidad, creo yo, no necesita que nadie la organice en forma de trama, es por sí misma una fascinante e incesante Central creativa. Pero hay días en que la realidad da la espalda a esa Central sin rumbo que es la vida y trata de darle un aire de novela a lo que pasa. Entonces yo me resisto, porque no deseo que nada perturbe mi escritura de diarista, me resisto tan horrorizado como Jekyll ante Hyde cuando notaba que el hombre de bien era presionado por «el pérfido desconocido que llevaba dentro». Esto es lo que hoy ha ocurrido cuando la realidad se ha empeñado en mostrarme, con la mejor iluminación a su alcance, su implacable máquina de novelar, lo que me ha incomodado largo rato hasta que he cedido y me he dejado llevar por una patética luz de neón al fondo de la calle en la que está el rancio bar Treno, con su iluminación extremadamente horrible.

¿Cuántos años hacía que no me adentraba en esa calle tan siniestra? ¿No era del barrio del Coyote la que sin duda menos he pisado en mi vida? Llevaba años evitándola, y seguramente tenía motivos sobrados para eludirla. El caso es que la luz de neón en pleno día me ha atraído y al poco rato me he encontrado sentado en un inhóspito rincón del bar Treno, el local más amplio y también más anticuado del Coyote. He entrado para tomar un café doble que necesitaba con urgencia, y de ahí que no haya perdido ni un segundo en buscar un bar mejor, que, por otra parte, al menos en aquella calle, no existía.

Me he sentado en la zona de mesas menos atractiva del local, una que hay inmediatamente después de dejar atrás la interminable barra anticuada, esa barra tan antigua, con estanterías encima, parecida a un McDonald's de los de antes. Mi mesa era la última de las que están separadas del salón del fondo por una larga vidriera opaca que impide que puedas ver a los clientes que están al otro lado, aunque se los puede oír perfectamente. Y allí, sin que ni tan siquiera haya tenido tiempo para sospechar que no saldría indemne de mi elección de mesa, me he quedado bien sorprendido al reconocer de pronto, al otro lado de la vidriera, la odiosa voz metálica y criticona del sobrino de Sánchez.

Dios, he pensado, no puede ser, ahí mismo lo tengo. El sobrino estaba contando a dos jovencitas lo mal que iban las cosas en el mundo de la literatura, donde los hombres de negocios andaban deshaciéndose de todo lo que juzgaban demasiado pesado, demasiado cargado de sentido... «Estamos en manos de monstruos», ha afirmado el sobrino de repente, taxativamente. Y ha comenzado a explicar la diferencia que creía ver entre un novelista que hace *best sellers* y trabaja con la superficialidad del peor periodista, y un escritor de profundidades como... Mundigiochi.

Ha dicho Mundigiochi, ése es el nombre que he oído. Tal vez esa diferencia entre los *mundigiochis* y los *best sellers*, ha dicho, era la misma que hay entre el escritor que sabe que en una descripción bien hecha hay el gesto moral y la voluntad de decir lo que aún no ha sido expresado y el escritor de *best sellers* que usa el lenguaje simplemente para obtener un efecto y aplica siempre la misma inmoral fórmula de camuflaje, de engaño al lector. Por suerte aún quedan autores, ha acabado diciendo, en los que hay una búsqueda ética precisamente en su lucha por crear nuevas formas...

Parecía el Sermón de la Montaña.

No lo podía ni creer: aquello no eran más que cuatro tópicos muy gastados sobre el estado de la industria cultural. Y, a tenor de lo que decían las dos chicas jóvenes parecían deslumbradas con lo que el sobrino odiador comentaba. Al final, he pensado, voy a tener que admitir que es verdad que los subalternos de la Oficina de Ajustes trabajan para que me pasen cosas. Ahora bien, si fuera así y su oficina realmente existiera, habría que reconocer que actuaban de una manera bastante imperfecta, porque el *speech* del pobre sobrino odiador era, por decirlo de un modo suave, completamente de bofetada. Por si fuera poco, tras una breve pausa, he oído que decía que las personas más interesantes eran las que no habían escrito nunca nada. Entonces, me he preguntado: ¿qué hacemos con los *mundigiochis*?

Por poco se lo pregunto de viva voz desde el otro lado de la vidriera opaca.

Ha sido curioso. Prodigiosamente encadenado a su declaración a favor de los que no escriben nada, ha sonado en la calle el aullido de la sirena de una ambulancia, un ruido atronador. Para cuando he vuelto a oír la voz del sobrino, me ha parecido que todo había cambiado.

—Me lo comentan a veces – estaba diciendo él en voz baja y triste—, pero yo no tengo miedo a mostrarme tal como soy. Detesto a los que aparentan ser razonables, educados, y todo eso. Hablo sin pensar en las consecuencias de lo que digo. No me preocupa mi imagen. Aunque, eso sí, hoy me he afeitado, que conste que me he afeitado —aquí ha reído, o eso me ha parecido, una risita cantarina, algo estúpida—. Soy feliz siendo así y no de otro modo. No temo nada. ¿Me entendéis?

Nadie le ha contestado, y el silencio de ellas ha precipitado las cosas. El sobrino ha acabado descubriendo su verdadero y único objetivo y ha hablado largo y tendido de la fiesta que quería organizar en su cuchitril. Entonces para mí todo se ha vuelto muy pesado porque sólo me quedaba espiar la enorme torpeza con la que él intentaba llevarse al catre a las dos muchachas. En un momento determinado he dejado de escuchar y cuando he vuelto a conectar he oído que una de ellas decía:

—Pero, aun así, nosotras querríamos entrevistar a tu tío, tienes que ayudarnos.

No he querido ya oír más, estaba claro lo que allí estaba pasando. Uno quería ligar y las otras pedían algo que el sobrino no les podía facilitar. Y yo ante todo tenía que volver a casa, nada se me había perdido allí. He ido hacia la puerta, he pagado en la caja y he salido. Y luego, habiendo ya emprendido en la calle lentamente el camino de regreso, he pensado que al sobrino odiador le había oído ya lo suficiente, en dos oportunidades distintas, como para saber que su lado horrible y estúpido quedaba compensado por la incógnita que él mismo, con algún detalle aislado de talento, acababa dejando siempre abierta. Dicho de otro modo: dado que no acababa de saber a qué carta quedarme con él, lo recomendable, me decía yo, siempre iba a ser quedarse con la versión más favorable y no la contraria, pues si él había alcanzado una cierta genialidad en algún momento, eso tenía que indicar que en realidad era genial, o potencialmente genial. Aun así, tenía que reconocer en él un lado muy patético, por no decir sumamente ruin, porque utilizar, incluso para ligar, aquel discurso obsesivo contra su tío era como mínimo feo, por no decir algo peor. Pero me parecía que, a pesar de esto, salía ganando el pobre sobrino en comparación con su tío, pues éste era más bien un pavo real inconsistente, además de ciudadano insufrible, con un pasado de antiguo novio de Carmen que no había acabado yo aún de digerir.

Me gustaba el sobrino, principalmente porque no tenía problema en exhibir un tipo de autenticidad que le perjudicaba en muchos aspectos, pero que le permitía *ser él mismo*. En el fondo, ese tipo desacomplejado y bien malhablado estaba diciendo todo el rato que no escribir y negarse a bajar la cabeza ante el sistema tenía, como mínimo, un valor tan grande como emborronar páginas para producir una miserable novela rentable. Sin saberlo, el sobrino no hacía en realidad más que demostrarme lo bien que había yo obrado al elegir el camino de escribir lejos del mundanal ruido; el camino de no publicar nunca; el camino de escribir por el placer de aprender a escribir, de tratar de averiguar qué escribiría si escribiese.

Me inspiraba el sobrino sentimientos contradictorios, pero algo teníamos en común: a él parecía gustarle la condición de vagabundo, y a mí no, pero yo no podía negar que en el fondo me atraía también esa vida y la prueba estaba en la simpatía con la que miraba la idea de Walter de viajar y tratar de conocer en países árabes el mito de origen, es decir, el primer relato. También esa idea de huir, que en Walter nacía de la necesidad y en mí era sólo una idea de vagabundeo, que sentía que podía realizar en las hojas mismas de este diario.

&

«No tiene la menor importancia, por eso es tan interesante», decía Agatha Christie. Y al recordar la frase —llevaba ya cinco minutos fuera del rancio Treno— he pensado en el pobre sobrino odiador. Y de pronto he decidido dar media vuelta y regresar al bar. He caminado un minuto largo junto a unos chinos que llevaban el mismo paso que yo y no he encontrado el modo de ir delante o detrás de ellos. Parecían una réplica de mí mismo, o una sofisticada burla de mi forma de andar, y eso me ha hecho recordar que ayer Carmen, quizás movida por la alegría que siente al ver que ha vuelto para ella el tiempo del amor, me invitó a viajar lejos. A China, dijo, y luego no dijo nada más sobre China ni sobre nada, ni yo tampoco. Quedó flotando, sola y rara, esa palabra, *China*. Cuando unos minutos después le volví a preguntar, dijo que no había dicho nada. Fue como si hubiera caído en la cuenta de algo que había olvidado y que le impedía irse. El caso es que llegó a negarme que hubiéramos hablado de China.

Me he detenido en la bodega Amorós y he tomado un gin-tonic casi de golpe, no con el ánimo de volverme de pronto denso y espeso, sino de proveerme de más coraje del habitual. Y, cuando he vuelto a entrar en el sucio Treno, he dejado atrás a toda velocidad la larga barra anticuada y he ido más allá de la gran vidriera oscura y me he plantado directamente ante el sobrino en un momento en el que él —más repitente o repetidor que nunca— estaba repitiendo que a su tío no le quedaba nada por decir. Hasta entonces no había podido verle, sólo oírle hablar detrás de la vidriera opaca. Al tenerlo frente a mí, me ha parecido que iba más aseado que la última vez que le vi, diría que con las espaldas más anchas incluso, probablemente por las exageradas hombreras de una chaqueta roja que le daba un aspecto más juvenil y hasta saludable.

—Aun suponiendo que sea así y no le quede nada por decir —le he interrumpido sin miramientos— me gustaría tener una conversación con su tío, con su ilustre tío, necesito entrevistarlo ya.

Me ha mirado aterrado. Y sus dos amigas —jovencísimas, tal como había supuesto, y con un aire intelectual que a las dos les proporcionaban sendas gafas de carey— también se han mostrado asustadas, aunque han acabado riendo, riendo tanto que a una incluso se le han caído las gafas al suelo, y después ha caído ella.

Creo que les he dado un susto que primero les ha producido miedo y luego risa. No he de ponerme nervioso, me he dicho. Pero me he dado cuenta del innecesario lío en el que me había metido. El sobrino odiador estaba más bebido de lo que creía y parecía estar a punto de levantarse para increparme seriamente, quizás para pegarme. Entonces, con un punto de timidez pero mintiendo a conciencia, he dicho que era periodista de *La Vanguardia*. Y he señalado ligeramente hacia afuera, en dirección al Este, hacia el edificio donde está la redacción de este periódico que hace unos cuantos años dejó el centro de Barcelona para trasladarse al Coyote.

Inmediatamente, he caído en la cuenta de lo demencial que era haber siquiera insinuado que buscaba ser recibido por Sánchez. ¿Qué pensaría éste si se enterara? He dado marcha atrás en todos los terrenos y me he disculpado, he tratado de que me viera como un simple chiflado, y hasta me lo he pasado bien fingiéndome loco. He citado a Horacio, como si me lo dijera a mí mismo: «Jugaste de sobra y bebiste de sobra. Es hora de que vuelvas a casa. *Tempus abire tibi est*».

—Entonces, ¿no tiene usted la intención de pisarnos la entrevista? —ha preguntado con gracia una de las chicas.

Sólo he querido pisarle el rencor al sobrino, ese rencor que le sirve para todo, me he dicho, mientras comprendía que cuanto menos me entretuviera allí, menos se acordaría él después de mi cara.

—No os voy a pisar nada, pero cuidado con Mundigiochi, que lo pisa todo —les he dicho.

No he esperado a que rieran o a que el sobrino me rompiera la cara y he huido de allí a toda velocidad —como si fuera Petronio huyendo de noche del palacio de Nerón, con un saquito de cuero—, he pasado casi volando por delante de la larga barra anticuada, donde un camarero calvo, que antes no estaba, fregaba platos con desidia, y me ha recordado a alguien. Me ha parecido que me llamaba por mi nombre, pero no me he detenido. Que no, que no, que no quería quedarme ni un segundo más en el Treno. Al ir a salir a la calle, he mirado mejor al camarero, y he visto que ya sólo le faltaba llamarse Mac, porque era idéntico al del film de Ford, aquel hombre que sólo era camarero y nunca estuvo enamorado. Cosas que pasan, me he dicho extrañado. Cosas que pasan, he vuelto a decir. Pero ni repetirlo me ha ayudado a comprender qué hacía el otro Mac allí.

22

Dado que Carmen insistía en que, en el fondo de los fondos, yo simplemente vegetaba —negaba que escribir este diario personal, con todo el trabajo que comporta, significara hacer algo— y dado que también insistía, además, en asegurar que estar todo el día de brazos cruzados era peligrosamente aburrido y podía llevar hasta el suicidio —«mira que si te mataras ahora que volvemos a querernos tanto», recalcaba con una ironía que me dejaba descolocado porque, habiéndose reenamorado de mí, no sabía a qué obedecía aquel inoportuno tono burlón—, he decidido hoy mismo, a la hora de comer, explicarle que mi diario lo escribo a mano y de un modo siempre algo compulsivo, aunque después —por eso paso horas en el despacho— lo corrijo con paciencia, como si llevara lentes de aumento, lo paso a limpio en el ordenador, lo imprimo, lo vuelvo a leer en el papel, lo vuelvo a corregir, etc., y finalmente lo deposito en un documento Word al que ayer mismo precisamente le puse el título de *Diario de un constructor hundido*.

—¿Por qué constructor? —ha preguntado.

—Ya veo que te sorprende esto y no que diga que me siento hundido.

—Me sorprende todo. Para empezar, que insistas en que haces algo sólo porque escribes un diario. ¿Salgo en él, por cierto?

—Por supuesto, y escribo maravillas sobre ti, pero no las podrás leer nunca.

Debería habérselo dicho de mejor forma, pero me he expresado así porque me enojaba, a pesar de su proclamado desdén por las actividades literarias, su excesiva indiferencia hacia mi actividad de principiante. Tal es el desinterés que viene mostrando por el diario que ni me ha preguntado por qué no podrá leerlo nunca. Ahora bien, yo he decidido explicárselo igualmente.

—No es que quiera ocultar nada —le he dicho—, sino que deseo escribir en total libertad conmigo mismo. Aun así, a veces en el diario me dirijo a un hipotético lector que no busco, pero al que hablo sin darme cuenta.

Como cabía esperar, ha seguido poniendo cara de que todo aquello no iba en absoluto con ella. Por un trauma infantil que no ha querido explicarme nunca bien, pero en todo caso relacionado con su dislexia, le repugnan los libros. Sin duda su trauma ha de estar relacionado con el hecho de que también sus padres fueran disléxicos y además con el tiempo hubieran adquirido una —pequeña al principio y luego, al final, incontrolable— fobia al papel impreso.

—Digo maravillas de ti —le he dicho—, ¿no quieres que te diga algunas? No hará falta que las leas, ya sé que no querrás, pero te las puedo decir ahora mismo.

Ni así se ha interesado por el diario.

En el silencio que ha seguido, he pensado que, si en circunstancias misteriosas, ligadas a un oscuro crimen, por ejemplo, me viera obligado de repente a huir sólo con lo puesto —digamos que con una camisa blanca y pantalones oscuros y un saquito de cuero con algunas cosas indispensables— y a perderme por esos campos de Dios, por el ancho mundo y, en la precipitación de mi fuga, olvidara el diario en casa, quizás Carmen no tendría más remedio que, tal vez a requerimiento de la policía, hacerse cargo de estas páginas secretas, donde alguien —puede que ella misma— descubriría ahí lo mucho que la quise, aunque también lo mucho que me exaspera su indiferencia hacia mis ejercicios de escritura, así como esa extraña actitud irónica que no entiendo a qué obedece.

Sería una buena venganza huir a Oriente y dejarle el diario y que tuviera que interesarse por él, aunque sólo fuera para entregarlo a la policía.

Pero todo esto son especulaciones porque la quiero, aunque la pulsión de huida, la tentación de imitar a Walter y escapar —en mi caso sin tener que matar a nadie— es verdaderamente muy grande.

¿Qué haría después Carmen con las páginas de mi diario? Quizás olvidarlas para siempre, o tal vez hacer de Max Brod y darlas a leer a alguien de alguna editorial. «Después de todo, aunque escribía para sí mismo, en el fondo buscaba un lector», diría piadosamente Carmen, sin dejar de mostrarse indolente en su forma de ver las cosas relacionadas con lo que llama «la dichosa patata de la literatura».

Quizás ella olvidaría pronto el diario, pero, nunca se sabe, tal vez se convertiría en mi Brod particular. Y yo, desde allí donde anduviere perdido, vagabundo errante por mil caminos, aprobaría y aplaudiría en silencio que lo publicara y que quienes lo leyeran hicieran conmigo todo lo que yo mismo pienso hacerle a Sánchez, es decir, que me leyeran y, al hacerlo, fueran modificando lo que yo ahí hubiera dejado escrito.

¿Y entretanto dónde estaría yo? ¿En constante errancia? Todo esto son especulaciones, pero creo que estaría escondido en algún sitio que recordara en lo posible a la antigua Arabia feliz —así la llamaron los antiguos griegos, seguramente por el café y el incienso que exportaban desde el puerto de Moca—, agazapado en algún sitio que recordara a aquel territorio africano en el que durante años reinó la alegría y que hoy es puro espacio de pánico y lugar abonado para la desgracia.

Me habría ocultado tanto de la vista de todos que seguramente pensarían que había muerto. Estaría allí enormemente escondido, a la manera de Wakefield, aquel personaje de un cuento de Hawthorne, aquel marido que un día sale por la puerta de su casa, le dice a su mujer que volverá el viernes como muy tarde, pero va posponiendo la vuelta a casa y pasa los siguientes veinte años viviendo en una casa al final de la calle, hasta que, superado ese periodo de tiempo, un día tormentoso de invierno ve fuego en el que fuera su hogar y decide regresar a él y tan tranquilo llama a la puerta de la casa de su mujer, y vuelve.

Lo que a todo el mundo le parecería extraño cuando dieran con mi diario sería que, habiéndose visto interrumpido en seco por un contratiempo serio —por desaparición o por muerte del autor—, hubiera sido encontrado en un estado que permitía que, sin tocar una sola coma, pudiera ya ser editado directamente.

El manuscrito dispondría de una primera y segunda parte perfectamente delimitadas: la segunda modificaría parte de la historia (con crimen incluido) que se ocultaría en el centro de las páginas diarísticas de la primera.

Sucedería que, contra las apariencias, el diario no habría sido interrumpido por la huida y por tanto no estaría por acabar, sino todo lo contrario: habría sido planeado para que la indispensable desaparición del autor —que podría perderse por el mundo, pero también morirse, lo que mejor le fuera, pues lo único esencial allí sería que pasara a ser pura ausencia— cerrara el juego que el propio texto se habría encargado de ir articulando de modo que fuera necesaria la complicidad de la muerte o de la huida de quien lo escribía para que el artefacto diarístico hallara el cierre ideal para la trama puesta en juego y quedara perfectamente completado, aun pareciendo incompleto. Sería, pues, un diario planificado para poder hacerlo pasar por «inconcluso», y hasta ideado para que algunos vieran ahí camuflada una «novela póstuma irresuelta», siempre y cuando, por supuesto, el autor, encarnación del Wakefield de nuestros días, previamente hiciera algo para quitarse de en medio.

Tal vez Carmen se convertiría en mi Brod, cosas más raras se han visto. Quizás ella misma publicaría mi diario falsamente «incompleto».

Pero todo esto, he acabado hoy diciéndome, sólo eran especulaciones que me divertía hacer y que saciaban en parte mi sed de venganza contra la indiferencia de Carmen hacia mi *discreto saber*. Especulaciones que en el fondo se derivaban de una confesión inicial en este diario: mi debilidad por los libros *póstumos e inacabados* y mis deseos de falsificar uno que pudiera parecer interrumpido, sin estarlo... Si un día llegaba a falsificar uno, en realidad no haría más que inscribirlo en una cada vez más frecuentada corriente literaria contemporánea, la de los «póstumos falsificados», un género de la historia de la literatura todavía poco analizado.

&

A media tarde, cuando Carmen ha colgado el teléfono después de una larga conversación, me he encomendado a la protección de los subalternos kafkianos de la Oficina de Ajustes y rogándoles, sobre todo, que no me pusieran en contacto por error con el Negociado de Desajustes (una oscura sección dentro de la gran Oficina), les he pedido que, en el caso de que existieran de verdad, me echaran una mano y ayudaran a conseguir lo imposible: que Carmen prestara al menos un mínimo de atención a lo que yo quería decirle de mis trabajos de principiante.

Creyéndome protegido o, mejor dicho, prefiriendo creerme protegido por los subalternos del Alma Kafkiana del Oficinista (una sección más de entre las muchas de ese lugar), he ido muy decidido adonde estaba Carmen y, sin mediar preparativo alguno, le he dicho a bocajarro que nada de lo que cuento en el diario es inventado, salvo mi identidad de constructor inmobiliario arruinado. Esperaba que reaccionara, pero tampoco ha servido esto, y entonces me he lanzado a un abismo privado y le he dicho que me inventé ese pasado de constructor para no tener que volver a pensar en *el drama*.

Y ahí sí que ha reaccionado. Con cara de pánico. En cuanto he hablado *del drama*, le ha cambiado la cara, y hasta ha prestado repentina atención a lo que le decía, pues no hay nada, desde hace semanas, que le cause más temor que la introducción de esa palabra, *drama*, en nuestras conversaciones. Y es que la palabra, pronunciada así a secas, le remite al tema alrededor del cual di vueltas sin cesar en los días interminables que siguieron a mi despido en el bufete de abogados en el que trabajé toda la vida.

Para prolongar su atención, para amarrarla a un poste imaginario y poder entonces decirle todo lo que necesitaba que supiera, le he dicho, como de pasada, que no quería que este diario me hiciera regresar de lleno al *perro negro* —expresión horrible y usada ya antes por tantos otros, una metáfora de la melancolía—, y ahí ha reaccionado con una mirada de verdadero pavor, porque hablar de ese *perro* aún la atemoriza más que hablar de *drama*, pues le remite a los días en que perdí el trabajo y quedé convulsionado y solía llamar *perro negro* a mi desesperación.

En el tiempo que le ha durado ese momento de pánico por la posible reaparición de daños anímicos que ella creía medio superados, he aprovechado para contarle que empecé a escribir el diario en parte porque pensé que quizás me ayudaría a quitarme de encima el estado de hundimiento en el que caí cuando me despidieron, hace dos meses, del bufete de abogados. Y también para lograr que el diario me produjera efectos terapéuticos tuve que inventarme una profesión —la actividad de constructor inmobiliario fue la solución idónea— que se alejara del mundo de las Leyes y me ahorrara confrontarme continuamente con mi pasado de abogado, al menos hasta que —ese día ha llegado— notara más cicatrizadas las heridas provocadas por el humillante y brutal despido. Aunque no acababa de creer del todo en el valor terapéutico de la escritura, tenía la vaga esperanza de que ésta, de todos modos, pudiera ayudarme a olvidar al menos una parte de la gran humillación. Y puse una cierta confianza en que el cuaderno me echaría una mano en esto. Se trataba de apartar como fuera, a base del discreto aprendizaje de la escritura, el núcleo duro de mi deshonra y degradación, la rabia por el modo infame que tuvieron de echarme a la calle, el escándalo de la indemnización tan insuficiente, el espanto de verse uno de pronto sin nada, sin tan siquiera el adusto y flemático adiós de un compañero de trabajo.

Se trataba de evitar el recuerdo de todo aquello que pudiera entristecerme e impedir mi legítima aspiración de felicidad en el diario. Me fascinaban los días de ocio que hacían que hasta mis convicciones más sólidas se deshicieran en una agradable indiferencia. Ahora bien, para caer en esos momentos indolentes que el futuro me prometía era necesario que tuviera ocupada parte del día con el diario y que éste chocara lo menos posible, por ejemplo, con mi pasado de abogado, lo que me remitía a drama, a trauma, a *perro negro*, a desolación, a suicidio.

Le he contado todo esto a Carmen y entonces ha ocurrido algo que era de lo que menos esperaba, y es que ella se ha permitido una broma al filo del abismo y ha dicho en un dulce tono cantarín, con voluntad de desdramatizar, pero frívolo cuando menos:

—Mejor ser abogado honrado, aunque humillado, que capitalista castigado.

No podía ni creer lo que había oído.

¡Capitalista castigado!

El amor es ciego. Me lo he repetido dos, tres veces. Necesitaba decírmelo si no quería volver a los días de la crisis más dura y desmoronarme del todo.

[ÓSCOPO 22]

Parece que sigue descubriéndose que la amabilidad suave de un liderazgo da un mejor resultado empresarial que el ordeno y mando. Estudios sobre el funcionamiento del cerebro (realizados con herramientas como la resonancia magnética funcional) han detectado que un trato irrespetuoso sube la tensión sanguínea y genera estrés. «Es el camino a la depresión, la segunda enfermedad de mayor crecimiento en países desarrollados, según la Organización Mundial de la Salud. El jefe es irrespetuoso, y no siempre se manifiesta a gritos. El líder, en cambio, trabaja para sacar el máximo talento, y para ello debe haber respeto, confianza y motivación», explicaba el otro día el codirector del programa de *coaching* ejecutivo de Deusto Business School. Pero me resulta difícil creer en esto. Han cambiado las formas, pero en el fondo las cosas son más terroríficas que antes, quizás precisamente porque uno se confía y cree que todo anda algo mejor y no espera encontrarse de golpe, de pronto, el día menos pensado, con la auténtica verdad: no te quieren porque nunca te han querido y te despiden porque te has hecho viejo y porque armas escándalos gordos y porque bebes demasiado y porque un día citaste unos versos de Wallace Stevens cuando más tensa estaba aquella reunión del gabinete de crisis.

23

El noveno cuento, *La visita al maestro*, se abre con un epígrafe de Edgar Allan Poe, de su poema *El Cuervo*: «Es —murmuré— un visitante / tocando a la puerta de mi cuarto. / Eso es todo, y nada más».

Efectivamente, eso es todo; el Cuervo está al fondo siempre, a punto de golpear la puerta, o ya directamente golpeándola, o directamente ya en nuestra casa, volando por todos nuestros corredores. El Cuervo es la Muerte para quien, como yo, a pesar de mi vocación indudable de modificador, no es capaz de leer ese fragmento de Poe de una forma distinta. Ante el Cuervo pierdo capacidad de modificar, es raro, quedo hecho una piltrafa. El cuervo gana siempre. Es como el número cero en la ruleta. La Casa siempre sale vencedora. Con todo, al Cero se lo puede perturbar, burlar. Un falso *póstumo e inacabado* es un libro que puede reírse de la Muerte, tan acostumbrada a salirse de un modo tan asombrosamente tenaz siempre con la suya.

Hoy, no sé por qué —si lo supiera me sentiría mejor— me he despertado con el recuerdo de cuando mi madre llevaba un bolso de cocodrilo, y al poco rato he recordado los bolsos de plástico transparente de los que

Joe Brainard dijo que parecían fiambreras colgando de una bufanda. Me acuerdo, he escrito, de las corbatas que venían con el nudo ya hecho y con una gomilla para colgárselas al cuello. Y luego me he acordado de cuando encontraba al Cuervo en todo lo que leía, a veces incluso con una transparencia de bolso de plástico que me amedrentaba, como cuando Bardamu, en la primera novela de Louis-Ferdinand Céline, decía: «Hay que oír, en el fondo de todas las músicas, la tonalidad sin notas, compuesta para nosotros, la melodía de la muerte».

Me ha parecido descubrir el eco de esas palabras de Bardamu en lo que de pronto dice, en el noveno cuento, el maestro de nuestro ventrílocuo Walter: un hombre que cuando habla parece que sea la mismísima tonalidad sin notas de todas las músicas.

Aunque iba a leerlo por la mañana, he dejado para la noche la lectura de *La visita al maestro*, por lo que me he pasado todo el día esperando a que llegara la hora de las sombras para poder leer el cuento con un mayor número de posibilidades de que el Cuervo se hiciera visible, lo que ha provocado situaciones bien cómicas: que el negro pájaro apareciera varias veces antes de tiempo, ya que me lo he ido encontrando, mañana y tarde, como en una comedia de terror, en distintos lugares de la casa. ¿Cuántas veces al día pasa de largo a mi lado? Si pudiéramos contarlas, creo que nos volveríamos locos.

«Siempre tengo la muerte a mi lado», cuenta Jünger que le dijo Céline, y que mientras pronunciaba estas palabras le señaló con el dedo un punto situado junto a su butaca, como si allí hubiera un perrito.

¡Ah, si a lo largo del día de hoy hubiera podido domesticar a la Muerte como parece que supo hacer Céline con singular talento para la doma!

En fin, que he pasado el día esperando la hora lunática de leer el cuento, en medio de breves pero continuados sobresaltos caseros que me ha ido dando el Cuervo, que parecía tener el don de la ubicuidad. ¿Quién podía ser ese maestro al que Walter visitaba? Otro ventrílocuo, eso parecía lo más lógico. Pero era necesario empezar a leer el cuento que, por ser el penúltimo del libro, me dejaría ya a las puertas del final de mi relectura / lectura de la novela de mi vecino. Y al caer las primeras sombras, al atardecer, ya no he podido esperar más y he entrado en ese cuento que narra la visita de Walter a Claramunt, de quien se nos dice que es «su gran maestro», aunque al principio no hay modo de saber cuál es en concreto su magisterio, cosa nada extraña porque tampoco parece saberlo el propio Walter, que se desplaza hacia el lejano y recóndito Dorm sin tener ni idea de por qué le tiene en un altar.

Claramunt fue ventrílocuo durante años, pero no es maestro en esto, pues el propio Walter escribe: «Le admiraba, pero no precisamente por su legendaria habilidad con las voces de sus múltiples muñecos, sino por algo que no acertaba yo a saber. Le adoraba, pero, por extraño que pueda parecer, no había forma de que supiera localizar la causa de tanta admiración, aunque si de algo estaba seguro era de que le admiraba, le admiraba mucho, le admiraba muchísimo...».

Walter viaja a Dorm precisamente para eso, para averiguar por qué lleva años con un sueño recurrente que le indica que debería ir hasta el Pirineo catalán, hasta el pueblo de Dorm, y allí tratar de averiguar por qué el antaño famoso Claramunt es su maestro. Quizás el insistente y más que terco sueño es una falacia. Pero ¿y si no lo fuera? Walter no puede cruzarse de brazos y cerrarse el acceso a una revelación tal vez esencial para él. Intrigado, viaja hasta Dorm acompañado de María, una anciana sobrada de vitalidad que, habiendo sido tanto amiga íntima de su madre como íntima también de la hermana de Claramunt, se ha ofrecido para interceder ante el ventrílocuo retirado y lograr que el monstruo los reciba. Porque, por lo visto, Claramunt tiene muy malas pulgas, vive completamente apartado del mundanal ruido, y se ha ido convirtiendo, según todos los indicios, en un absoluto cascarrabias, un tipo tremendo, desdentado y gargajoso, que vive rodeado de perros y tiene la costumbre diaria de ser desagradable con cualquiera que se acerque mínimamente por los alrededores de su masía.

Claramunt está de un particular mal humor cuando, tras el largo viaje, Walter y María llaman a la puerta de su gran caserón. En un primer momento, debido a que como lectores necesitamos especular con algo, sospechamos que quizás lo que Walter admire del visitado sea el gran arte que exhibió a la hora de desaparecer de la vida artística, porque, al ir contándonos el largo viaje junto a María hasta Dorm, nos ha insistido mucho en la grandeza de ese gesto final de la vida artística de Claramunt, en la majestuosidad de ese adiós seco y sin contemplaciones. Es más, al evocar la última actuación del maestro en el teatro de Valencia, ha recordado las que fueron sus últimas palabras sobre un escenario, palabras legendarias para los más viejos de la Malvarrosa:

«Yo soy alguien —se nos dice que dijo Claramunt en su despedida en el teatro Veranda— al que habéis ido conociendo muy lentamente y siempre a través de trazos inciertos. Soy alguien que no tiene nombre ni lo tendrá y que es muchas personas y, al mismo tiempo, una sola. Y soy alguien que os ha exigido paciencia porque, sin decíroslo, os ha pedido que asistieras con calma, a lo largo de años y años de actuaciones, al proceso de construcción lenta y temblorosa de una figura humana...».

Mientras leía estas palabras de despedida de Claramunt en el Veranda, me ha resultado inevitable no relacionar ese «proceso de construcción lenta y temblorosa de una figura humana» con otro casi idéntico que lleva a cabo Walter en sus oblicuas memorias, donde va construyendo con lentitud (y desvíos en el camino, pues da paso a varias voces ajenas) una temblorosa figura humana de personalidad compleja; las memorias van dibujando la silueta de un asesino, por mucho que éste, por sensatas razones de seguridad, no lo haga explícito nunca.

Me ha impresionado la fe de Walter en su visita al maestro, pues en todo momento se muestra convencido de que averiguará lo que ha ido a buscar a la casa del viejo cascarrabias. Y si se le ve tan seguro es porque cree en su instinto para descifrar enigmas.

Tal vez, le insinúa María, la maestría de Claramunt radique en algo bien sencillo, quizás resida en algo que está tan a la vista que, al igual que aquella carta robada del cuento de Poe, resulte difícil de ver en un primer momento porque es excesivamente visible.

—Tendrás que afinar mucho tu instinto —le dice María.

En medio de una gran cacofonía de perros ladrando sin tregua, llaman Walter y María a la puerta del caserón. Y ahí sucede lo inesperado, pues resulta que el monstruo tiene alma:

«Al reconocer a María, Claramunt la abrazó conmocionado y vertió algunas lágrimas. Poco después, el supuesto cascarrabias hizo un gesto muy teatral que significaba que pasáramos al interior de su destartalada vivienda. Nos sentamos a una mesa camilla junto al fuego, y el monstruo nos trajo té y pastas y vino de las viñas de

Dorm. No era tan fiero como nos lo habían pintado. Pero, eso sí, tenía el aspecto que cabía esperar de él: traje negro de pana y envuelto en bufandas y chales, barba de cinco días, mirada tuerta y terrible. Afuera, encerrados en una zona vallada de la casa, los perros ladraban continuamente. Cesaba la jauría unos minutos, pero luego volvía a aullar, a rugir. Parecía que estuviera todo el rato intentando llegar a la casa un forastero y continuamente los perros lo rechazaran. Le pregunté a Claramunt si los tenía para proteger el lugar. No, dijo tajante, los tengo *por el ruido*. Pronunció la palabra *ruido* como si ésta le produjera un placer muy especial. Durante un tiempo permanecí callado, observando todo con disimulo, cumpliendo a la perfección con mi papel de sobrino de María, pues ella me presentó como sobrino suyo, para facilitar las cosas».

María no para un solo momento de contarle a Claramunt historias sobre amigos comunes, todos muertos. Y Claramunt la escucha, a veces incluso con interés. De vez en cuando, escupe directamente al suelo. Y en un momento determinado —con una voz que, por lo que dice el narrador, he imaginado parecida a la voz del muerto alojada en mi cerebro—, habla del eclipse de luna anunciado para esa noche y se pone a citar los nombres de los cementerios de Roma. Uno tras otro, como una extraña letanía fúnebre. Y el ladrido de los perros puntúa sus palabras.

Cae la noche y María y Walter se quedan a cenar una tortilla de queso recién hecha por el propio cascarrabias y hablan de Portugal, «el país que, días después, iba yo a visitar en una larga gira de trabajo que, ante Claramunt y por seguir con mi papel de sobrino irrelevante de María, disfracé de viaje turístico».

—Según tengo entendido, los cafés de Lisboa están llenos de las ideas casuales de tanto don nadie —dice Claramunt.

Y sus palabras suenan raras en la noche. Parecen salidas de alguna prosa perdida de Pessoa. Lo que en ese momento aún no sabe Walter es que no tardará en ir a Lisboa y matar a un barbero de Sevilla con una afilada sombrilla de Java.

—Las ideas casuales de tanto don nadie —repite María, como si quisiera remarcar lo último dicho por Claramunt.

Poco después, como si se le hubiera adherido el lenguaje de Claramunt, ella cuenta una historia algo desgarrada acerca de un joven y un papagayo en un vagón atestado de asesinos en un viejo tren francés. Cuenta eso y se queda rendida, muerta de sueño, su cabeza se desploma suavemente sobre un puchero que descansa en la mesa camilla donde han cenado.

—Demos un paseo —le dice Claramunt a Walter.

La noche es estrellada y falta una hora exacta para el eclipse de luna. Se dirigen a un montículo desde el que, según Claramunt, podrán ver bien el fenómeno. Marchan primero por senderos de grava y después por caminos de tierra, hasta llegar a lo alto del montículo desde el que se divisa todo Dorm.

Durante el camino, como quien no quiere la cosa, Walter le ha preguntado a Claramunt si se le ocurría algún motivo por el que él, tal como cree percibir en un sueño recurrente que tiene desde hace años, es su maestro. «No entiendo», ha dicho Claramunt. «Te admiro desde hace años —ha dicho Walter—, pero no sé todavía el porqué.» Claramunt se enoja y le pregunta si cree que eso va a decírselo él. Walter entonces camina con el corazón compungido, consciente de haber cometido un error al decirle aquello a Claramunt, pues nada tan cierto como que ha de ser él quien averigüe lo que ha ido a saber allí.

En la lejanía, se oye la música de una radio, música procedente de una masía, seguramente. «Los vecinos son horribles», dice Claramunt rompiendo su silencio. «Lo que tú digas», dice Walter. En lo alto del montículo se sientan en el duro suelo, a la espera de presenciar el espectáculo de la desaparición de la luna. Y allí Walter tiene la impresión de que, aun cuando haya podido parecerle al principio lo contrario, Claramunt está dispuesto a colaborar para que él pueda llegar a saber por qué le admira. Y así es. De pronto su maestro tiene una intuición y se deja llevar por ella y da paso a una letanía —como si fuera un rezo— de sus actividades a lo largo del día:

—Me despierto a las ocho, doy un salto ritual a la bañera llena de agua fría, en invierno sólo unos minutos, en primavera más tiempo. Eso ahuyenta el sueño. Canto mientras me afeito, no melódicamente, pues el sentido de la música sólo despierta en mí raras veces, pero sí canto feliz, eso siempre. Paseo por las afueras del pueblo, en dirección contraria a donde ahora estamos. Luego regreso a casa, desayuno leche y miel y tostadas. Al mediodía compruebo que no hay correo, en realidad nunca me llega una carta, ni una miserable señal de que existen los otros. Al principio creía que era Durán, el cartero, el que retenía esas cartas porque me odiaba. Pero pronto tuve que rendirme a la evidencia de que me odiaba la humanidad, no sólo Durán. Comida, que me sirve la señora Carlina, y siesta. Por la tarde, imagino que ante mi casa hay un tilo centenario y a veces escucho en vinilo a los Beatles. Muy de tanto en tanto, aun sabiendo que me temen, bajo por la noche al pueblo y le cuento a la gente de Dorm fragmentos de mi vida de ventrílocuo.

A Walter estas palabras le iluminan, porque comprende dónde reside la maestría de Claramunt. María llevaba toda la razón cuando le dijo que tal vez la maestría de Claramunt radicara en algo muy simple y sencillo, en algo que estaba totalmente a la vista.

«Comprendí que hubiera dejado el arte. Su mejor obra era su horario», escribe entonces Walter.

Claramunt era un maestro en la ocupación inteligente del tiempo. Un ejemplo de que fuera de la ventriloquía había vida.

«Recuerdo el fulgor de aquel instante que precedió al eclipse. Pasó un cuervo y fue como si un muro se hubiera derrumbado, y experimenté la sensación de que Claramunt y yo nos entendíamos en una zona que iba más allá de nuestro encuentro y de esta vida. Leía en mi pensamiento y se había dado cuenta de que a mí me sucedía lo mismo con el suyo. Y, suponiendo que no fuera así, todo llevaba a creer que, de todos modos, ambos estábamos de acuerdo en que no sólo nos encontrábamos fuera de Dorm, sino ya lejos de la noche estrellada que abarca el mundo.»

&

En un ala del entresuelo, en mitad de la noche, había una mujer de larga cabellera negra, inclinada sobre unos papeles. Yo admiraba su perfil, su pelo tan oscuro, su aire de gran fanática del trabajo. Por favor, le decía, ¿alguien aquí conoce el horario de míster Poe?

24

Por suerte, no he sido tan paranoico como para pensar que ese vecino del que hablaba *El vecino*, décimo y último relato del libro, podía ser Sánchez o directamente yo mismo. Aun así, he empezado a leer el cuento con precaución, porque, después de que se me apareciera Carmen en *Carmen*, lo lógico era que anduviera preparado para todo, incluso para lo más inesperado, que supongo que podría ser, por ejemplo, la irrupción de la muerte, aunque esta circunstancia la gobierno bastante bien, porque al Cuervo lo tengo controlado ahí abajo, es un pobre *perro negro*. Es también el perro de mi depresión, de mi crisis tras el despido; lo tengo ahí abajo, sumiso.

Lo dejo ahí para irme hacia la risa y para decir que *El vecino* lo abre un epígrafe de G. K. Chesterton: «Hacemos nuestros amigos, hacemos nuestros enemigos, pero Dios hace a nuestro vecino».

La cita ha influido en lo que he leído en las primeras líneas, donde he tenido la siempre interesante sensación de que estaba leyendo a un buen cuentista inglés al que hubieran traducido con exquisita exactitud. Walter, que muestra talento para parodiar a Chesterton, recomienda que nos adentremos en lo que va a contarnos «rompiendo en casa nueces de color rojizo junto a nuestra buena chimenea encendida». Y uno, con este inicio, se las promete muy felices, aunque no disponga de nueces en su casa, ni de chimenea, y afuera, además, haga un calor abrasador, un calor incluso histórico.

El cuento comienza bien, pero se olvida pronto de la ambientación invernal que había puesto en juego y, como lectores, tenemos que empezar a sospechar que el hilo narrativo de las nueces rojizas ha ido siendo desechado por pura y simple pereza. Sea por lo que sea, el prodigioso arranque del relato, con esa meticulosa descripción, casi personalización, de cada una de las chispas de fuego que saltan en la chimenea, acaba perdiendo fuelle y en un momento dado quedamos atrapados dentro de una atmósfera de brasa y sopor extraño, en un pasaje anodino y confuso —casi un homenaje a los «momentos espesos» del libro—, que me ha llevado a olvidarme de lo que leía y levantar la vista del texto.

A veces, un comienzo extraordinario perjudica al resto de un relato, porque siempre acaba ocurriendo que éste no puede estar todo el rato a la misma altura. He levantado la vista y mirado hacia muy arriba —como si tuviera nostalgia de la grandeza que se había ido perdiendo de aquel cuento— y he reparado en una araña minúscula en un ángulo del techo y he comenzado a deambular mentalmente por el mundo de Chesterton y me he acordado de su cuento *La cabeza del César*, donde el padre Brown dice que «lo que en realidad a todos nos aterra es un laberinto que no tenga centro, por eso el ateísmo no es más que una pesadilla».

¿Cuánto tiempo hacía que no me acordaba de ese fragmento? ¿Y por qué había acudido de pronto a mí al ver tan distraídamente, quizás sólo intuir, la araña minúscula? Mientras buscaba una explicación que estaba seguro de que existía, me he enredado en una tela de araña mental y he ido a dar con *Ciudadano Kane*, el film de Orson Welles, donde siempre vi, en los fragmentos de la vida del señor Charles Foster Kane, el dibujo de una existencia parecida a una pesadilla, a un laberinto sin centro. Y entonces he pensado, primero, en las secuencias iniciales del film, donde vemos lo que ha atesorado Foster Kane. Y después, en una de las últimas imágenes de la película, una en la que vemos a una mujer elegante y desconsolada que juega en el suelo de un palacio con un rompecabezas enorme. Esa escena nos da la pista: los fragmentos no están regidos por una secreta unidad, y el horrible Charles Foster Kane, magnate de los negocios del que creíamos haber visto una curiosa biografía filmada, es sólo un simulacro, sólo un caos de apariencias... Hay fisuras en el relato de la vida de Kane y no se cuentan hechos importantes cuando en cambio nos detenemos en minucias extrañas y se habla de personajes laterales, sólo indirectamente relacionados con el magnate.

Aun hallándose perdida mi propia mente por ese laberinto de apariencias, me he dado cuenta de que *Ciudadano Kane* tenía puntos en común con las memorias de Walter, que también fueron construidas a base de breves láminas de vida, de fragmentos no regidos por una secreta unidad, pero aspirando en todo momento a contar oblicuamente los avatares, esenciales o no, de la historia de un artista; una trayectoria hecha de fracciones que iba componiendo un desdichado rompecabezas que podría haberse titulado *Una vida de ventrílocuo*; una vida que a su vez es un laberinto en forma de tela de araña sin centro, también una pesadilla, aunque en este caso, en el capítulo final, el narrador no sólo encuentra el centro del laberinto, sino que, además, descubre que en él hay un inesperado y sin duda anómalo hueco en la vegetación que le permite pensar que la huida tiene un sendero propio...

En cuanto he empezado a marchar por ese sendero, he recuperado la alegría, me ha parecido que *El vecino* remontaba feliz el vuelo, y he ido cayendo en la cuenta de que, a pesar de las angustias habituales, no podía seguir ignorando que mi vida había entrado en una etapa parecida a un espejo en cuya superficie se dibujaban, poco importaban cuán borrosas, las cosas más altas. Podía aspirar a todo como lector. Por parafrasear a Gombrowicz, yo como lector no era nada y por tanto podía permitírmelo todo. Alegrías de este estilo no se dan muy a menudo y eso me ha llevado a sospechar que mi bienestar procedía de mi trabajo constante de principiante en la escritura literaria.

A partir de ese instante, he avanzado como una seda por *El vecino*, como si se hubiera producido una conjunción perfecta entre cuento y lectura, una conjunción que de entrada me ha llevado a deleitarme en una escena en la que me ha parecido que me identificaba plenamente con el vagabundo Walter que, «caminando bajo la luz de la estrella de mi destino», llegaba a un pueblo portugués próximo a Évora, donde oía casualmente en el bar una historia contada a media luz y en voz baja por un cliente del local; una historia que hablaba tanto de un joven de aquel pueblo —un judío llamado David, conocido especialmente por su severo carácter— como de sus vecinos de la casa de al lado, una familia de negros angoleños —un matrimonio y tres niños— que, según decían los parroquianos del bar, llevaban poco tiempo en el pueblo.

A los pobres negros, a los Joao, todo el mundo les

había reprochado que se esforzaran tanto en hacerse pasar por gente habituada al campo cuando en realidad eran unos completos ineptos en los trabajos agrícolas. La historia que iba de boca en boca ese día en el bar del pueblo, la que oía Walter, había comenzado en realidad en el momento en que el vecino judío les dijo a los Joao, a voz en grito, que en cuestiones del campo eran unos completos inútiles, es decir, en el momento en que les repitió lo que en realidad ya les había dicho anteriormente, hasta con saña, el resto del pueblo.

Aquella historia del joven judío y los Joao, siempre contada a media luz en aquella taberna del pequeño pueblo portugués, proseguía con una terrorífica escena ocurrida días después: al ver por enésima vez suelto por su césped a un pollo de la granja de sus vecinos angoleños, el severo joven David le había disparado al pobre pollo ocho balazos, convirtiéndolo en una bola de sangre y plumas. A partir de aquel momento, el violento vecino empezaba a darle con razón mucho miedo a la familia de angoleños.

—Pero ayer ocurrió lo que quiero ahora relataros y por eso antes os he puesto en antecedentes —decía de pronto, con una leve inflexión de voz, el parroquiano que contaba a media luz la historia de David y la familia angoleña.

Lo que el parroquiano narraba era que, en ausencia de los padres, que habían hecho un rápido viaje a Évora, los tres niños habían dedicado la tarde del día anterior a montar una yegua trotona, cargada de años, adquirida a precio de saldo no hacía mucho por sus bondadosos padres. Habían cabalgado largo rato al pobre animal hasta que éste, agotado, acabó desviándose de la línea recta y se derrumbó en el césped del joven judío severo, y allí, justo allí, donde quizás menos debiera de haberlo hecho, quedó muerto al instante. Los tres niños quedaron aterrados y, como si fueran pollos que corrieran el peligro de convertirse en bolas de plumas, echaron a correr hacia su casa y se escondieron en el granero, de donde decidieron no moverse hasta que llegaran de Évora sus padres. Desde la ventana del granero, los niños miraban de vez en cuando a ver qué hacía el vecino. El joven judío no paraba de mirar incrédulo hacia el viejo animal que había caído muerto en su césped y luego miraba hacia el granero, donde los niños se apartaban de la ventana desde la que le espiaban. Cuando cayó la oscuridad sobre el pueblo, el vecino salió al jardín y, sentado en la hierba a medio metro de la yegua, esperó él también a que aparecieran por allí los padres. Cuando éstos, antes de la medianoche, regresaron a su casa, quedaron sobrecogidos, mudos de espanto, horrorizados al ver lo que había ocurrido; se detuvieron junto al pobre animal, se arrodillaron ante él y lloraron de pena, como si lloraran por ellos y por el mundo. A la luz de la pequeña hoguera que el joven judío había encendido en su jardín y que sombreaba el oscuro cuerpo muerto, la yegua parecía adquirir por momentos gigantescas proporciones. El matrimonio temía que aún más gigantescas fueran las palabras y las medidas correctoras que tomara el joven judío, pero éste, de un modo que ellos no podían esperar, se les acercó con dulzura y comenzó a consolarlos, a acariciarles cariñosamente la cabeza y, en voz baja, les conto cómo se había producido la muerte instantánea del pobre animal y después, siempre a la luz de la hoguera, les narró —despacio, tomándose todo el tiempo y hablando con la mayor gentileza del mundo— una historia que en realidad era una antigua leyenda jasídica aunque esto —el dato de que era jasídica— prefirió ocultarlo a los angoleños, porque le pareció una complicación innecesaria tener que explicarles qué significaba la palabra *jasídica*.

La leyenda decía que, en cierta ocasión, en las afueras de un poblado, unos judíos estaban al final del sabbat, sentados todos en el suelo, en una mísera casa, y eran todos del lugar, salvo uno, a quien nadie conocía: un hombre especialmente mísero, haraposo, que permanecía acuclillado en un ángulo lóbrego... La conversación en la desventurada casa, que había ido hasta entonces girando sobre muchos temas, terminó desembocando en una pregunta que complacía a todos los judíos allí reunidos: ¿cuál sería el deseo que cada uno formularía si supiera que podría verlo realizado? Uno dijo que quería dinero; el otro, un yerno; el tercero, un nuevo banco de carpintería, y así a lo largo del círculo. Después de que hubieran hablado todos, aún faltaba el haraposo acuclillado en su rincón oscuro. De mala gana y vacilando, al ver que insistían tanto en preguntarle, respondió así a los reunidos: «Quisiera ser un rey poderoso y reinar en un vasto país, y hallarme una noche durmiendo en mi palacio y que desde las fronteras irrumpiese el enemigo y que antes del amanecer los caballeros estuviesen frente a mi castillo y que nadie ofreciera resistencia y que yo, despertado por el terror, sin tiempo siquiera para vestirme, hubiese tenido que emprender la fuga en camisa y que, perseguido por montes y valles, por bosques y colinas, sin dormir ni descansar, hubiera llegado sano y salvo hasta este rincón. Eso querría». Los otros se miraron desconcertados y le preguntaron qué hubiera ganado con ese deseo. «Una camisa», respondió. Ahí terminaba la leyenda jasídica y los angoleños, tras unos segundos de perplejidad, sonrieron agradecidos por el extraño consuelo que les había dado su vecino.

Con la entrada del párrafo siguiente, se producía un sutil salto en el tiempo y, tras una especie de fundido cinematográfico, pasábamos de las muecas de risa y felicidad de los angoleños a viajar muy lejos de aquel jardín donde yacía la yegua y comenzábamos a conocer, a través de pequeños fragmentos, los diferentes lugares en los que iba recalando el ventrílocuo en su peregrinación desde el pequeño pueblo portugués hasta las colinas devastadas de Sanaa, en su peregrinación «en busca de los orígenes de la tradición del cuento oral».

Tras el paso por varios puntos geográficos, siempre hacia Oriente, entrábamos con el narrador en un avión que tardaba en despegar, pero que, al elevarse, dejaba atrás de modo fulminante al sol que en aquel momento se hallaba a ras de pista para situarse, en un breve espacio de tiempo, por encima de unas blanquísimas nubes, debajo de las que, por mucho que no pudiera verla, se hallaba la infinita arena que hay más allá de las bellas colinas del antiguo reino de Saba... El ventrílocuo contaba entonces que, al sobrevolar la antigua Arabia feliz, tierra a la que esperaba llegar aquella misma noche, estaba comprobando que no era, ni había sido, ni nunca sería, un ángel. No lo era, ni lo sería, entre otras cosas —había que sobrentender, creo yo— porque en Lisboa acabó con la vida del barbero, pero sus palabras parecían también un comentario solapado a un tema de Saul Bellow, que observó en cierta ocasión que, a partir de unas ciertas fechas del siglo pasado, la aviación dio a los escritores modernos una posibilidad que no pudo tener ninguno de los que les precedieron en el tiempo: la de poder comprobar por ellos mismos que, en lo alto, moviéndose entre las nubes, allá donde siempre se dijo que tenían sus nublados aposentos los ángeles, no había ni el menor rastro de ellos.

&

Me sorprende ver que hace unos días creía recordar que, cerca ya del final de *El vecino*, Walter se arrojaba al centro de un canal donde había una espiral que penetraba el globo terrestre y, cuando ya parecía que se había extraviado en aquella oscuridad sin fin, la espiral le rebotaba hacia arriba y le hacía volver a emerger para dejarlo en una región extraña y arcaica de la tierra. Debí de leer esto en otra parte, porque no he encontrado ni rastro del asunto en el final del cuento y final de la novela.

¿De dónde pude sacar este recuerdo? Posiblemente lo confundí con algo leído en otro libro. De hecho, hay un avión en el cierre de las memorias de Walter, pero lo que no está es la historia de la espiral que lo empuja hacia arriba ni la de los ángeles. Y lo que sí hay, que no recordaba, es una escena con un compañero de viaje en lo alto de un avión, con un hombre que dice saberlo todo y se entretiene contando la historia de la familia que ha dejado definitivamente —insiste en ese «definitivamente»— en Toronto. En un momento determinado, mientras confirman que pronto aterrizarán en la tierra de las primeras narraciones orales, en la Arabia más olvidada,* el vecino

* Allí, en esa Arabia que en otros días fue feliz y donde quizás aún sea posible hallar las fuentes más primitivas del cuento, el ventrílocuo —tal como cuenta mi vecino en las últimas líneas de *Walter y su contratiempo*— ejerce de narrador oral, cumpliendo con su sueño de viajar hacia el primer relato del mundo, el relato original, el Mito de Origen: «Vivo cerca de Saba y a cuatro leguas de Sanaa, la ciudad a la que voy todas las noches a narrar historias a gente siempre respetuosa y fiel. Tengo el público perfecto. Los europeos ya no escuchan los cuentos recitados. Se mueven inquietos, o se quedan adormila-

de asiento le cuenta que su padre, en su lecho de muerte de Rutherford, le dijo que en otro tiempo creyó en muchas cosas, pero al final fue desconfiando de ellas para quedarse con una única y definitiva fe: la de creer en una ficción que se reconoce como ficción, saber que no existe nada más y que la exquisita verdad consiste en ser consciente de que se trata de una ficción y, aun así, creer en ella.

dos. Pero aquí, cerca de Saba, todos los que me escuchan siguen teniendo oído. Le explico historias todo el tiempo a una gente que, provista de la jambia, la daga que simboliza su espíritu guerrero, forma todos los días unos cálidos semicírculos alrededor de mí y muestra una atención desaforada a la hora de escucharme. Hay días en que al contar creo que estoy creando el mundo».

25

Iba por la calle Londres tan concentrado en los más obsesivos pensamientos y era, además, tan difícil respirar con aquel calor tan asfixiante que andaba convencido de que no había nadie más caminando ni por allí, ni por la ciudad, nadie. Por eso, cuando de repente un ser humano me ha dirigido la palabra, he tenido una brutal sorpresa. Hago bien en calificarla de brutal, porque ha sido la clase de sorpresa que uno tiene de niño si no ha resuelto todavía a esa edad la existencia de otros seres que se parecen a él sin ser él: seres que aparecen un día, por sorpresa, cuando menos te lo esperas y más convencido está uno de ser único.

En el fondo de lo que digo se encuentra algo que no explico nunca por ahí, pero que considero incontrovertible: jamás he soportado del todo que en mi campo de visión aparezca un ser análogo que sin embargo no sea yo —es decir, que sea la misma idea encarnada en otro cuerpo, alguien idéntico y sin embargo extraño—, no lo he soportado nunca, porque en esas ocasiones, todavía hoy en día me ocurre, siento aquello que Gombrowicz definió como «un doloroso desdoblamiento». Doloroso porque me convierte en un ser ilimitado, imprevisible para mí mismo, multiplicado en todas mis posibilidades por esa fuerza extraña, fresca y sin embargo idéntica que se me aproxima de pronto, como si yo mismo me acercase desde el exterior.

Iba hoy por la calle Londres y, a causa de mi exagerado estado de introversión, tenía incorporado casi un velo a mi mirada, por lo que he tenido que abrir y frotarme bien los ojos para ver quién me estaba cerrando el paso y me hablaba sonriente. Se trataba de un hombre de mirada viva, de unos cincuenta años, de pelo rubio muy ensortijado a lo Harpo Marx y ropajes desastrados. Arrastraba —como en un sueño— un carrito de supermercado, cargado de los más variados cachivaches callejeros, amontonados los unos sobre los otros en una torre de desperdicios que coronaba una fregona muy espigada que parecía el palo de la bandera de una recién creada unión de mendigos del barrio.

Decía Pessoa que unos gobiernan el mundo y otros son el mundo. El vagabundo, al que llamaré Harpo, pertenecía obviamente a esa segunda sección.

—Es que me he levantado con dolor de cabeza, muy tarde, y ahora llevo un retraso que no veas —me ha dicho como si me conociera de toda la vida.

Ha sido tan sorprendente esa familiaridad con la que me ha hablado Harpo que hasta he acabado preguntándome si no sería que le conocía de algo, tal vez fuera un compañero de juergas de mis años de juventud.

Con ser sorprendente esa manera de dirigirse a mí, más me lo ha parecido el hecho de que cuando me hablaba la voz del muerto alojada en mi cerebro lo encontraba siempre normal y, en cambio, al hablarme de pronto aquel vagabundo con aquella cordialidad, me haya quedado un tanto inquieto. En realidad, me he quedado aterrado, ésa es la verdad. Porque no había nadie más en la calle y, no hallándose disponible, en medio kilómetro a la redonda, un solo testigo de lo que pudiera pasar allí, no se veía muy bien cómo podía acabar aquella petición de limosna, porque eso es lo que he entendido que era, una mano extendida pidiendo caridad, aunque era la mano también de alguien con resaca y con posibles segundas intenciones.

—¿Has dormido poco? —le he preguntado, tratando de simular que no le tenía miedo.

—Se me ha quedado un mechón de punta después de dormir.

Me ha parecido que no le faltaba el humor. Pero he pensado que lo mejor que podía hacer era darle algo lo más rápido posible. He hurgado en el bolsillo y he encontrado una moneda de dos euros, que inmediatamente le he dado. Harpo se la ha quedado en el acto. He vuelto a hurgar y he notado que me quedaban cinco monedas más pequeñas, se las he pasado todas de golpe. Pero esta segunda entrega la ha rechazado radicalmente; ha reaccionado como si yo fuera un vampiro y estuviera mostrándole una ristra de ajos.

—No, por favor —ha casi implorado.

Hasta me ha hecho dudar de si en realidad él me había pedido dinero en algún momento. He vuelto a intentar darle las monedas y se ha mostrado aún más horrorizado que antes. No comprendía qué pasaba, pero, por si acaso, he considerado más que prudente reemprender mi marcha. En el desierto no hay que detenerse para hablar con desconocidos, he querido recordar. Pero antes le he observado con cierta atención, como si mi mirada pudiera dar lugar a un momento de reflexión que me permitiera consolidar mejor mi precario dominio sobre lo que veía. Pero luego, ya casi sin perder más tiempo, he seguido caminando. Cuando ya lo había dejado atrás, aún me ha tocado volver a oír, ahora repetidas, las mismas palabras:

—No, por favor.

Dos horas después, corría algo más de aire por las calles y había ya paseantes por todas partes, testigos para todo. Me sentía cansado después de haber dado todo ese tiempo una gran cantidad de vueltas deteniéndome en algunos bares, caminando inconscientemente siempre en círculo, sin salir de las zonas más monótonas del Coyote, desembocando siempre en algún tramo de la calle Londres. De algún modo, este movimiento me ha recordado a otro del que solía hablarme siempre un amigo, que decía que cualquier carretera, incluso la de Entepfuhl, te llevaba hasta el fin del mundo, pero esa carretera de Entepfuhl, si uno la seguía toda hasta el final, volvía a Entepfuhl.

Me sentía pues sin capacidad de huida, varado en el centro de mi circular geografía del Coyote, y al mismo tiempo en el fin del mundo, aun sabiendo que, por mucho que hubiera viajado hasta los límites de la tierra, acabaría volviendo a la calle Londres. Y la verdad es que estar registrando tantos sucesos o detalles simples me hacía sentir muy bien, quizás porque me veía inmerso en ese tipo de actividades banales que describen habitualmente mis diarios preferidos. Y por eso, durante un buen rato, mientras andaba, me he dedicado a la búsqueda de la peripecia irrelevante. Y hasta he llegado a tener la impresión de que con esa búsqueda me sublevaba de algún modo contra los subalternos de la Oficina de Ajustes, que podían ser sin duda seres imaginarios, pero también lo contrario y existir, y en ese caso cometería un error si intentara eliminarlos de mi mente. ¿Y si estos oficinistas no eran tan brillantes, fieros y decisivos como los había imaginado, sino que era completamente cierto que existían y trabajaban sin cesar y se movían en una cierta atmósfera de grisura? Claro que eso no impedía que fueran capaces de cambiarnos la vida en una sola línea.

Acababa de volver a pisar por enésima vez la calle Londres —ahora con alguna copa de más— y me estaba preguntando por qué no llamaban Ítaca a aquella vía a la que yo siempre volvía, cuando he visto de pronto la aparatosa nuca rapada del sobrino de Sánchez. No, no me lo podía ni creer. Allí estaba de nuevo el odioso odiador. Me lo tenía bien merecido por caminar tanto rato en círculos por el barrio. El tremendo sobrino caminaba delante, tan despreocupado como, al mismo tiempo —habría también bebido lo suyo—, tambaleante. He decidido seguirle para ver dónde vivía o a quién veía y qué hacía y en qué trabajaba, suponiendo que él fuera capaz de soportar un trabajo. Estaba aún pensando si hablarle o no cuando el sobrino odiador se ha detenido en seco y se ha quedado literalmente inmóvil, clavado frente al escaparate de una pequeña tienda. Y al tratar de ser ágil y esconderme en un portal, he dado una especie de rara pirueta y girado en redondo y dado, a continuación, dos pasos tan bruscos que por poco logro el efecto contrario al que buscaba y caigo de lleno en su espacio visual.

Cuando finalmente ha dejado de mirar extasiado el escaparate y ha reanudado su marcha, he ido muy poco después a ver qué era lo que tanto había llamado su atención. Unas zapatillas deportivas. Me he sentido muy defraudado. ¡Unas zapatillas! Tanto me ha paralizado aquella decepción que cuando he salido de mi desencanto he pensado que al sobrino ya lo habría hasta perdido de vista. Pero, al disponerme a otear el horizonte, me lo he encontrado literalmente frente a mí, mirándome, poseído por una convulsa obstinación, hasta que ha hablado y ha dicho que quería saber dónde me había visto antes.

Sólo he acertado a decirle que era el periodista de *La Vanguardia* que quería entrevistar a su tío. El sobrino ha inclinado todo su cuerpo hacia mí, y me ha parecido más gigante de lo que ya es de por sí. Y la verdad es que a última hora me ha salvado la campana, una campana imaginaria. Cuando peor estaba todo, he tenido el acierto, en el último segundo, de invitarle a una copa en el Tender Bar, a dos pasos de allí. Una copa que ha aceptado de inmediato y con inusitado entusiasmo. Pero es que, por lo visto —lo sabría poco después—, estaba sin un solo céntimo y necesitaba beber; beber mucho, ha precisado.

Tampoco es que yo anduviera muy boyante de dinero porque, ya sin calderilla, contaba con un escueto billete de veinte euros. Pero eso era en todo caso más de lo que tenía el sobrino, que, lo he visto en ese momento muy claro, era uno de esos seres que se arrastran por la vida y no trabajan en nada, aunque quizás estaba trágicamente en paro y entonces no se merecía que yo lo viera de ese modo, como un simple haragán. Además, salvando todas las insalvables distancias, tenía algún punto en común conmigo, pues yo tampoco trabajo, aunque mi situación de paro es distinta, incluso es activa, dado el trabajo de aprendizaje que me da este diario, donde ensayo la escritura de literatura.

—Dios me ampare, el asunto es cada vez más divertido —ha dicho.

—¿A qué te refieres?

—A que cada vez me pagan mejor por dar información sobre mi tío.

He comprendido a la primera. Era, ante todo, un pícaro de mucho cuidado. No me ha parecido un problema que lo fuera, sino lo contrario, se me han abierto algunas puertas al verle tan dispuesto a hablar. ¿A hablar de qué? No necesitaba que me dijera nada más sobre su tío —él era demasiado hostil a Sánchez y sería enormemente imparcial—, pero el primer cuento de *Walter y su contratiempo* se titulaba *Yo tenía un enemigo* y, si no me engañaba, la historia de aquel relato —con la presencia de Pedro, el odiador gratuito del ventrílocuo que acababa perdiéndose en los Mares del Sur— se parecía en algunos aspectos a lo que, seguramente sin saberlo, el sobrino venía poniendo en escena por todo el barrio. Podía tal vez preguntarle si no era consciente de que se parecía a ese enemigo tan gratuito que tenía el ventrílocuo en ese primer cuento de aquel libro tan lejano. ¿Lo habría leído?

He pensado tantas cosas en ese momento que, al levantar de nuevo la vista, me he encontrado con la mirada del sobrino aún más fija en mí que antes. Iba a preguntarle qué estaba mirando cuando ha sido él quien ha tomado la iniciativa y me ha dicho si se podía saber qué estaba yo mirando. Entonces, he jugado a convertir al sobrino en un repentino enemigo mío y le he dicho que estaba observando, con todo detenimiento, así muy de cerca, su indescriptible odio.

Ha sonreído, pero lo he visto molesto, su cara se ha vuelto desagradable.

—¿Por qué indescriptible? ¿Qué odio?

Había pedido una copa y no se la servían, ha dicho, y se la ha reclamado a los de la barra. Le he preguntado cómo se llamaba. Julio, ha dicho. ¿Julio qué? Julio, ha repetido. No parecía que fuera ése su nombre sino el del mes en el que estábamos, pero he tenido que darlo por bueno, qué remedio.

Como si me hubiera convertido en un detective privado, le he pasado de forma disimulada mi billete de veinte euros. Estaba preparando la entrevista a su tío, le he dicho, y quería que me contara si había leído un cuento de Sánchez, *Yo tenía un enemigo*. Julio ha pedido que le repitiera aquello más lentamente, y yo he vuelto a preguntarlo. No he llegado a saber si lo había leído, pero sí en cambio que el enemigo actual de Sánchez no era otro que el propio Sánchez.

—Porque Sánchez —ha dicho— es un gran neurótico, un ser sumamente egocéntrico. Es un «egoísta de película». Es el estereotipo del egocéntrico, todo ha de girar en torno a él, no soporta lo contrario. En sociedad es un desastre a causa de todo esto, porque no siempre encuentra aduladores que le permiten ser la estrella de la reunión. Es egocéntrico a morir. No ve ni dos palmos fuera de sí mismo. Un neurótico de cojones. Y si hay un error que cometemos muy a menudo los humanos es pensar que un neurótico es alguien interesante, cuando no lo es nunca, porque en realidad un tipo así es un hombre perpetuamente desdichado, que está siempre absorto en sí mismo, y es maligno, y es ingrato, y sólo sabe cultivar el lado negativo de su espíritu crítico, sin potenciar nunca el constructivo.

Parecía que Julio estuviera haciendo un retrato de sí mismo, pero, en fin, me he callado. Y ha pasado entonces algo ridículo cuando, mientras me decía yo todo esto, Julio, sin ni siquiera pedir permiso, se ha bebido parte de mi gin-tonic. Me ha dado asco y me disponía a exigirle, como mínimo, explicaciones cuando ha comenzado a decirme que no se me ocurriera entrevistar a su tío, pero no me explicaba por qué. Más bien parecía un subterfugio para evitar que se notara mucho que él no servía de enlace para llegar a Sánchez.

Con la segunda copa, ha dicho de repente que, como no tenía abuela pero él era el mejor escritor del mundo, iba a resumirme de forma impecable lo que le pasaba a Sánchez. La historia de su tío, ha dicho, se podía sintetizar dedicándose uno tan sólo a narrar con todo detalle cómo una gran inteligencia se iba diluyendo en la pereza, el terror y la angustia, y contando cómo muy lentamente esa inteligencia se perdía al modo de un objeto que se nos cae en el mar y del que al final sólo queda una efímera espuma.

En los últimos meses, ha seguido diciéndome, lo peor de todo era que Sánchez aspiraba tan sólo a ser parecido a un escritor noruego al que algunos críticos verdaderamente desorientados comparaban con Proust. Le salvaba a su tío un cierto sentido de la dignidad cuando hablaba en público y disimulaba, pero muy poco más. En cierta ocasión, cuando aún se hablaban, le oyó decir que iba a inventarse un buen pseudónimo y a dedicarse a la crítica, volverse implacable y sincero, sobre todo con su propia obra; le oyó decir que estaba dispuesto a analizar sus propios libros en autocríticas implacables que publicaría con un pseudónimo. Serían, le dijo su tío, las únicas grandes reseñas que habría tenido, porque nadie conocía mejor sus defectos que él mismo... Eso le dijo en cierta ocasión, y entonces Julio enfrió aquel entusiasmo autocrítico de su tío diciéndole que, de todos modos, como buen sobrino que era, esos defectos de su literatura se los conocía él también y podía, si quería, comentárselos allí mismo al instante, aunque quizás fuera mejor que se los guardara, porque podría causarle un excesivo daño... Ésa fue la última vez que nos hablamos, ha terminado diciéndome Julio.

Bueno, le he dicho, no me extraña nada que ya no os volvierais a ver. Pero sólo le he dicho esto, pues no quería decirle que me había gastado mis veinte euros y por tanto no podía pagar las consumiciones y he simulado que acababa de recibir un *short message service* (se lo he dicho en inglés para ver si conseguía impresionarle por primera vez con algo) y tenía que irme pitando.

Le he dejado casi con la palabra en la boca. He ido a la caja, donde me conocen lo suficiente, y he dicho que lo consumido hasta entonces se lo iba a pagar mañana.

—Y si el pelambrera pide algo más, ¿se lo ponemos? —ha preguntado uno de los dos ociosos camareros de la barra.

—Yo de usted no lo haría, forastero.

He tenido una respuesta de *western*, como corresponde a alguien que se llama Mac y que encontró su nombre en la cantina de un poblado del Far West.

Me he ido a paso ligero. Con el dato de que el peor enemigo de Sánchez era Sánchez ya tenía suficiente para comenzar a pensar en mi repetición de *Walter y su contratiempo*.

He caminado tan rápido que parecía que me hubiera escapado sin pagar. En un paso de peatones he coincidido con un mendigo que, si no me equivoco, suele instalarse en la esquina de París con Muntaner. Le he reconocido con una facilidad que a mí mismo me ha asombrado. El hombre parecía ir de retiro y era igual que un tipo corriente que vuelve a su casa después del trabajo. Pero enseguida me he dado cuenta de que no era exactamente así, sino al revés, pues se dirigía a su puesto de trabajo.

Llevaba bajo el brazo un cartel en el que me ha parecido que había escrito que pasaba hambre y tenía tres hijos. Me ha mirado con odio y he pensado que iba a pedirme dinero. Si eso ocurría, ya sabía qué decirle: mis veinte euros se los había quedado otro mendigo. No me ha dicho nada, sólo me ha mirado de arriba abajo. Me ha incomodado tanto esa mirada que me he defendido de un modo peculiar, invisible para él, pero también para todo el mundo. Me he defendido invocando en silencio unas palabras que solía decir un amigo, gran especialista en *clochards* y muy amigo de algunos de ellos en París, y que hoy he invocado para mí mismo en una especie de oración secreta: «Nacerá, ha nacido de nosotros, el que no teniendo nada, no querrá nada, sino que le dejen la nada que tiene».

He pensado luego en el judío de la «fuga en camisa» y, mientras dejaba atrás en el siguiente semáforo al hombre que decía pasar hambre, me he preguntado si los mendigos que parecían estar acompañando, casi puntuando, mi paseo de hoy no serían versiones diferentes de mi imagen reflejada en un espejo en continuo movimiento. Si fuera así, me he dicho, debería ir matándolos a todos en los semáforos; sería una forma de ir anticipando mi propia muerte, o desaparición.

En la esquina de París con Casanova he visto —dadas las circunstancias, ya casi sin asombro— que estaba reunido el grupo de grises cuarentones de aire bohemio que había visto semanas antes junto a Julio el día en que le vi por primera vez. Me ha parecido que intercambiaban botellas de vino y que tenían más de *clochards* que de bohemios. Los he visto a todos mucho peor que en la anterior ocasión. ¿En tan pocas semanas se habían destruido a sí mismos? He pensado en comentarles que encontrarían al sobrino maledicente en el Tender, pero al final me he entretenido preguntándome si, a causa de la dureza de la crisis, no se está produciendo una lenta penetración de mendigos en el Coyote. ¿O se trata de una invasión de genios incomprendidos?

&

Me despierto, me levanto para anotar lo único que recuerdo del final de un sueño que me habría gustado que continuara. Por las ventanas abiertas de las academias de saxofón del Coyote se oía el lánguido sonido de las clases de música, monstruoso zumbido en medio del caluroso panorama estival. Era un sonido que se mezclaba con la voz de un cantante callejero que, con su canción desinhibida a ritmo de *bamba, la bamba, bamba*, llegaba a todo pulmón hasta el último rincón del barrio. Todo el mundo bailaba. Y yo confirmaba que el Coyote mejoraba si lo plantaban en Nueva York.

26

Si reescribiera *Yo tenía un enemigo*, el relato giraría principalmente en torno al contratiempo que representaría para el ventrílocuo Walter ser tan egocéntrico, lo que sin duda le impediría tener otras voces. Incluiría también la historia de un reformatorio de egoístas recién fundado al lado de su casa y del que él tendría noticia puntual, aunque nunca llegaría a caer en la cuenta de que ese reformatorio podía ser idóneo para él.

Yo tenía un enemigo no se abriría con la cita de Cheever, sino con la de William Faulkner que Roberto Bolaño colocó al frente de su libro *Estrella distante*: «¿Qué estrella cae sin que nadie la mire?».

A día de hoy, todavía nadie ha sabido localizar esas palabras en la obra de Faulkner, de modo que la cita podría ser inventada, aunque todo indica que es de Faulkner, porque los especialistas en Bolaño dicen que no solía inventarlas, y menos aún si eran para un epígrafe.

Del mismo modo que nos preguntamos de qué estrella hablamos cuando hablamos de una que ha caído sin que nadie la haya visto caer, supongo que podemos también preguntarnos de qué diario personal hablamos cuando hablamos de uno que nadie vio. Tanto esa necesidad de un espectador que tiene una estrella en caída libre como la paradójica necesidad de un lector que tienen algunos diarios no escritos para ser leídos me han llevado a imaginar un cuaderno en el que alguien inscribiría, jornada tras jornada, sus pensamientos y sucesos cotidianos sin pretender ser leído, aunque el propio diario iría cobrando vida y se iría rebelando contra esa programada ausencia de un lector y poco a poco iría exigiendo nada menos que poder ser visto y así huir de su destino de estrella de caída invisible.

Algo me recuerda de pronto que hace cuatro días ya tuve un pensamiento para ese falso libro *póstumo* (a su vez falsamente interrumpido por muerte), libro que en realidad no he perdido de vista en ningún momento desde que comencé el diario.

Nada más escribir esto último, me he ausentado para realizar un simulacro de interrupción del diario, consistente en realidad en descorchar otro Vega Sicilia, el último de la despensa, y celebrar la vuelta a la idea de la construcción artificial y fraudulenta de una obra perteneciente al género de las «obras incompletas y póstumas».

¿No fue lo primero en que pensé al iniciar mi diario y también lo que a la larga me llevó a acordarme del personaje de Wakefield y a sentir una creciente necesidad de que Carmen, o quien fuera, tuviera que acabar aceptando que existe el diario? A veces, aunque tengamos que ausentarnos para lograrlo, luchamos por algo tan esencial y al mismo tiempo tan simple como esforzarnos para que al menos se dignen confirmarnos que existimos.

Después, he vuelto al despacho, a estas páginas que hace casi un mes empecé sin saber adónde iban y sin saber de qué hablaría en ellas, suponiendo que se terciara hablar, pero en las que pronto un tema hizo acto de presencia y lo hizo con una puntualidad que parecía indicar que era el único tema que tenía una cita conmigo. Apareció antes incluso de lo esperado, en medio de una mañana soleada en la que estaba escuchando *Natalia*, vals venezolano que nunca me cansaré de oír. El tema era la repetición, y pronto me sumergí en él, especialmente en su importancia en la música, donde los sonidos o las secuencias suelen repetirse, donde nadie discute que la repetición es fundamental si está en equilibrio con los planteamientos iniciales y variaciones en una composición.

Muy pronto me sumergí en la repetición y la prueba es que ahora ya ando planeando la copia modificada y mejorada de la novela de mi vecino, un libro insignificante y equivocado, lleno de ruido y furia olvidados, pero que he preferido examinar con la lentitud que he creído que requería algo que me propongo, más pronto o más tarde, alterar. Si algún día reescribo *Yo tenía un enemigo*, lo primero que quizás haga será cambiar la cita de Cheever por el epígrafe faulkneriano, y esa modificación no sólo servirá para que la novela de Sánchez dé un triple salto mortal de treinta años en el tiempo, sino también para que el narrador no obre como si no hubiera él pasado por la experiencia de lectura que ofrece una literatura de genio como la de Bolaño.

Pero tengo claro que este epígrafe de Faulkner no habrá de estar relacionado con lo que se narre en *Yo tenía un enemigo*, pues no debo olvidarme de que siempre anhelé desmitificar la supuesta trascendencia de las citas al comienzo de los textos y obrar al estilo, por ejemplo, de Alberto Savinio, que inició *Maupassant y el otro* con una frase de Nietzsche que decía: «Maupassant, un verdadero romano».

«Maupassant, un verdadero romano», repito ahora para mí mismo, sólo por el placer de decirlo. ¿Cuántas veces he vuelto sobre esta frase y en cuántas no veo siempre lo mismo, por mucho que la repita? Veo que la definición de Nietzsche ilumina la figura de Maupassant, pero, como decía Savinio en nota a pie de página, la ilumina mediante el absurdo, la ilumina tanto mejor en cuanto que no se sabe qué ha querido decir Nietzsche llamando *romano* a Maupassant, y quizás después de todo no ha querido decir nada, como ocurre a menudo con Nietzsche.

De modo que, de decidirme un día a reescribir *Yo tenía un enemigo*, el epígrafe de Faulkner no estaría conectado con lo narrado en el relato, sino que iría a su aire, viajaría solitario y desconectado de todo, en la plenitud de una gran desconexión, como un avión fantasma sobre el cielo de Chile.

En cuanto a qué conservaría del *Yo tenía un enemigo* de Sánchez, lo que veo más claro es que mantendría el esqueleto de la historia del odiador obstinado en desear lo peor para el odiado —esa historia tan curiosamente parecida a la del odio de Julio hacia su tío— y mantendría también la angustiosa ansia de dejar el alcohol por parte del dueño de esa voz que en el relato de Sánchez imita bastante bien el estilo de John Cheever. Eso conservaría, al tiempo que modificaría, la personalidad de Walter, que tendría en él mismo y en su desaforada egolatría a un segundo enemigo. Precisamente su primer enemigo —le llamaría Pedro, como en el original— le reprocharía ese carácter tan egocéntrico que le llevaba siempre a hablar de sí mismo y era en realidad el culpable directo de que no tuviera voces para sus muñecos. Pero para ese primer enemigo, de nombre Pedro, me inspiraría en la tremenda egolatría y el envanecimiento que he observado que padece Julio, que, si bien exhibe de vez en cuando un cierto talento, en el fondo es el clásico energúmeno que denuncia en los demás lo que en realidad son nada menos que sus propios defectos.

Si un día reescribiera *Yo tenía un enemigo*, hablaría de una noche en la que el ventrílocuo resolvería su problema de tener una voz única por el eficaz sistema de por fin darse cuenta de que eran los constantes ataques de su odiador los que le acorralaban demasiado, obligándole a hacerse fuerte con una sola voz, a hacerse fuerte ratificándose en todo lo que él desarrollaba en sus actuaciones teatrales y en su vida privada, y obligándole por tanto a enrocarse cada día más en medio de la batalla contra su odiador.

Una noche, todo esto se resolvía. Reunión en los bajos fondos. Y tras una maniobra ilegal le tocaba a Pedro un viaje a los Mares del Sur en un sorteo irregular de la parroquia de su barrio. Pedro se iba. Y Walter veía aflojarse su táctica de egocentrismo defensivo. Al no ser ya tan necesaria para protegerse, se relajaba y comenzaba a librarse de sí mismo, de su molesta voz única, de «la voz propia tan ansiada precisamente por los novelistas», transformándose, a partir de aquel momento, en unas cuantas voces que se encargarían de ir narrando los nueve cuentos restantes.

Así que a Walter le daría la personalidad que yo imaginaba que tenía Sánchez y al enemigo Pedro le daría la conflictiva y en el fondo miserable forma de ser de Julio.

En las últimas líneas de *Yo tenía un enemigo*, Walter sería alguien que se sentiría muy satisfecho de ser un ventrílocuo a tiempo completo, y muy feliz de ser por fin tantas personas, menos él mismo. Walter sería una mezcla entre Sánchez y Julio, con algunos toques de mi discreta y humilde personalidad y también ciertos toques del carácter duro e infatigable de algunos de sus muñecos. Walter llevaría chaquetas de espaldas muy anchas, camisa blanca (para fugarse cuando quisiera) y un bastoncillo de bambú en el que iría camuflada una sombrilla de Java.

Pero todo esto se vería sólo al final de ese primer cuento, porque al comienzo del segundo relato, al inicio de *Duelo de muecas*, ya no habría en Walter ni rastro de los distintos tejidos humanos de los que estaba compuesta su identidad.

Imagino un comienzo de este estilo para ese relato que algún día tal vez reescribiré:

«Piensen en un ventrílocuo. Habla de un modo que su voz parece que procede de alguien que está a cierta distancia de sí mismo. Pero si no fuera por nuestra línea de visión, no encontraríamos placer alguno en su arte. Su gracia, por lo tanto, consiste en estar presente y ausente; de hecho, él es mucho más él mismo cuando está simultáneamente siendo otro. Y no es ninguno de los dos una vez desciende el telón. Sigámosle ahora que está solo y camina en la noche cerrada y no es ninguno de los dos que ha dejado detrás y por lo tanto es un tercer hombre del que no sabemos nada y del que nos interesaría saber adónde dirige sus pasos. Pero entre la barba, la gorra irlandesa y las gafas de sol, sumado a la poca luz del lugar, resulta difícil verle la cara a ese ser desvencijado...».

[ÓSCOPO 26]

Por pura casualidad —en realidad decimos «pura casualidad» cuando no sabemos cómo ha podido ocurrir, pero sospechamos que hay una Oficina de Ajustes en la sombra, o bien una explicación más que razonable a la que sin embargo no accederemos nunca—, he encontrado al final del día, mientras leía *Zama*, de Antonio Di Benedetto, una frase que es muy plausible pensar que Roberto Bolaño leyó y que quizás le acompañó durante tiempo, le acompañó muy lejos; tiene un parentesco sorprendente con la de Faulkner:

«Era la hora secreta del cielo: cuando más refulge porque los seres humanos duermen y ninguno lo mira».

27

Esta mañana, aprovechando que el cielo estaba nublado, he dado una vuelta agradable por el Coyote. Me he hecho con los periódicos del día, risas con la quiosquera (más jovial que otras mañanas), saludos al estanquero y al dueño de la Carson, compra de cinco manzanas en la tienda ecológica, encuentro con los jubilados de la tertulia del Tender. Triunfo de sucesos triviales que le sientan perfecto al diario. Es lo que necesito, asuntos triviales, al menos de vez en cuando, asuntos que parezcan banales y permitan que el diario se trague esa novela que acecha ahí contumaz, en la oscura selva que imagino a veces enfrente de casa.

El cielo, gris y claro, con sombras azules debajo de cada nube. Una bicicleta con una rueda delantera algo deformada. Triunfo de los detalles triviales. Roland Barthes vino a decir que el único éxito posible de todo diario íntimo es haber sobrevivido a la batalla, aunque eso signifique el alejamiento del mundo. Alan Pauls: «Todo diario es, pues, la encarnación literaria del zombi, el muerto en vida, el que lo vio todo y sobrevivió para contarlo».

Como la mayoría de los tertulianos del Tender —suelen ser unos cinco o siete, depende del día— fuman incesantemente, es muy probable que busquen la muerte por ese camino. Normalmente, el más hablador del grupo es Darío, ingeniero naval ya más que retirado, siempre con un caliqueño entre los labios, salvo hoy. Le he tratado más que a los otros, y esa relación me ha permitido, con una banal excusa, sentarme esta mañana con el grupo. Darío estaba hablando de su resfriado veraniego y decía que no era nada grave pero le deprimía, porque en julio no había constipados y porque además la fiebre y muy especialmente el carraspeo afectaban a su equilibrio mental... He pensado que tal vez añoraba el caliqueño, e iba a decírselo, pero al final he preferido no arriesgar con una frase tan poco oportuna. Sin embargo, en medio del silencio que se ha producido poco después, he arriesgado con una frase de mayor riesgo, pues —algo me ha impedido evitarlo— les he preguntado cuál sería el deseo que cada uno formularía si supiera que podría verlo realizado. Ninguno de ellos se ha inmutado, unos han simulado no haberme oído, y otros no han llegado a oírme porque tienen un punto importante de sordera que se mezcla con la indiferencia que les produce la intervención de cualquier extraño en la tertulia. Sólo Darío ha querido contestar y, tras unas palabras que en este caso he sido yo quien no ha oído bien, ha dicho que si pudiera hacer lo que quisiera se iría al centro de la tierra y buscaría rubíes y oro, y luego iniciaría una aventura y trataría de encontrar monstruos perfectos.

Narraba un poco como el vagabundo misterioso de la leyenda jasídica, pero también como un niño, y me ha hecho reír que hablara nada menos que de «monstruos perfectos», porque en realidad allí no había que ir a buscarlos al centro de la tierra, los monstruos éramos nosotros mismos.

Ha pasado Ana Turner como una exhalación frente a nosotros. Paseaba un perrito que parecía tirar de ella haciéndola proyectarse hacia adelante, al borde siempre de caerse. Acababa de llevar a cabo, ha dicho con una sonrisa pícara, una misión secreta. No esperaba que ella pasara por allí y, de haber podido, habría dado mi alma por haberme vuelto en aquel momento invisible, no fuera que pudiera pensar que en realidad yo era tan cafre como los jubilados y por eso estaba con ellos.

Algo después, justo cuando ya me iba a despedir de los contertulios y me dedicaba a mirar muy distraídamente hacia el soleado horizonte de la calle Londres, he vivido una experiencia de alucinación y por momentos me ha parecido ver a Sánchez y a Carmen paseando por la otra acera. No iban de la mano, pero lo parecía. Me ha conmocionado tanto esto que he apartado instintivamente la vista. Pero dos segundos después he vuelto a mirar y en la acera de enfrente no había absolutamente nadie.

¿Va uno al médico si sufre una sola alucinación? Me he quedado preocupado. ¿Eran Carmen y Sánchez sólo dos fantasmas del mediodía? Tal vez todo había sido una proyección de mis miedos y yo había creído ver aquello porque había asociado sentimientos que bullían hacía ya días en mi mente: la desconfianza hacia Carmen y mi roce constante, en los últimos tiempos, con las intrigas amorosas de las memorias del ventrílocuo.

Darío, supongo que viéndome demudado, me ha preguntado si me pasaba algo. Nada, le he dicho, he visto algo ahí enfrente que ya no está. Me he puesto en pie y, a pesar de mi inquietud por lo que me parecía que acababa de ver, me he entretenido observando cómo mi movimiento para irme desencadenaba un leve duelo de muecas entre los contertulios. ¿Pensaba yo convertir esa batalla de gestos faciales en parte de *Duelo de muecas*, ese cuento que también me proponía un día reescribir? Enseguida he visto que no debía en modo alguno hacerlo. Hay cosas que se aprenden rápido en esto de idear y comentar proyectos de escritura, y ésta ha sido de las más claras con las que me haya encontrado nunca: el hecho de que la trama de *Yo tenía un enemigo* se pareciera a una que estaba viviendo en el mundo real —Sánchez criticado por un sobrino que le odiaba de forma muy hostil— no tenía por qué significar que, a partir de entonces, una por una, las tramas de los nueve capítulos, que aún debía planificar cómo reescribiría, tuvieran que parecerse a lo que pudiera ocurrirme en los siguientes días en mi mundo real.

Pensando en esto y en lo otro, inquieto y sin poder ocultarlo, me he despedido de los cafres y he cruzado a la otra acera, he doblado la esquina y, por si acaso fuera en realidad totalmente cierto que los había visto, he buscado a Carmen y a su acompañante en la calle Urgell, pero allí no había nadie, sólo un sol imponente sobre el asfalto. He seguido mi camino y en la última esquina me ha abordado un mendigo muy bien vestido, salvo al sur de los pantalones, donde unas grandes y destrozadas botas que parecían salidas de una película de Charlot eran el único detalle que me indicaba que él pedía limosna educadamente. Era sin duda un mendigo de la nueva ola, había ya unos cuantos como él en Barcelona. Van vestidos con ropa cara y no les importa que eso desconcierte. Acostumbran a pedir de una forma muy estudiada y profesional y sin duda su estilo es distinto del que históricamente ha sido el de la gente que solicitaba ayuda. Este hombre de botas inconmensurables me ha comenzado a decir que llama salud a una cierta capacidad, ya hace años fuera de su alcance, de llevar una vida plena. Le he dado una moneda, a pesar de que llevaba una camisa floreada y no parecía nada, pero nada triste. Y al final ni me he arrepentido de, en el caso de que sea un farsante, haberme dejado embaucar por sus movimientos y gestos. Es más, viéndole marcharse, he acabado admirando su forma de caminar, que hace que nadie pueda pasar por alto sus botas: ellas son como una especie de accesorio teatral y sin duda pieza esencial de su método único, junto al dominio del discurso sobre la salud, para obtener dinero con genio, y también —lo que no es menos importante— con tanto aplomo y dignidad.

Ya en casa, con el aire acondicionado a una temperatura casi glacial, he tratado de olvidarme de la visión fantasmal de Carmen y Sánchez en la otra acera y, tras buscar largo rato, he acabado encontrando una forma, no muy duradera pero interesante, de pasar el rato y de ahogar problemas, y he comenzado a bucear en los recuerdos de los mejores climas de incertidumbre en los que, a lo largo del tiempo, me he visto involucrado.

He terminado pensando en *La tumba sin sosiego*, de Cyril Connolly, donde se reflexiona con alta inteligencia sobre las actitudes dubitativas. Lo leí por primera vez en los tiempos en que trabajaba de pasante en el despacho del señor Gavaldá, mi primer empleo. Tiempos grises abriendo la puerta a todo tipo de clientes y años de enfilar pasillos llevando cafés y azúcar a los impresentables jefes. Por suerte, en el bolsillo derecho acariciaba en secreto el libro de las dudas de Connolly, y eso me daba la fuerza necesaria para seguir abriendo puertas en mi papel de joven y pobre abogado sirviente. Nunca como en esos días —no me había enamorado aún de nadie, sólo era un camarero— tuvo tanto sentido que me llamara Mac.

Ah, qué grande, Connolly: «Creemos reconocer a alguien al pasar. Ha sido un error y, sin embargo, un instante después tropezamos con dicha persona. Esta previsión indica el momento en que entramos en su longitud de onda, dentro de su órbita magnética».

A pesar de que lo estoy intentando, no sé cómo olvidarme de que este mediodía, poco después de dejar a los jubilados y de doblar una esquina persiguiendo la sombra de Carmen, me la he encontrado en la calle Buenos Aires, con la bolsa de la compra. Y todo ha ocurrido en unas décimas de segundo.

—¿Vas sola? —le he preguntado.

Se ha quedado pasmada.

—¿Estás tonto o qué?

28

Carmen ha ido al cine y yo he preferido quedarme en casa. Y a partir de ese momento el domingo me ha producido tal sensación de angustia que he llegado a imaginarme con bata blanca, convertido en médico de guardia en un hospital de provincias. He salido de la angustia con más angustia, recordando unos versos escritos en domingo por Luis Pimentel, médico y poeta de Lugo: «Me he quedado aquí, / solo y quieto, / dentro de mi blusa blanca. La tarde es plana, / y hay un beso frío de cemento / y un ángel muerto sobre la hierba. / Pasa un médico. / Pasa una monja. / Entre luces de algodón, el quirófano asciende».

Ese quirófano del poema ha comenzado a ascender en mi imaginación, en plena soledad del domingo, y no me ha quedado otro remedio que salir a dar una vuelta por el Coyote, desierto a aquellas horas.

Ha sido una bendición la calma, la paz de la calle. Ni un ruido. Domingo con toda la gente en sus casas, dormitando, jugando, follando, soñando, asqueándose en realidad la mayoría porque el domingo crea un vacío que es siempre nuestra ruina.

Pero la calle en calma se agradecía. He pensado que

iría al Caligari a esperar la salida del cine de Carmen. Y ya me dirigía hacia allí cuando todo se ha roto en menos de una décima de segundo. Un Buick ha frenado aparatosamente junto a mí y de él se ha bajado un joven que iba junto al conductor. Un tipo de nariz prominente, vestido con camisa y pantalones blancos. Más que apearse, debería haber dicho que literalmente ha saltado fuera del vehículo. Se le veía nervioso y me ha preguntado por qué lo estaba yo, que ni le he contestado, precisamente de tan nervioso que estaba. Me he fijado especialmente en su palidez y durante una décima de segundo me ha parecido una réplica inesperada del médico de bata blanca del poema. Y tanto es así que he llegado a preguntarme para qué habría yo salido a pasear si en cierto modo lo que estaba viendo era lo que ya tenía en casa, en aquel poema de Pimentel que había recordado poco antes de salir. Pero pronto he visto que aquel individuo no era en modo alguno parecido a mi médico de bata blanca, sino un joven que daba pasos raros y movía los pies de forma extraña. Al lado de la hebilla del exagerado pero elegante cinturón sobresalía una cartera negra, a la que él le ha dado de pronto una rara palmada, como si fuera a desenfundar, como si quisiera que yo creyera que más bien llevaba allí una pistola. Pero es que la llevaba, lo he visto de pronto con toda claridad.

He tenido, durante un segundo, una breve duda metafísica. Si toda aquella situación era tan sólo la incontrolable consecuencia de un poema mío que de pronto había cobrado vida de un modo desagradable, no tenía por qué aterrarme. Ahora bien, si no lo era, estaba claro que el forastero de la nariz prominente me había confundido con alguien y que mejor haría en salir corriendo, quizás refugiarme en los billares que estaban abiertos, como todos los domingos, al lado de la barbería del señor Piera, aquello era lo que más cerca tenía. O quizás mejor, he pensado: doblar la esquina y subir a la carrera las escaleras que conducen a la primera planta del restaurante Shanghái, donde me ayudarían seguramente a esconderme.

Es rarísimo, pero en una situación como ésta soy capaz de abstraerme y preguntarme si cuando fui abogado dejé algún enemigo con ánimo de venganza y hasta preguntarme quién diablos me mandó pensar en un poema sobre una bata blanca, pero también soy capaz de tener la sangre fría de preguntarme por qué salí a la calle si es sabido que tanta calma y silencio acaban muchas veces en el otro extremo y pasa siempre algo ruidoso y tremendo... He podido, en todo caso, abstraerme sólo por poco tiempo, porque los acontecimientos se han precipitado y no he tardado en ver que el joven de la camisa blanca avanzaba decidido hacia mí. Me veía ya convertido en hombre muerto cuando en el último segundo el matón se ha desviado para ir más allá de donde yo estaba. Es más, me ha dejado totalmente atrás —no le importaba yo nada, algo que en el fondo me ha resultado decepcionante— y se ha puesto a perseguir a un colombiano muy alto al que conocemos todos en el Coyote porque vende puros habanos «recién llegados de Cuba» valiéndose a veces de un sistema —en el abordaje a los clientes— casi intimidatorio.

En cualquier caso, como otros transeúntes, me he sentido atraído por ver cómo terminaba la persecución y me he unido a un corro de circunspectos observadores, y aquello ha acabado de la peor manera posible, ya no sólo sin formas literarias, sino en realidad sin formas de ningún tipo. Ha terminado con un seco golpe de kárate y con el colombiano cayendo mal, chocando su cabeza con el canto de la acera, quedando inerte en el suelo. ¿Muerto? El agresor, que no se ha mostrado interesado en robarle los puros habanos, se ha girado para ver cómo seguía todo a sus espaldas y, quedándose de pronto inmóvil por un breve segundo, nos ha lanzado una mirada tremenda a los mirones, lo que me ha permitido abstraerme de nuevo, aunque haya sido sólo un segundo, y observar que si bien aquel tipo era joven podía dar la impresión de ser un viejo, porque su nariz acababa en una especie de bulbo blanco que parecía querer combinarse torpemente con el blanco de su camisa.

Como suele ocurrir en la vida real —y percibo también con claridad que en este diario—, los acontecimientos llegan y se van, sin que haya normalmente un gran giro dramático, por catastróficos que esos acontecimientos hayan sido. Mejor así, porque eso me permite evitar en el diario tener que actuar como ciertos novelistas que insultan a la inteligencia del lector haciendo que ocurran cosas aparatosas en sus relatos, haciendo que haya de pronto incendios, por ejemplo, o que los personajes se maten entre ellos, o que le toque la lotería al tipo más humilde, o que alguien se ahogue en el mar cuando estaba disfrutando del día más feliz de su existencia, o que caiga un edificio de doce plantas, o que suenen siete disparos en el paraíso de un domingo tranquilo...

Las novelas, por otra parte, dramatizan a veces demasiado unos sucesos que en la vida real suelen producirse de un modo más sencillo o irrelevante, sucesos que van y vienen y que se atropellan entre ellos, que se suceden sin tregua, superponiéndose los unos a los otros, circulando idénticos a nubes que el viento desplaza entre engañosas pausas que se revelan finalmente imposibles, ya que el tiempo, que nadie sabe qué es, no cesa nunca. Ese «defecto» de las novelas es un motivo más por el que suelo preferir los cuentos a éstas. De todos modos, encuentro a veces novelas muy buenas, pero no por eso cambio de opinión con respecto a ellas, porque de hecho las novelas que me gustan siempre son como cajas chinas, siempre están llenas de cuentos.

Los libros de relatos —que tan parecidos pueden ser a un diario personal, construido también a base de días semejantes a capítulos, y de capítulos a su vez semejantes a fragmentos— son máquinas perfectas cuando, gracias a la brevedad y densidad que ellas mismas exigen, logran mostrarse en todo más apegadas a la realidad, no como las novelas, que tantas veces se van por las ramas.

No ha sido raro para mí: en medio del vistoso incidente del hombre del cinturón exagerado y del colombiano quizás muerto he llegado a abstraerme y a reflexionar nada menos que sobre la tensión entre el género cuentístico y la novela, esa fricción que se producía en mi diario. Y tampoco ha sido para mí tan raro que, pese a la aparente trascendencia del repentino suceso callejero, todo aquello haya ido perdiendo de pronto importancia y, cuando ha llegado la ambulancia, casi me había olvidado de lo que había ocurrido, y la prueba es que he dado media vuelta en un estado muy tranquilo y he regresado a casa, casi como si no hubiera ocurrido nada. Allí me he encontrado a Carmen, que acababa de llegar del cine, donde seguro que había visto menos «acción» que la que había yo presenciado en mi paseo por el Coyote. He sido idiota y no he reparado en la cara de mal genio que ella ponía. De haberme fijado en esto, no le habría preguntado si no había pasado mucho calor, no le habría preguntado nada, pues habría tenido en cuenta lo mal que reacciona si estando de mal humor le hacen una pregunta, sea ésta del orden que sea.

Me ha contestado furiosa pidiéndome una explicación de por qué llevaba mi camisa tan empapada de sudor. Es que vengo de salvar la vida, le he dicho. Y le he contado la persecución y el golpe de kárate y el posible muerto por en medio...

—Así no puedes seguir —me ha interrumpido autoritaria.

Y ha comenzado a decir que cada día hago menos cosas —como si, una vez más, quisiera ignorar que escribo este diario, y como si haber estado yo presenciando un probable asesinato fuera una prueba de mi holgazanería— y ha preguntado qué había hecho esta mañana; quería saber —ha precisado— si me había estado rascando la espalda todo el tiempo. He pensado en la volatilidad de los enamoramientos y en cómo crecían éstos o veían rebajada su fuerza en menos que cantaba un gallo. Me lo he rascado todo menos la espalda, le he dicho. Y no han volado los platos por casualidad o, mejor dicho, no han volado porque no estaban en aquel momento al alcance de Carmen.

Cuando algo más tarde todo se ha calmado, Carmen me ha preguntado, sin venir demasiado a cuento, cuándo pensaba darle la camisa para que pudiera coserme el botón. Y yo he querido saber si se refería a mi camisa sudada. Y en medio de la absurda discusión que ha ido subiendo de tono —he aclarado varias veces que no me faltaba botón alguno en la camisa—, ella me ha llamado Ander.

—Pero ¡Ander! —ha dicho.

El nombre de pila de Sánchez.

Lo he oído perfectamente bien.

Todo en la casa se ha detenido, hasta el tiempo me ha parecido que se paraba en seco. Ante mí, la inesperada evidencia de que Carmen tenía la costumbre de discutir con Sánchez y llamarle por su nombre de pila, de modo que no sólo era mentira que no tratara con él nunca, sino que incluso parecía estar habituada a discutir con él con la misma confianza con que lo hacía conmigo.

Pero Carmen lo ha negado todo, eso ha sido lo más raro. En ningún momento me había llamado Ander, ha comenzado a decirme y a repetirlo también sin descanso, lo ha jurado por su madre y también —no era necesario— por el papa de Roma, el de ahora y el polaco, ha precisado. Y ante eso, poco he podido hacer, salvo sumirme en la duda y pensar que quizás realmente había oído mal, aunque yo sabía que había oído perfectamente.

Y ahora, en este preciso momento, junto a la sensación de que hoy ha sido un domingo poco afortunado, vuelvo a darme cuenta de que ella ha dicho lo que yo he oído sin lugar a dudas; no puedo cambiar las cosas, porque éstas han sido como han sido, no puedo recordar de otra forma ese instante fatal en el que se le ha escapado ese «Pero ¡Ander!».

Lo recuerdo a la perfección, incluso el modo tan especial de gritarlo y de pararse después al darse cuenta del error. Pero he preferido decirle que de acuerdo, que quizás habría oído mal y que seguramente había dicho «Pero ande», o «Pero anda». Entonces ha venido lo más raro del domingo. Me ha mirado con gran enfado y me ha dicho: «Pero, por favor, Mac, es que tampoco he dicho eso». Y yo: «¿Ah, no?». «No», ha asegurado con una cara tan beatífica que me ha dejado de piedra. Y yo: «No, si al final resultará que no has dicho nada...». «Exactamente, no he dicho nada», ha afirmado con un aplomo que, si era falso —y tenía que serlo, seguro—, era una obra maestra de la simulación.

29

Todavía noqueado por lo de ayer, tambaleante, vencido, con paso errante, al caer la tarde, he llevado al sastre del barrio unos pantalones que compré el año pasado y que ya apenas me puedo abrochar.

Por el camino, a pesar de mis cuatro kilos de más, me sentía tan frágil que estaba seguro de que cualquier golpe de viento me podía derribar.

El sastre ha sido amabilísimo, pero tiene un único probador en su pequeña tienda y en él le ha dado por colocar no uno, sino dos espejos de pie y un taburete mínimo para poder sentarse. El espacio es enormemente angosto, como una tumba. Angustiado tras la cortina, he estado a punto de perder el equilibrio y caerme y destrozar uno o los dos espejos. Luego he tenido miedo de morirme en el momento mismo en el que intentaba introducir un pie a través de la estrecha pernera del pantalón. Y poco después, superado el miedo a perder el equilibrio justo en el momento de morirme, todo ha ido aún a peor: me he sentido muy solo y, además, durante unos segundos no me he visto en el espejo.

Ha seguido un sudor frío y la comprobación de que

estaba vivo. Qué suerte la mía. Al regresar a casa, me he acordado de una historia oída hace tiempo, la de una mujer que abandonó al marido para irse con otro. Y el marido colocó una estatua de ella desnuda en el jardín de un amigo. ¿«Venganza renacentista» o simplemente la regaló porque ya no tenía valor para él?

30

Toda la mañana diciéndome que no había que perder ni un minuto.

Por la tarde, en las primeras horas, las cosas no han cambiado mucho. De nuevo la obsesión por no perder ni un minuto mientras los perdía todos.

—Sal de una vez a la calle —decía la voz.

(La voz que viene de la muerte.)

Pero yo no quería salir. Me había paralizado la visión repentina de lo que hay de más contradictorio en la condición del artista, por principiante que sea: al salir a la calle, tiene que observar lo que allí ve como si lo ignorara todo, pero luego debe ejecutarlo, pasarlo en limpio en casa, como si lo supiera todo.

Paralizado. Y encima el día parecía tener la manía de ser el más veloz de los que he pasado yo hasta ahora en este mundo, tal vez una decisión de la enrevesada Oficina de Ajustes.

Veía pasar las nubes de una forma muy rápida, y aun así no me decidía a hacer nada, no veía el momento de ponerme en marcha antes de que ya fuera otro día. Carmen ha venido al despacho a advertirme de que nos acercábamos a la noche. He mirado afuera, y efectivamente estábamos ya en pleno atardecer y yo seguía sin haber hecho nada en todo el día, noqueado por los celos, por las sospechas sobre Carmen, por un penoso estado de ánimo.

Al disponerme a irme ya a dormir, veo que lo único que debería haber escrito este martes tendría que haber sido esto: «La muerte nos habla con una voz profunda para no decir nada, para no decir nada, para no decir nada...». Tendría que haber leído esto y haberlo repetido luego por escrito cien veces para así acostarme creyendo que hoy llegué a escribir algo. Y luego, cien veces también (como homenaje al parásito de la repetición que se oculta en toda creación literaria): «Sabemos mucho menos de lo que pensamos que sabemos, pero siempre podemos saber más, siempre hay espacio para aprender».

—¿Qué haces, Mac? —pregunta Carmen, casi gritando, desde la sala.

Contesto tapándome la boca con una mano, mientras con la otra me desprendo del pantalón de pijama, lo dejo en el armario, y quedo desnudo:

—Nada, cariño, sigo repitiendo la novela del vecino.

Y me imagino a Sánchez desnudo también, hace cuarenta años, o quién sabe si hace sólo unas horas, preparado ante Carmen como yo ahora, preparado para lo que sea.

31

Si llegara el caso, lo primero que cambiaría de *Duelo de muecas* sería el epígrafe de Djuna Barnes. Lo sustituiría por un diálogo extraído de *Distancia de rescate*, de Samanta Schweblin:

«—Carla, un hijo es para toda la vida.

»—No, querida —Dice. Tiene las uñas largas y me señala a la altura de los ojos».

Aquí el epígrafe tendría plena relación con el contenido del cuento.

Schweblin es una cuentista argentina que no ve necesariamente en la locura una perturbación, quizás porque en lo anómalo halla lo más sensato. Admira muy especialmente a Cortázar, Bioy Casares y Antonio Di Benedetto en su faceta de cuentistas, y creo que ésta da una pista certera acerca de por dónde va lo que ella escribe, porque esos tres autores son tres de los mejores practicantes de ese tipo de literatura rioplatense que se desliza por grises e inquietantes mundos cotidianos y que alguien ha llamado «literatura de la decepción». Nunca olvidaré a Di Benedetto llegando hasta el muelle viejo: «Ahí estábamos, por irnos y no».

Schweblin suele buscar que en sus relatos algunas de las cosas que en ellos se cuentan *sucedan en el lector*. A mí me gustaría, si un día llegara a reescribir *Duelo de muecas*, intentar la consecución de ese efecto, buscarlo al menos. Aunque podría elegir otros escritores que tratan así al lector, tomaría a Schweblin de referente para *Duelo de muecas*, porque la leí hace poco y estoy influido por *Distancia de rescate*, por esa atmósfera de sequía rural que se mezcla con unos herbicidas y con el veneno que unas madres destilan hacia sus hijos. Aún hoy no salgo de mi asombro: terminé de leer aquel libro y sentí que me había convertido en una madre con instintos asesinos, que Schweblin había logrado que realmente el cuento *sucediera en mí*.

Por eso, creo que, si algún día llegara a reescribir *Duelo de muecas*, pondría empeño en imitar su modo de escribir, aunque no dudo de que para imitarlo debería pasarme años ensayando la tristeza y el difícil arte de los narradores rioplatenses.

En mi cuento, el egoísmo del ventrílocuo lo condicionaría todo, especialmente las relaciones con su único hijo. Walter sería una persona de carácter celoso —como yo desde hace dos días, enormemente celoso, aunque no tengo la menor prueba de que Carmen me engañe y creo que estoy haciendo el ridículo; se diría que tengo ganas de que me engañe y así tener un motivo para largarme lejos—, neurótico, ensimismado,ególatra, con un rechazo físico muy fuerte a su único hijo, un rechazo que de algún modo nos habría sido ya anunciado por la cita de Schweblin y que estaría en el centro de todo.

A diferencia de *Duelo de muecas*, de Sánchez, en mi reescritura el padre querría directamente acabar con el hijo, matarlo sin más rodeos. Ya no estaríamos pues ante el espanto de alguien que descubre que su heredero es un individuo tan horrible como él, sino ante el deseo antinatural de un padre de acabar sin contemplaciones con un hijo de treinta años que él juzga inaceptable y monstruoso. Desde luego, no me identifico para nada con ese criminal deseo de Walter, entre otras cosas porque no le deseo la muerte a nadie y porque, además, adoro a mis tres queridos hijos. Precisamente ayer llamaron Miguel y Antonio, los dos mayores, llamaron desde Cerdeña, donde están pasando unas vacaciones fenomenales junto a las ruinas de Pula, donde Carmen y yo, hace treinta años, pasamos la luna de miel. Os quiero, les dije. Y luego añadí, queriendo indicarles que estoy viviendo una segunda luna de miel con su madre: «Los dos os queremos».

Son cosas que me atrevo a decir por teléfono y en cambio no oso decir en directo, menos ayer, que no reprimí nada.

—¡Nosotros también os queremos! —gritó Miguel, el más cariñoso de mis tres hijos, no sé si el más inteligente, aunque eso poco importa si uno quiere a sus tres hijos por igual.

—Pero ¡yo más! —dije.

Y Carmen me reprochó que los aturdiera de aquella manera. Ya son mayorcitos, me limité a contestarle, no se aturden por nada.

—¡Os queremos! —se oyó que decía Antonio para no ser menos.

Llevan sus vidas. Lejos de nosotros. Si hubiéramos tenido una niña, seguramente la tendríamos más cerca. Pero creo que ya se sabe que los hombres son muy suyos, les gusta ser libres, y en esto nuestros hijos no son una excepción. El tercero es ingeniero aeronáutico y ha encontrado trabajo, muy bien remunerado, en Abu Dabi, y hablamos de vez en cuando con él por Skype. No puedo estar más orgulloso de los tres. Si un día me suicidara o desapareciera, me gustaría que supieran que sentí siempre por ellos una gran admiración. No he visto a ninguno en mucho tiempo y no he tenido ocasión de decirles que me ejercito todos los días en este diario, pero no creo que sea necesario informarles de lo que hago, por mucho que me moleste que puedan imaginarme alelado, desocupado, y seguramente atontado, jubilado, y lo peor: abogado despedido por no estar en forma y por excesivo consumo de alcohol. Que imaginen lo que les plazca. Me basta con quererlos y estar orgulloso de ellos y saber —esto es más prosaico, pero debo incluirlo— que me pueden prestar dinero si me separara de su madre y necesitara su ayuda. Yo en su momento —cuando sus tiernas edades así lo requerían— fui un padrazo, y Carmen una madre impecable, cariñosa y perfecta. Ahora bien, no puedo dejar de reflexionar sobre la paternidad. Y no puedo negar que, cuando damos la vida a otro ser, deberíamos ser más conscientes de que damos también la muerte.

¿Damos la muerte? Esto es lo que, si yo reescribiera *Duelo de muecas*, el hijo le recriminaría a su padre, el ventrílocuo. Me estoy ya entrenando para ponerme un día en el lugar de Walter y poder escribir mejor este cuento. En realidad, yo pienso lo contrario: que a los hijos les damos la vida. Y éste es un pensamiento, una convicción si se quiere, que apenas nunca se ensombrece, si acaso pudo ensombrecerse sólo algún día —de otro tiempo— en que me dio por bajar al puerto de Barcelona y me pareció ver —sin duda me traicionó la imaginación— que un bulto se balanceaba sobre el agua, un bulto que iba y venía y que tenía la forma —¿cómo decirlo con cierta precisión?— de un mono muerto.

Al imaginar que veía esto, me quedé un buen rato allí preguntándome si era verdaderamente un mono y si, en caso de serlo, estaba el cuerpo completo.

Sólo querría que me explicaras, le diría el hijo en *Duelo de muecas*, por qué me dijiste tan pronto, cuando sólo tenía quince años, que todo acababa en la muerte y después de ella no había nada. Ya te lo dije entonces, respondería el padre, era horrible ver que, al igual que un perro, no tenías ninguna idea de la muerte.

—Pero eso fue una mala faena, padre. ¿No será que en realidad aquel día estabas deseando verme ya muerto y bien enterrado? ¿Y no será que odiabas tener un hijo y en realidad querías vivir tu vida y no tener compromisos paternos?

Nada más oír esto, Walter pasaría a considerar a su hijo un perfecto y absoluto monstruo. Y a tener deseos de matarlo. Lo que son las cosas: su propio hijo le habría dado la idea. Y así se lo diría, aunque sin decírselo del todo.

—¿Qué pasa? ¿Tan delicado eres? Hay que aguantarse. Eres un ser para la muerte —diría Walter.

Y el hijo entonces perdería los papeles.

—Me agotas, padre. Soy poeta y tú, en cambio, tan sólo un ventrílocuo de segunda, un hombre en paro y tocado por el mal humor y por el rencor hacia todos aquellos ventrílocuos que intuyes que son mejores que tú. Porque las cosas sólo pueden girar a tu alrededor, ¿no es así? Eres un *egolastra*.

—Un ególatra, habrás querido decir. No pareces hijo mío, porque ni siquiera has aprendido a hablar bien. Estoy empezando a sospechar que te perjudica saberte mortal.

Se quedarían poco después el hijo insolente y el padre «egolastra» en silencio los dos, justo antes de que comenzaran a infiltrarse lentamente en mi relato algunos elementos que seguramente serían claves en la delgada trama general de las memorias del ventrílocuo; uno de esos elementos —sólo aparentemente lateral en el libro— seguiría siendo, también en mi versión, la sombrilla de Java, que, al igual que en la novela de Sánchez, acabaría resultando importante por su matiz criminal, pero quizás también porque iba a servirle a Walter en diversos momentos de su autobiografía oblicua para simplemente agitarla en el aire y espantar así a los fantasmas que paseaban por su mente.

Ya estoy viendo, ahora mismo, al misántropo Walter espantando moscas en el aire en su discusión con su hijo y dando trágicos sombrillazos a ciegas, iniciando así su voluntarioso intento de acabar con su principal enemigo: él mismo.

Lo que veo con la mayor claridad es la necesidad absoluta, en caso de que algún día me decidiera a reescribirlo, de conservar intacta en mi cuento la escena en la que Sánchez nos presenta el duelo de muecas entre padre e hijo. Y con esa misma claridad creo ver también la necesidad de añadirle a esa escena de las muecas una serie de notas —una por mueca— a pie de página, en el más puro estilo David Foster Wallace: notas que crearían un creativo gran contraste entre dos estilos fuertes (Schweblin y DFW), sin duda tan alejados uno del otro; notas de las que podría salir todo un huracán.

No es algo que pueda precisamente ocultarme a mí mismo: adoro ese descomunal e insensato extravío sin límites de las notas a pie de página tan obsesivas del escritor norteamericano. En ellas encuentro siempre, totalmente incontenible, una especie de turbador impulso por escribir sin detenerse, escribir hasta anotarlo todo, y convertir al mundo en un gran comentario perpetuo, sin una página final.

Por eso, parodiaría encantado o rendiría culto al tono recalcitrante de esas notas y lo haría a través de varias largas notas a pie de página que conectarían directamente con el duelo de muecas entre Walter y su hijo y a la vez con un episodio real de la historia de la literatura polaca: los combates de mímicas exageradas que en el invierno de 1942, en la Varsovia ocupada por los nazis, tuvieron lugar tanto en la casa de Stanisław Witkiewicz como en la de Bruno Schulz.

Por lo visto —lo contó Jan Kott—, era frecuente ver en uno y otro lugar, en las habitaciones o en los pasillos de esas casas de Varsovia, a dos personas frente a frente, en posición de combate o ya en plena lucha, siempre peleando en busca de la destrucción completa del adversario, es decir, siempre trabajando para lograr una carota tan espeluznante que ya no pudiera existir ninguna otra contramueca superior por parte del adversario.

Según Kott, no disponían de mejor ping-pong que sus propias caras: «Aún recuerdo el día en que, habiendo oído extraños ruidos procedentes de un cuarto cerrado, abrí la puerta y me encontré a dos genios de la literatura polaca arrodillados uno frente al otro; golpeaban con sus cabezas el suelo y luego, tras un sonoro *a la una, a las dos, a las tres*, las levantaban de forma fulminante y pasaban a mostrar las muecas más terribles que he visto en mi vida. Eran muecas extremas que no cesaban hasta la destrucción total del enemigo».

Mis largas notas a pie de página —duelo de muecas entre el estilo rioplatense de Schweblin y el estilo anchuroso de Foster Wallace— se extenderían lo que fuera preciso, aun cuando evidentemente la estructura de la novela de mi vecino no quedaría ilesa después de una intervención tan divertida y rara y tan sobrecargada y también sobrecargante, o cargante a secas.

He dicho «tan divertida y rara», pero de rara quizás no tenga tanto. Y, si no, recuérdese lo que dijera un día Foster Wallace cuando aportó cierta luz y enigma al probable sentido de sus glosas inagotables al comentar que éstas eran casi como «una segunda voz en su cabeza» (sensación, por cierto, en la que creo ser un experto).

Me divertiría escribir esas notas de aire inacabable, de eso estoy bien seguro; las trabajaría en extensísimas oraciones que, a pesar del exquisito estilo que se desplegaría en ellas, le exigirían al lector un esfuerzo colosal. Me divertiría tanto con la broma infinita de esas notas que quiero suponer que no temería incluir más digresiones de las necesarias, a cual aparentemente más inoportuna, incluidas casi todas con mala idea, pues buscaría el modo más farragoso posible de insertarlas, es decir, intentaría ser más «pesado» de lo normal en mi intento de experimentar el placer de la escandalosa impunidad que alcanzó DFW cada vez que se eternizaba con sus notas en el fondo «tan alemanas», porque recuérdese que ya Schopenhauer decía que el carácter nacional auténtico de los alemanes era la pesadez.

Yo siempre me he sentido fascinado por esa pesadez alemana. Es más, deseo pasar un día de mi vida, o una parte de ese día al menos, probando a ser un alemán de prosa fatigadora al máximo, un alemán cargante hasta límites increíbles, un alemán que se deleitaría buscando el placer que le proporcionarían las oraciones pesadas, enredadas, en las que la memoria, sin ayuda de nadie más, aprendería pacientemente durante cinco minutos la lección que se le iría imponiendo hasta que, finalmente, en la conclusión de la larga frase teutona, la comprensión de lo que se había estado diciendo haría su aparición como un relámpago y se resolvería el rompecabezas.

El lema de muchos alemanes siempre fue éste: que el cielo dé paciencia al lector. Y, ahora que lo pienso, ese lema también podría ser el mío. Porque adoro la sola posibilidad de poder sentirme un día plenamente un escritor alemán muy soporífero. Y también adoro la posibilidad de que en *Duelo de muecas*, justo cuando ya estuviera pareciendo que las notas a pie de página no tenían final, éstas precisamente llegaran a su término y dejaran el campo libre para el final del relato, un desenlace en el que tendríamos al hijo, perdedor del combate de máscaras, paseándose errante por parajes oscuros, por no decir profundamente sombríos. El hijo, todo un muerto en vida. Derrotado en su duelo con el padre. Carne de tumba. Cadáver dentro ya de un ataúd. Cadáver preparándose para el frío de las largas noches de invierno que le esperaban, para las tremendas noches alemanas que seguro que serían más pesadas que el plomo: las inacabables noches en las que no existiría ya ningún exceso y nadie se acercaría por su tumba para dejarle unos crisantemos y en las que, por no oírse, no se oiría ya ni una puta plegaria.

32

Al ordenar esta mañana revistas atrasadas, he dado con un suplemento dominical cuya portada tenía muy vista —Scarlett Johansson en un concierto de Zebda—, pero no recordaba que en el interior hubiera una entrevista con Sánchez. Preguntas insulsas, respuestas que también lo eran. Una chispa de alegría cuando la entrevistadora quería saber si se planteó alguna vez dejar de escribir. Sánchez decía que le divertía la cuestión, «porque precisamente hace una hora, en la librería del barrio, me estaban hablando del buen momento por el que atraviesa mi obra y me ha salido del alma decirles que me iba a retirar. Mi reacción me ha recordado los viejos tiempos, cuando tenía veinte años y en el último bar de la noche, antes de irme a casa, le decía a la pandilla que ya no pensaba escribir nunca más. Pero si no escribes, me recordaban. ¿Ve usted? Aún no había empezado a escribir y ya me quería retirar».

Tuvo que pasarlo muy bien, yo creo, al narrar la retirada de Walter en *Ríe todo el teatro*. Porque a Sánchez parecen encantarle los gestos de despedida, los adioses. En el último cuento, donde también hay una despedida, habla de la fuga del ventrílocuo hacia la Arabia lejana: fuga tan lenta como muy bella en busca del origen de las narraciones orales, aunque en realidad Walter esconde el verdadero motivo de su huida; lo encubre pero el lector nota que lo oculta, porque es difícil creer que viaja a Oriente porque espera encontrar allí la fuente que originó todos los cuentos. Porque ¿quién puede llegar a creer que en Arabia encontrará algo así? De acuerdo en que, como probó Norman Daniel, la ficción en Europa viene de los árabes, pero de eso a pensar que es posible encontrar allí *la voz original*, la fuente primera de las narraciones orales...

Un ventrílocuo está obligado a saber que si algo caracteriza a una voz, a cualquier voz —incluida la voz original—, es la constatación de que ésta no dura, se produce, brilla y desaparece, consumida por su propia fulguración. Una voz tiene algún punto en común con una estrella que cae y nadie la ve caer. No hay voz que no se extinga. Se la puede evocar, pero nunca reencontrarla; creer lo contrario es como pensar que con una máquina del tiempo podríamos asistir a la escena original.

Se puede imitar a una voz, o repetir lo que dijo una voz, evitar así su completa extinción, pero ya no será la voz ni dirá exactamente lo que dijo aquella voz. Las repeticiones, versiones, perversiones, interpretaciones de lo dicho por la voz que se extinguió irán componiendo ineludibles falsificaciones de lo dicho. Es con ellas con las que se ha construido la literatura, que para mí es una forma de mantener la llama de lo dicho de viva voz junto al fuego en la noche de los tiempos: una forma de convertir una imposibilidad de acceder a algo perdido en una posibilidad de al menos reconstruirlo, aun sabiendo que no existe, que sólo está a nuestro alcance una falsificación.

Por la tarde he salido un rato y, justo delante del Tender, he tropezado literalmente con Julio, que parecía traspuesto, como si viniera de vivir inconfesables aventuras. Estaba tan borracho que me he atrevido a preguntarle a bocajarro si Sánchez tenía una amante. Me ha entendido a la primera.

—Lo que importa es la apasionada energía del pensamiento —me ha contestado rápido.

—Déjate de tonterías. ¿Tiene Sánchez amante o no?

—¿No lo sabes? El muy cerdo está loco por Ana Turner, seguro que la conoces. Todo el mundo sabe que son amantes. No lo esconden, seguramente tú eres el único que no se ha enterado.

Me he quedado helado —es un decir— en medio del asfixiante calor. Por un lado, me he sentido algo descansado, pues los celos con respecto a Carmen me estaban conduciendo a perder los nervios. Pero por el otro, tremendamente molesto. Molesto con Ana. Decepcionado con ella, por su extraordinario mal gusto. ¿Por qué será que siempre nos parece que las mujeres que prefieren a otros han elegido a un zopenco? ¿Qué tendrá ese adoquín, especie de bodoque, que no tengamos nosotros?, acabamos siempre preguntándonos.

Julio y yo nos hemos sentado en la terraza del Tender y allí ha seguido hablándome de asuntos completamente mentecatos, por lo que durante unos minutos ni he atendido a lo que pudiera decirme. Pasado un tiempo, he comenzado a prestar atención a las palabras que me susurraba, porque cada vez tenían un tono más bajo y provocador, y he terminado escuchando una frase ya empezada que no puedo reproducir aquí con exactitud, pero que vendría a parecerse a esto que inserto a continuación (con el sonrojo lógico): «Ella, tan amada, vegeta por las tardes, prisionera de sí misma, amarrada a un lugar, a una ciudad mediterránea falsamente agradable, a una librería como las otras, a un piso de soltera y a un horrible tedio de años, amarrada a un sitio diminuto, a la espera de que su amante pueda ir a visitarla...».

Me ha irritado especialmente el tono y también sus pretensiones de escritor frustrado, su torpe intento —si no me equivocaba— de querer decirme de forma tan mezquina y seguramente falsa que la maravillosa Ana Turner llevaba una vida miserable, vegetando prisionera de sí misma y de su amante... O quizás ha querido decirme otra cosa. Daba igual porque allí lo más insoportable era su deje de «escritor malogrado». Y también su delirante «mala literatura», porque daba vergüenza ajena aquello de que ella «vegetaba prisionera de sí misma».

Por eso aún me ha chocado más que de pronto, con una voz ya casi insoportablemente baja, me dijera que él era el mejor escritor del mundo.

He decidido que dejaría a Julio lo antes posible. Pero antes, muerto de curiosidad, le he preguntado si no trabajaba en nada.

—No quiero enamorarme de ti —ha respondido.

He preferido pensar que trataba sólo de desconcertarme, quizás estaba demasiado ebrio. Ante aquella frase, me ha parecido que lo mejor, incluso lo más correcto, sería preparar mi huida. Pero aún me he demorado un poco, porque he decidido averiguar en qué había trabajado antes. Fue profesor de instituto muchos años, ha medio balbuceado mientras parecía buscar una colilla en un bolsillo de su maltrecha chaqueta. Le expulsaron, por faltas graves a la autoridad. Qué autoridad, le he preguntado. Ha proseguido hablando, como si no me hubiera oído. Esa expulsión, me ha dicho, se la recriminaron mucho sus hijos, y su mujer le dejó. Ahora todos ellos —imbéciles perdidos, ha resaltado Julio— vivían en Binisalem, Mallorca. Le permitían vivir en paz. No tenía a nadie en el mundo —lo ha dicho tan alto que en el Tender nos han mirado todos los clientes y sólo ha faltado que se pusieran a reír de golpe todos—, pero no pensaba cambiar, se sentía «lúcido a morir», y el té y el alcohol le estimulaban y le hacían ver siempre que el futuro era suyo; algún día sería un poeta increíble y todo el mundo le rendiría pleitesía, y yo el primero, puesto que no podía negar que estaba por debajo de él, es más, yo sólo era un tipo muy perdido al que la curiosidad dejaba lleno de manchas de aceite. No he querido molestarme en decirle que no entendía esto último. Por cierto, ha dicho de pronto, tendrías que darme más. ¿Más qué? Aceite, ha dicho, casi babeando. Y luego ha pedido dinero. Mientras le reprendía, ha apoyado la cabeza en mi hombro. Me he dado cuenta de que, si le dejaba que la recostara aún más, se complicarían las cosas, y al final íbamos a convertirnos en pasto de comentarios malignos del barrio. Y yo no quería eso, y aún menos que los ecos llegaran a Ana Turner. Pero no sufras, me ha dicho, no eres tan inferior a mí, sólo medio metro.

Le he agradecido que hubiera tenido la delicadeza de susurrarme aquello y, como he podido, me he zafado de él y de su pegajosa cabeza, que por unos segundos he llegado a tener completamente apoyada en mi hombro. Y al querer distanciarme también de su cuerpo, le he empujado ligeramente hacia un lado, pero sin suerte, porque ni se ha movido y parecíamos dos gemelos unidos por un cordón umbilical. Es más, si alguien en ese instante se hubiere tomado la molestia de reparar seriamente en nosotros, habría podido incluso pensar que, llevando invo-

luntariamente a la vida un cuento de Sánchez, nos habíamos convertido por momentos en un padre en posición
de combate contra su hijo loco, o lo que vendría a ser lo
mismo: dos solitarios en medio de la tarde plana y triste,
a punto de iniciar un duelo de muecas, cabeza dolorosa
contra cabeza desquiciada.

33

En el imaginario popular, la profesión de ventrílocuo está ligada al terror. De ahí que cuando Sánchez convirtió a Walter en un criminal, los pocos lectores que tuvo el libro debieron de encontrar la trama de lo más normal: marioneta de ventrílocuo y crimen.

Y es que un ventrílocuo siempre da miedo: lo da él, o lo da su muñeco.

El primer ventrílocuo que vi en mi vida fue una mujer y no un hombre, y no daba pánico, ni lo pretendía. Se llamaba Herta Frankel y era austriaca. Huyendo de la destrucción y la barbarie nazi, había recalado en Barcelona en 1942 con la compañía de Los Vieneses, de la que formaban parte también Artur Kaps, Franz Johan y Gustavo Re, artistas que se quedaron a vivir en la ciudad el resto de sus días y se hicieron muy famosos en ella.

Frankel —más conocida como «señorita Herta»— fue famosa en los primeros años de Televisión Española como ventrílocua, manejando muñecos de mano y de cuerda en programas infantiles. Su más célebre marioneta era el insolente caniche Marilín, que puntuaba todas sus intervenciones diciéndole con gran énfasis a su dueña: «Señorita Herta, no me gusta la televisión». Con la frase, Frankel pretendía indicar —eso al menos me ha parecido siempre— que juzgaba una mala jugada del destino tener que trabajar en algo tan moderno y tan grosero como un plató de televisión; seguramente entendía que su lugar estaba en otra parte, en un cabaret centroeuropeo, o en un teatro de variedades de su ciudad natal.

El resto de ventrílocuos que recuerdo de mi infancia tenían un tremendo punto siniestro todos. Entre los más inolvidables, el que aparece en «*The Glass Eye*», el mejor episodio de aquella serie que hizo Hitchcock para televisión. En él, un enano manipulaba un apolíneo muñeco invirtiendo el truco de la ventriloquía. Tan perfecto era su efecto que lograba enamorar a una inocente joven. La leyenda asegura que tanto la actriz como el actor enano y siete intérpretes más de aquel film murieron en extrañas circunstancias.

Pero el más inolvidable de los ventrílocuos siniestros quizás sea el que aparece en *El gran Gabbo*, la atormentada película de Erich von Stroheim. En ella, Gabbo era alguien que trabajaba feliz con su muñeco Otto hasta el momento en que caía enamorado de una bailarina que no le amaba y Otto tenía que darle consejos —incluso en pleno escenario— sobre qué hacer para atraer la atención de la muchacha. Poco a poco, la trama iba volviéndose cada vez más sórdida e inquietante y se dirigía hacia la fatalidad, hacia un tosco espacio terco que se diría controlado por el mundo del crimen. Es más que probable —algún día debería intentar confirmarlo— que Sánchez se inspirara en ese film de Von Stroheim a la hora de escribir *Walter y su contratiempo*.

Entre las historias relacionadas con este universo de muñecos y terror se encuentra la que contaba mi padre sobre un ventrílocuo argentino, un hombre que terminó loco porque cuando nació su hijo vio cómo su muñeco preferido caía celoso perdido y se quedaba cabizbajo y mudo. Un día, el ventrílocuo —creo que se llamaba Firulaiz, nombre raro, por lo demás— se despistó y el bebé se llevó a la boca la mano del títere a modo de chupete. Al percibir Firulaiz un gran silencio, irrumpió en el cuarto y vio a su hijo totalmente azul violáceo: había muerto ahogado por la mano del muñeco que había apretado demasiado su garganta. Desesperado, tiró al fuego del hogar a la marioneta, que era de papel maché, y, sumamente tocado por lo que acababa de suceder, rompió en violento llanto sobre el cuerpo de su hijo. Y parece que en cierto momento, al dirigir la vista hacia el fuego, vio entre las llamas los ojos de porcelana del muñeco, que le miraban sostenidos por el frágil mecanismo de alambre, y todo indica que esta última imagen dejó a Firulaiz trastornado para siempre.

Parece que el ventrílocuo más célebre de la historia —al menos según la enciclopedia Espasa que hace veinte años heredé de mi padre y que en su momento, pese a la oposición de Carmen, mejoró mucho este despacho— fue Edgar Bergen, de origen sueco, pero nacido en Chicago. Ya en la adolescencia empezó a ir a acompañado de un muñeco que le fabricó un carpintero amigo: se trataba de una marioneta que representaba a un vendedor de periódicos irlandés al que llamó Charlie McCarthy y que se convirtió en el compañero perpetuo de sus espectáculos. Bergen lucía siempre un genial traje de frac, en tanto que su muñeco llevaba un elegante monóculo, sombrero de copa y traje de etiqueta. Charlie tenía la lengua muy suelta y lanzaba frases que golpeaban a todo tipo de personas; su mordacidad no tenía límites, ni distinguía entre poderosos y proletarios. En los años de mayor triunfo y popularidad de la pareja, a mediados de los años cuarenta, Bergen se casó con Frances Westerman y tuvieron una hija, la que más adelante sería una actriz muy famosa, Candice Bergen.

Nada más nacer aquella niña, Charlie McCarthy se convirtió en un absoluto monstruo. Candice narró años más tarde en una entrevista en televisión la traumática historia, explicó lo mal que llegó a pasarlo cuando empezó a notar que su «hermano de madera» la insultaba y se interponía siempre entre ella y su padre. Charlie McCarthy tenía la cama en el cuarto de Candice —o quizás a la inversa: a Candice la alojaron en el cuarto del celoso Charlie McCarthy— y ésta recordaba cómo de niña tuvo que ir acostumbrándose a quedarse de noche dormida viendo al muñeco en estado inerte —puro cadáver—mirando al techo con fúnebre fijación.

Mientras miraba yo esta mañana también hacia el techo —en este caso, el de mi despacho— no podía dejar de preguntarme cómo reescribiría *Ríe todo el teatro* si me decidiera un día a reescribirlo. ¿Qué quería cambiar de ese relato si era el único de la novela que me hacía verdadera gracia? Había en él, además, un mutis por el foro que me atraía, una dramática interrupción de la vida del artista que me fascinaba. Me he dado cuenta de que en realidad del cuento tendría sólo que modificar el epígrafe, eliminar el de Borges —poco adecuado, pues el siempre detectable estilo borgiano no aparecía por ninguna parte— y sustituirlo por uno de Pierre Menard, el repetidor creativo por excelencia: «Hay tantos Quijotes como lectores del Quijote». Lo demás podía quedar igual, sin mover una sola coma.

Así que he decidido que repetiría entero el cuento, a

la manera de Menard, pues me ocurría con *Ríe todo el teatro* que, como lector, me había identificado de alguna forma con el ventrílocuo y su crimen. Me apetecía representarlo, aunque fuera una función teatral llevada a cabo en mi despacho. Me apetecía hacerme con un público imaginario y repetir ese momento conmovedor en el que Walter cantaba casi sollozando «No te cases con ella, que está besada. / Que la besó su amante cuando la amaba».

Para cantarlo bien —lo que, paradójicamente, significaba cantarlo tan mal como Walter, es decir, dejando que aflorara el drama del pobre hombre humillado que, en Lisboa, ante su público, cantaba con desesperación una canción de celos y amor y al final se le escapaba una nota falsa y chillona, un gallo tan trágico como ridículo— había que saber ponerse por completo en el papel del ventrílocuo. Sabría hacerlo seguramente en la soledad de mi despacho, imaginar que el inexistente público estallaba en una sonora gran carcajada general.

Tratándose de una representación tan especial que se movía sólo en el ámbito de mi mente, no sería nada extraño —dada la impunidad, además, que acompañaba a cualquier acto en ella— que Ander Sánchez me pareciera el candidato ideal para sufrir la suerte del barbero asesinado.

Me reí al pensar en esto. A eso se le llamaba asesinar simbólicamente al autor. Pero, después de todo, se lo tenía bien merecido. ¿O acaso el gran autor, por muchos años que hubieran pasado, no había sido novio de Carmen y por tanto había colocado sus sucias manos sobre ella? Y eso sin olvidarme de que le había visto, no hacía mucho, hipnotizar a Ana Turner, lo cual era aún más imperdonable.

—¡Muera Sánchez, muera el autor! —grité para mí en la soledad de mi teatro inventado.

Y pasé a representar ante un público imaginario aquel tercer capítulo. Actué un poco al *estilo Petronio*, creo que así podría llamarlo, pues no hice más que llevar a vida lo que previamente —en este caso, treinta años antes— había sido escrito, se diría que sólo para mí.

Y tan identificado empecé a estar con Walter que empecé a plantearme quién sería el sicario que en algún momento recibiría mi encargo de asesinar a aquel autor, el encargo de dejarlo boca arriba de un certero balazo en cualquier esquina del barrio. Aquel sicario, acabé decidiendo, podía ser perfectamente el sobrino odiador.

Qué fácil es a veces inducir a otro a un asesinato, me dije de inmediato, sobre todo sabiendo que no me sentiría jamás culpable.

De hecho, esto lo he dicho esta misma mañana de viva voz en el centro de mi despacho:

—Nunca podrán verme como culpable.

Y todo el teatro ha reído, y han pedido que lo repitiera.

No hay problema, les he dicho, la repetición es mi fuerte.

Y me he sentido tan bien que me he animado a mirar por la ventana para ver si por casualidad veía al asesinado Sánchez paseando vivo y coleando por el barrio. Si lo veía, seguramente me atrevería a gritarle desde arriba:

—Oye, ¿qué haces por aquí si encargué tu asesinato y te han matado? ¿No ves que ya te han liquidado?

He imaginado que, ante mi sorpresa, Sánchez no se encontraba en modo alguno en la calle y sí en cambio dentro mismo de mi propio despacho, mirándome con cara de indignación y de potente reproche.

—Sin embargo —le decía yo, asustado—, no es lo que parece. Porque yo no soy culpable. Es un error. ¿Cómo puedo ser siquiera culpable si todo esto sucede en la ficción?

—Buena pregunta —ha dicho Sánchez—, pero no me negarás que así suelen hablar los culpables.

[ÓSCOPO 33]

Si yo desapareciera y mi diario lo encontrara una persona que no me conociera de nada pero, por la causa que fuera, tuviera acceso a los archivos de mi ordenador, esa persona, en caso de tomarse la molestia de adentrarse en estas páginas, podría en algún momento llegar a pensar que si me fascinan las falsificaciones y, por ejemplo, he ocultado aquí durante días que fui abogado y me he hecho pasar por constructor inmobiliario, también podría ser que mintiera al decir que soy un principiante en asuntos de escritura. Pero ese lector, esa persona que estaría en su derecho de pensar que no soy un debutante, no sólo estaría equivocándose mucho al pensarlo, sino menospreciando, de un modo horrible, el intenso y duro trabajo que llevo a cabo a diario para ajustar, lo más perfectamente posible, el texto; un trabajo cargado de sentido, gracias a la compensación que recibo al ver que voy aprendiendo a ir adelante en este cuaderno, donde ensayo caminos día a día, siempre queriendo saber más, siempre buscando saber qué escribiría si escribiese: día a día cosiendo mi imaginario, tejiendo una estructura que no sé si en algún momento sentiré terminada; día a día construyendo un repertorio que intuyo finito y perpetuo como todo léxico familiar: un diario en el que podría quedarme mucho tiempo, cambiando poco a poco cada fragmento, cada frase, hasta repetirlo todo de tantas miles de maneras diferentes que agotara el repertorio y me viera asomado a los límites de lo nunca dicho o, mejor, a las puertas de lo indecible.

34

Cuando anteayer Julio volvió a repetir que era el mejor escritor del mundo, pensé en un relato inacabado de Dostoievski, leído en una vieja antología de cuentos que perdí hace años. En ese cuento un joven violinista ruso de provincias se considera el mejor músico del mundo y viaja a Moscú porque su ciudad natal se le ha quedado pequeña. En la capital encuentra trabajo en una orquesta, pero es despedido pronto. Encuentra trabajo en otra, pero también de ahí le expulsan. Excesivo engreimiento, simple ineptitud musical. No se sabe por qué causa u otra, quizás por varias al mismo tiempo, termina siempre fuera del mundo laboral. Nadie reconoce su talento, salvo una pobre sirvienta enferma que, enamorada de él, no quiere contradecirle cuando él le recuerda que es el mejor violinista del mundo. La muchacha, que, a escondidas de sus amos, le alberga en su buhardilla, le pasa dinero, el poco del que ella dispone, para que él pueda seguir en su lucha por ser reconocido. Cuando la pobre sirvienta ya no puede sufragarle la errancia (y la jactancia), vemos al «mejor violinista del mundo» pasear perdido por las calles del duro Moscú invernal, le vemos detenerse frente a los carteles que ofrecen al paseante la programación musical de la ciudad: carteles en los que nunca figura el nombre del mejor violinista del mundo, del violinista insuperable que nadie sabe ver. Se comete una injusticia con él, sigue pensando el músico. Y aquí se interrumpe el cuento o, mejor dicho, ahí lo interrumpe Dostoievski. Quizás era innecesaria la continuación, porque ya estaba todo narrado.

[ÓSCOPO 34]

He abierto el correo electrónico y he encontrado *spam* por todas partes, así como avisos embarazosos del banco; notificaciones que informaban del estado de intereses, comisiones y gastos a lo largo del año en curso. Y en medio de tanta hojarasca digital, noticias de Damián, compañero de la infancia y buen amigo que, deliberadamente en solitario, estaba llevando a cabo un viaje de introspección —así lo llama y sigue llamándolo— a una isla casi desierta, la de Corvo, en la zona oriental de las Azores: un viaje a modo de experimento para vivir en una cabaña a lo Robinson y tratar de profundizar en la experiencia de estar solo en parajes desérticos. Corvo es una isla que tiene menos de cuatrocientos habitantes en invierno. Su anterior e-mail me llegó desde allí: describía su vivienda «salvaje» y la ausencia de vida social, salvo —según contó— el contacto con unos botánicos aventureros que le habían prestado ayuda cuando, nada más llegar, se fracturó un dedo de la mano izquierda.

En el e-mail de hoy decía que se encontraba en la isla de Pico, en la zona central de las Azores, y que, pese a tener más habitantes la isla —unos catorce mil—, se estaba encontrando mucho más solo que en Corvo. Me describía el volcán con el pico nevado que ocupaba casi todo Pico y era la montaña más alta de Portugal, y me explicaba que, en otro tiempo, la isla conoció, gracias al esplendor de sus viñas, una época económicamente buena. La siguiente isla a la que en dos días pensaba dirigirse en largo trayecto de avión era la de São Miguel, la más grande del archipiélago, con más de cien mil almas.

Su mensaje me ha hecho pensar en las islas desiertas y, habiendo buscado en Google algo acerca del tema, alguna frase ingeniosa con la que sorprenderle y divertirle a la hora de contestarle, he ido a parar a *Causas y razones de las islas desiertas*, breve manuscrito de Gilles Deleuze de los años cincuenta, nunca publicado, aunque él lo incluyó en la bibliografía de su libro *Diferencia y repetición*.

No había caído en la cuenta de que una isla siempre era única, diferente a todas las demás, y al mismo tiempo una isla no estaba nunca sola, pues había que encuadrarla en algo llamémoslo *seriado*, en algo que paradójicamente *se repetía* en cada isla singular.

La aparición del tema me ha hecho indagar más sobre el libro de Deleuze y, en plena investigación, he ido a dar con una observación de Marcelo Alé, de aire certero: «Es porque no hay original que no hay copia, por lo tanto, tampoco repetición de lo mismo».

Era un buen comentario y, sin embargo, no me servía como respuesta a Damián, que ignoraba por completo que llevaba yo más de un mes discurriendo sobre el tema de la repetición. La afirmación de Alé, dicha por mí, le habría inquietado. Y he optado por decirle simplemente que si en Pico, que está más habitado, se encuentra más solo que en Corvo, tiene que prepararse para encontrarse aún más solo en São Miguel que en Pico. Lo más probable, le he dicho, es que te encuentres en São Miguel deseando ir a una isla aún más desierta que Corvo, a la isla de Crusoe, por ejemplo, para poder al fin sentirte de verdad acompañado.

Genial, ha respondido casi al instante.

Eso es, he pensado, comunicación directa con las islas desiertas.

35

Del cuarto cuento, *Algo en mente*, conservaría la impronta de Hemingway que Sánchez dejó en la narración de la historia. De hecho, no tiene mucho sentido contarla si no es bajo esa impronta que lleva la marca de la *teoría del iceberg*, de Hemingway. Porque la trama de *Algo en mente* no es nada por sí sola, nada si no la acompaña una segunda historia que está ausente, que es la parte del relato que no se cuenta.

El cuento lo protagonizan dos frágiles juerguistas enamorados de una joven de la que nunca hablan, pero que deducimos que los tiene a los dos obsesionados, compiten por ella. Si tienen *algo en mente* a lo largo de todo lo que se cuenta en ese relato es esa muchacha, de ahí el título.

Si en los tres anteriores el narrador era el ventrílocuo, en el cuarto capítulo es anónimo. Si yo reescribiera *Algo en mente*, ese narrador sería un doble mío —pero nunca sería yo mismo, porque eso lo considero imposible: que yo sepa, quien habla (en un relato) no es el que escribe (en la vida) y quien escribe no es el que es—, sería un Mac duplicado que se limitaría a ser fiel a la idea de contar una historia banal como la que Sánchez refleja en *Algo en mente*, pero cambiaría la trama de los dos pobres juerguistas por el trivial diálogo que he tenido esta misma mañana con Julio cuando he tenido la desgracia de encontrármelo sentado en la terraza del Tender. Todo lo que allí hemos hablado ha rayado en la futilidad o en la estupidez más absolutas, pero el diálogo ha hecho aflorar de pronto un rasgo inesperado del carácter de Julio. Inesperado y muy peligroso.

Las cosas han ido así: a Julio le he encontrado esta mañana apostado en la terraza del Tender, fumando un cigarrillo y con la mirada aparentemente perdida en el horizonte, y mi primera reacción ha sido confiar en que no me viera y huir de allí lo más rápido posible. Pero no sólo me ha visto, sino que me ha preguntado la hora, como si saberla pudiera importarle mucho a ese infame haragán. ¿Deseaba hacerse pasar por un hombre muy ocupado? Hay gente que teme que los otros descubran que no sólo no tienen nada que hacer, sino que viven sumidos en un estado de vacío absoluto.

En lugar de darle la hora, me he dejado llevar por una especie de vileza instintiva por mi parte y le he propuesto que matara a su tío. Enseguida, para justificar de algún modo lo que me había atrevido a decirle, me he inventado una excusa y le he dicho que había necesitado verle por momentos cara de asesino implacable, para inspirarme en él para una historia que quería escribir.

—Verás —le he dicho suavizando algo mi propuesta—, sucede que para una novela que preparo necesito verte como un asesino a sueldo, eso es todo. Pero no debes pensar que de verdad te he propuesto un crimen. Si tuvieras la amabilidad de lanzarme una mirada de sicario solitario, para mí ya sería suficiente, me habrías echado una mano.

—Resumiendo —ha dicho—, necesitas creer en lo que vas a escribir.

—Quiero inspirarme en ti para la figura de un asesino a sueldo, eso es todo.

—¿Tan mal aspecto tengo? Asesino a sueldo. ¿Y no podría recibir ese sueldo al menos?

Ha empezado a mirarme de un modo antipático y engreído y a caerme cada vez peor. ¡Y pensar que el primer día había estado yo tan loco que había creído ver en Julio a una reencarnación del sobrino de Rameau! Ha comenzado a decirme que me comprendía —no comprendía nada, seguro— y a hablarme de un modo un tanto pedante del «efecto de verosimilitud», que para que funcione en el lector, ha dicho, necesariamente ha de funcionar antes en el narrador. Sí, sí, me comprendía, ha repetido varias veces. Pero quería, si no me importaba, que le invitara a comer y que le convirtiera en un verdadero asesino a sueldo o, mejor, que simplemente le diera un sueldo. De lo contrario, ha dicho, informaría a la policía. Luego, ha pretendido hacerse aún más el gracioso: se ha acordado de que yo pretendía entrevistar a su tío para *La Vanguardia* y ha querido saber si tenía que matarle antes o después de la entrevista.

Cuando menos lo esperaba, Julio me ha enviado una extraña mirada de profundo desprecio —no le había visto ese tipo de mirada nunca hasta entonces— para luego quedarse más absorto en sí mismo que nunca, con ese aire insoportable de hombre perpetuamente desdichado. Qué descansados debían de sentirse su mujer e hijos allá en la remota Binisalem, he pensado. Qué tipo más atravesado. ¿Por qué lo era tanto?

—¿Qué te pasó? —le he preguntado así de golpe.

—¿Cómo?

—Que si puedes decirme qué te pasó, hombre. Porque esto no es normal. ¿Tú has visto la mirada asesina que me has enviado hace un momento?

Al entender, yo creo que perfectamente, que le estaba preguntando por qué era un tipo tan siniestro y tan atravesado, ha intentado hablarme del calor, y luego del «aumento de la temperatura global». Deberíamos preguntarnos, ha terminado diciendo, por el misterio del exagerado calor de este verano.

—No es preciso —le he dicho tratando de abreviar aquel diálogo inútil— dar muchas vueltas al misterio, acepta simplemente que estamos ante un enigma que sabemos imposible de resolver. Además, así es la famosa realidad: inescrutable y caótica. Hace calor y nadie es responsable de esto. ¿O crees que hay una Oficina de Ajustes que manipula también el tiempo?

—¿Oficina de qué?

Esa pregunta me ha abierto horizontes en la asfixiante conversación sobre la temperatura del aire, pero, cuando creía que iba por fin a poder hablarle de los subalternos del Destino, ha vuelto a imponer el manoseado tema del tiempo y me ha hablado de una ola de calor infernal en el París del verano de 2003 y de las tardes que perdió en los puestos de libros del Quai Voltaire, y de una calurosa pajarería cercana a éstos, donde todavía hoy podían verse, ha dicho, gran cantidad de titíes enloquecidos que parlotean sobre un trozo de plátano podrido...

¿Titíes? Me he dado cuenta de que hacía cincuenta años que no oía esta palabra. De niño, una vez mi madre me habló de los titíes que había visto en Brasil: unos monos que eran más sociables que los chimpancés y que respetaban el turno de palabra cuando se comunicaban entre ellos.

Por un momento, mientras el calor parecía subir también varios grados en el Tender, el propio Julio, con sus gestos descontrolados y su charlatanería desbocada y banal, me ha hecho pensar en un tití llorón de aquellos de los que acababa de hablarme. Sólo le faltaba el plátano podrido en lugar de su asiento en el bar.

Habrá percibido con claridad que le tenía ya sentenciado y que le miraba con mal ojo, porque ha dado un giro a la conversación y ha vuelto al monotema de la actividad estéril de su tío, quizás porque ha pensado que ahí se movía con mayor solvencia. Y en eso estábamos, sumidos en una escena para mí de una banalidad suprema, cuando ha ocurrido algo que lo ha cambiado todo de un modo ya irremediable y para siempre, porque ha surgido, casi de la nada, aquello que hasta el momento había permanecido invisible, pero que ejercía de «fondo callado» de lo que en realidad estaba pasando allí bajo aquella apariencia de charla trivial.

La revelación ha surgido como consecuencia de un gesto muy casual de la boca de Julio y ha durado unas décimas de segundo tan sólo, suficientes para cazar la esencia de su ser o, mejor dicho —porque decir esto sería muy grandilocuente—, para cazar con exactitud *lo que él tenía en mente* en aquel momento.

Ha sido un simple rictus: su carnosa boca se ha abierto y cerrado al mismo tiempo, como si quisiera articular vocales, o decir algo que le representaba un gran esfuerzo. Y he leído perfectamente en su mente, al menos durante breves instantes: deseaba que me hundiera; había concentrado en mí todo su odio a la humanidad. Era desde luego algo irracional y caprichoso por parte de Julio, pero el caso es que aquel frustrado gesto de intentar articular vocales me ha hecho comprender que él me deseaba lo peor, quizás porque le ha molestado que fuera a escribir una novela o simplemente porque pertenecía al linaje de los que piensan: ya que alegre no voy a estarlo nunca, que tampoco lo estén los demás, pues algo así me ofendería.

Me ha hecho pensar en la hijoputez de un joven poeta maldito que pasó por Barcelona en los años setenta y que se dedicaba a impedir que sus amigos escribieran: ya que él no tenía el talento suficiente para crear, que tampoco crearan los demás. Hoy vive cargado de deudas y de mujeres que admiraban que fuera una máquina del mal.

Y he pensado: mil veces preferible la altivez, excentricidad, perversidad y chifladura que imagino en Sánchez que lo que podríamos llamar «la suciedad de los hechos», que es aproximadamente lo que creo que genera la maligna fealdad moral de Julio.

A veces, aunque parezca raro, basta con un rictus, con un mínimo gesto casual, con una brevísima y fulgurante visión instantánea para que —como decía Rimbaud— podamos descubrir lo desconocido, «no en una lejana *terra incognita*, sino en el corazón mismo de lo inmediato».

[ÓSCOPO 35]

Con lo fácil que al sobrino odiador le habría resultado, ante el esplendor de Sánchez, actuar simplemente con paciencia, actuar como el marido de un cuento de Ray Bradbury y esperar simplemente la llegada de una marea. En ese relato de Bradbury, *El verano de Picasso*, un matrimonio norteamericano va de vacaciones a un lugar junto al mar, entre Francia y España. Es el marido quien ha insistido en ir, porque sabe que allí vive Picasso y que a veces baja a la playa. No cree que vaya a verlo, pero desea al menos respirar el aire que respira Picasso. Después de comer, la mujer decide quedarse a descansar y él opta por dar un paseo. Va a la playa, camina a lo largo de la orilla. Se da cuenta de que hay otro hombre que camina delante de él. Lo ve de espaldas: es un viejo muy bronceado, casi desnudo, completamente calvo. Lleva en la mano un bastón, y de vez en cuando se inclina sobre la arena y dibuja algo. Él le sigue y sigue sus dibujos: representan peces y plantas del mar. Después, Picasso se aleja, cada vez más pequeño, desaparece. El hombre se sienta al lado de los dibujos, espera. Espera hasta que la marea lo ha borrado todo y la arena vuelve a estar otra vez lisa.

36

Lecturas que dejan un rastro para siempre. *53 días*, por ejemplo, la novela inacabada de Georges Perec. De hecho, creo que ha venido ejerciendo sigilosamente su influencia en este diario de aprendizaje. Bueno, no es que lo crea, es que ahora estoy seguro de que ha venido influyendo en mi diario, aunque no me he acordado de ella hasta hoy. Me fascina el título del libro de Perec, una referencia directa al número de días que empleó Stendhal para dictar su obra maestra, *La cartuja de Parma*.

Perec no pudo terminar su libro, murió mientras lo escribía. Pero quizás esto habría que matizarlo. Desde que hace un año leyera *53 días* trato de explicarme el extraño hecho de que el manuscrito, que fue a parar a sus amigos *oulipianos* Harry Mathews y Jacques Roubaud, fuese hallado prácticamente dispuesto para ser editado. ¿Cómo se explica esto? El manuscrito disponía de una primera y segunda partes perfectamente delimitadas: la segunda estudiaba nuevas posibilidades que tenía la historia policiaca que se narraba en la primera, y hasta la modificaba. Estas dos partes iban seguidas de unas curiosas anotaciones tituladas *Notas que remiten a las páginas redactadas*, que, aparte de dar un nuevo giro a la vuelta de tuerca que ya había dado la segunda parte a la primera, parecían delatar lo siguiente: no era que la novela de Perec se hubiera visto interrumpida por la muerte y, por lo tanto, se encontrara inacabada, sino que la novela había sido terminada hacía tiempo, pero necesitaba de un contratiempo tan serio como la muerte —que había incorporado Perec ya al propio texto— para quedar completada, aunque a primera vista pudiera parecer interrumpida e incompleta.

Una novela por tanto perfectamente planificada y «terminada», en la que Perec había calculado todo, incluida la interrupción final.

Cada vez que hojeo de nuevo *53 días*, quiero creer que Perec la escribió en realidad para reírse de la muerte. ¿O no es reírse de la arrogante Muerte ocultarle que el autor ha jugado con ella haciéndole creer a esa pobre vanidosa que ha sido su ridícula guadaña la que ha interrumpido *53 días*?

37

A la hora de reescribir *Dos viejos cónyuges*, sustituiría seguramente el epígrafe de Carver —que carece de todo sentido en un cuento cuyo estilo recuerda a cualquier autor de la historia de la literatura universal menos a Carver— por uno del estadounidense Ben Hecht, autor cuyo estilo encaja mejor con la historia de Baresi y Pirelli. A menos que optara por actuar al revés y, en homenaje a aquel apoteósicamente insensato «Maupassant, un verdadero romano» de Nietzsche, dejara que continuara ahí Carver y el libro pasara a contar ya con dos relatos en los que la cita inicial no tendría relación alguna con el contenido del cuento.

De optar por el cambio de epígrafe, el de Hecht procedería de *El muñeco enemigo*, relato en el que se basó Erich von Stroheim para *El gran Gabbo*.

Ben Hecht fue cuentista de genio y un extraordinario guionista, cuyo estilo, según cuentan algunas leyendas, surgió de lo aprendido en sus tempranas y bien aprovechadas lecturas de Mallarmé —nada menos que este poeta francés tan difícil—, aunque luego esta influencia se iría difuminando y apenas se notaría en *Los actores son un asco*, su libro más conocido.

Ese epígrafe de Hecht sería una frase algo tremenda que en su momento cacé al vuelo en el film de Von Stroheim:

—Otto es la única parte humana que hay en ti.

La frase la decía Marie, que era la asistenta del Gran Gabbo y estaba muy enamorada de él, a pesar de no comprender por qué el ventrílocuo tenía que decírselo todo a través de su muñeco Otto.

Por eso acababa diciéndole al Gran Gabbo —que de grande tenía poco— eso tan horrible de que Otto era el único destello de humanidad que apreciaba en él.

Cuando vi el film, me impresionó tanto la frase que se me quedó grabada, quizás porque pensé que no me gustaría que alguna vez pudieran decirme algo parecido. Y quién sabe, tal vez la frase fuera la causa indirecta de que anoche llegara a tener una pesadilla con Otto o, mejor dicho, un mal sueño con una escena muy concreta de la película, aquella que precisamente acoge la frase de Marie. En la pesadilla, la atmósfera enrarecida era la misma que la que se vivía en aquel momento tenso de *El gran Gabbo*. Pero en el lugar de Marie estaba Carmen, que me decía en medio del espacio amorfo que separaba el vestuario del escenario:

—Es que, mira, es muy raro que escribas la novela de Ander.

—Pero mucho más raro —reaccionaba yo— es que me hables como si hablaras contigo misma. ¿No te habrás convertido en ventrílocua?

Al mirarla con más atención, aún deslumbrado por un foco lateral, veía que en efecto ella se había vuelto una ventrílocua, vestida con un esmoquin negro impecable, y yo era su muñeco, su siervo y marioneta, y también —dicho sea de paso— la única parte humana que había en ella.

&

Si reescribiera *Dos viejos cónyuges* respetaría el esqueleto de la historia, pero no sería fiel al diálogo entre Baresi y Pirelli en el bar de un hotel de Basilea, ya que a esos caballeros no los haría encarnar la tensión en las relaciones entre realidad y ficción, sino las relaciones entre lo sencillo y lo complejo en literatura. Lo sencillo, en este caso, sería lo que no comporta riesgos narrativos, lo convencional. Y lo complejo sería lo experimental, lo que presenta dificultades para el lector medio y que en ocasiones es muy enredado, como sucedía hace años con la narrativa del *Nouveau Roman* y como sucede todavía con la llamada *Escuela de la dificultad*, tendencia que propone que veamos todos los desarrollos significativos en nuestra historia cósmica como saltos hacia nuevos niveles de complejidad.

Entre los representantes del *Nouveau Roman* que leí en su momento con interés y serena capacidad de comprensión estaban Nathalie Sarraute y Alain Robbe-Grillet. Entre los de la *Escuela de la dificultad*, me interesaron, sobre todo, David Markson y William Gaddis. Este último movimiento está todavía hoy muy vivo, cargado de autores que vienen compartiendo todos, sin buscar consenso, la idea de que la narrativa es un proceso que desconoce el punto de llegada. Esto último es algo con lo que no he podido estar nunca más de acuerdo. El punto de partida, por otra parte, está muy claro que es el abandono deliberado de las ideas tradicionales sobre las que se sustenta el concepto de novela. Se busca cifrarlo todo en un programa de renovación del género novela, una transformación que responda a la necesidad de darle una forma acorde con las circunstancias históricas que vivimos. A lo largo de mi vida, con más intensidad en ciertos periodos que en otros, he sentido empatía por esta ya vieja *Escuela* norteamericana que nunca ha negado que la posibilidad de escribir grandes novelas sigue existiendo, pero no ha querido ignorar que el problema que tienen los novelistas —no los de ahora solamente, sino ya también los de hace un siglo— es simplemente no seguir con el género tal y como se formó en el xix y buscarle otras posibilidades.

La novela, recuerdo que decía Mathieu Zero, es un medio que necesita adaptarse a la ambigüedad esencial de la realidad. Para inscribir *Dos viejos cónyuges* en esa tendencia a adaptarse según va moviéndose esa ambigüedad, no perdería de vista nunca lo que dijo uno de los *teóricos de la dificultad*, alguien de cuyo nombre no me acuerdo, pero al que he llamado Zero al comienzo de este párrafo. Creo que también fue el propio Zero el que pidió que la narrativa de nuestro tiempo se pusiera a la altura de los niveles de complejidad que habían alcanzado la música moderna y el arte contemporáneo. Y citaba el caso significativo de los Beatles, que lanzaron *Sgt. Pepper's Lonely Hearts Club Band* y hubo quienes criticaron la irrupción de la *complejidad* en las canciones del grupo. Pero de haberse atascado los Beatles en su simpleza inicial, decía Zero, es muy probable que no fueran el icono cultural que son ahora. Y, dado que hasta los *fans* más antiguos aplaudieron la evolución del grupo, se preguntaba también por qué a los autores literarios no se les permitió lo mismo que a los músicos pop.

Claro que, para atreverme a inscribir *Dos viejos cónyuges* en la ya vieja tendencia literaria de la dificultad, debería tener una experiencia como escritor que tardaré tiempo en poseer, suponiendo que algún día llegue a tenerla.

Si un día que veo muy lejano me sintiera capacitado para reescribir *Dos viejos cónyuges*, respetaría el esqueleto de la historia, pero convertiría el cuento en «teatro escrito» y lo inscribiría en el género cómico. Dialogarían lo simple (Baresi) con lo complejo (Pirelli). Si del lado de Baresi todo tendería a una sencillez tan apabullante como, en momentos puntuales, muy conmovedora, del lado de Pirelli no habría más que complejidad en grandes dosis. Como a Baresi se le entendería demasiado todo, Pirelli trataría de enredárselo del modo más infernal posible y se le vería permanentemente conjurado contra el pobre señor tan sencillamente sencillo que tenía sentado a su lado en la barra.

La pieza sería profundamente cómica y grotesca, porque al autor se le notaría tanto su ignorancia respecto al experimentalismo en literatura como su torpeza al parodiar sin ingenio ni sentido alguno lo que él creía que podía ser —no podía imaginarlo de forma más pedestre— un relato de la *Escuela de la dificultad* trasladado a la escena cuando en realidad éste no llegaba a ser ni siquiera una mala pieza de teatro del absurdo.

Ya con la primera imagen de *Dos viejos cónyuges* algún lector se moriría de la risa: bajo una luz propia de un interior del pintor Hopper y a modo de gélida escena sin movimiento humano de la que partiría todo, veríamos a dos señores inmóviles, Baresi y Pirelli, acodados en la barra de un bar de Basilea, cerca de una ventana en la que un letrero luminoso estaría cambiando en ese momento a violeta a través de las cortinas medio corridas, iluminando unos papeles de un blanco muy mortecino que estaban sobre la barra y que había que suponer que contenían el diálogo que iban a tener allí aquellos dos señores tan quietos, cada uno representando un papel distinto en la obra: uno de los dos, afincado en el mundo de lo simple a la hora de narrar, y el otro, afincado en el mundo de lo complejo. Pero sólo lo parecería, porque en los papeles no habría todavía nada escrito —de ahí su blanco tan mortecino— y los dos personajes quietos estarían allí simplemente preparándose para empezar a ponerse en movimiento en cuanto recibieran las instrucciones del apuntador.

Pero ese apuntador, que tradicionalmente siempre ha sido alguien que asiste u orienta a los actores cuando han olvidado su texto o no se mueven correctamente, no sería en modo alguno una persona. Enseguida se vería que el texto del diálogo —en el fondo, un intercambio de experiencias amorosas truncadas— sería dictado desde fuera del escenario y llegaría a Baresi y Pirelli a través del sonido obstinado de unas gotas de agua que empezarían a caer de pronto sobre un hule situado bajo un discreto radiador averiado, que estaría en un rincón de aquel bar. Serían pues las gotas de agua las que suplirían a la antigua figura del apuntador. Y esto no sólo haría reír mucho, sino que sería la gota de agua que haría que se desbordara el vaso del ridículo. Un ridículo que aumentaría cuando se descubriera que el radiador averiado —en la práctica el ordenador que facilitaba que las gotas de agua pretendieran dictar el diálogo entero entre lo simple (Baresi) y lo complejo (Pirelli)— iba a tener en la obra una importancia descomunal, porque contenía en su disco duro un documento etnográfico integral capaz de resumir nuestra era con toda clase de signos y detalles.

En esa gélida instantánea inicial de la que partiría todo —Baresi y Pirelli quietos, simplemente preparándose para empezar a representar la errónea y grotesca parodia de la *literatura de la dificultad*— nada haría presagiar la soterrada agresividad que emergería más tarde, hacia el final.

Una violencia dirigida por Pirelli, con sus propuestas deshonestas, ansioso de violar a Baresi, que acababa aceptando con sencillez y docilidad el regalo de la sombrilla de Java y subía a su habitación, donde se dejaba penetrar con desaforada alegría por parte de un Pirelli fuera de sí, al que aún le quedaría aliento, después del acto, para —en el más puro estilo de la disertación desenfadada— ir informando a su enculado amigo de la complejidad de la existencia y de las muy diversas utilidades que tiene una sombrilla, así como de las tan diversas modalidades de relaciones matrimoniales que, como iba diciendo Pirelli con voz cansada pero eufórica, «en el mundo se dieron, se dan, y créame, Baresi, confíe en lo que digo, se darán, no sabe lo mucho que se darán».

Nota del e.: No puedo evitar intervenir y decir que esos dos famosos viejos cónyuges, la ficción y la realidad, me esperaban esta tarde en el porche cuando, después de hacer un alto en la revisión del diario de Mac, he tomado dos cafés de golpe y el efecto que éstos me han producido me han llevado a leer a Paul Klee, su cuaderno de viaje a Túnez. Fue al norte de África a pintar y a conocer lugares distintos en 1914, en compañía de otro gran pintor, su rival y amigo August Macke. Se pasaban el día comiendo y bebiendo. Al final de la lectura, he retenido que el color naranja era el preferido de Klee. Y también, por encima de todas, esta frase: «También aquí impera lo vulgar, aunque seguramente sólo sea por influencia europea».

Sólo al terminar el cuaderno de Klee he descubierto que el libro contenía también el diario de viaje de August Macke, aunque el texto de éste sólo podía ser apócrifo, puesto que este pintor murió en la Gran Guerra, poco después de volver de Túnez, y no dejó ningún diario sobre su viaje africano.

En el texto de Macke —que más tarde he sabido que en realidad fue escrito por Barry Gifford, que le suplantó— se modifican o corrigen los episodios de Túnez contados por Klee. Y se produce un fenómeno curioso en el que precisamente ya pensé la semana pasada cuando me pregunté si, de haberse llevado a cabo algún día el *remake* de Mac de las memorias de Walter, éste no habría podido acabar pareciendo más auténtico que el original de Sánchez. En el libro que hoy he leído, ocurre algo por el estilo: el diario de Macke parece más creíble y verosímil que el de Klee, quizás porque éste nos narra tan sólo lo que él habría preferido que le hubiera ocurrido, mientras que en el de Macke todo se percibe *realmente vivido* y muy apegado a la realidad. Con el diario falsificado de Macke, además, me he divertido mucho. «Mi prejuicio irracional contra Klee empieza por la pipa», escribe. Y en otro lugar: «En la cena, Louis y Paul han comido como cerdos, pero yo les he ganado».

38

Al mediodía, habiéndome remontado horas antes a un pasado tan lejano, he acabado fatigado y escribiendo en el despacho treinta veces, separadas una de la otra, las nueve letras de la palabra *Wakefield*, escribiéndolas con cuidada caligrafía en una cuartilla de papel cuadriculado, y luego escribiendo, treinta veces también en la misma cuartilla, encima exactamente de lo ya escrito, las catorce letras —cuatro de ellas en mayúscula— que hay en *El Que Se Ausenta*.

Apoteosis, por tanto, de la repetición. Y letra escrita sobre letra escrita, a su vez escrita sobre otra letra también ya escrita. Aquello ha empezado a parecerse a lo que hace Tim Youd, que pasa a máquina clásicos de la literatura, pero no cambia de papel, con lo que el resultado de la transcripción de una novela es «una hoja saturada de tinta».

Estaba sumido en esta labor de saturar de tinta una hoja cuando ha llegado Carmen del trabajo. Creyendo que yo no la veía, se ha reído sola. No he podido evitarlo y le he preguntado de dónde salía tanta alegría.

—De ver que aún estoy a tiempo de ayudarte —ha

dicho—. Siempre he querido echarte una mano, pero no te dejas. Emborronas a la perfección este papel. Lo digo en serio, Mac Vives Vehins. Me gusta que hagas borrones, pinturas. Ahora bien, deberías hacer algo más, ¿no crees?

Cuando me llama por el nombre y apellidos completos, no falla nunca: Carmen cree que ando bien perdido por el mundo. Y en esto no hay nada que hacer. A pesar de que le he informado de mi trabajo feliz de principiante en este diario, hoy he visto claro que ella continúa creyendo que mi inhumano final en el bufete de abogados no deja nunca de deprimirme. Y no es exactamente así, al menos desde hace ya algún tiempo. Pero ella es terca y no acaba de creerlo. Y aún menos mal que no tiene ni idea de que a veces coqueteo con la fascinación del suicidio, sin que haya por mi parte la menor voluntad de ir por ese camino. Y suerte que no se entera de que en ocasiones juego a calibrar dos posibilidades de las que ya habló Kafka: hacerme infinitamente pequeño, o serlo. Y qué suerte también que ignore que hay noches en que caigo en meditaciones peligrosas, aunque no creo que éstas lo sean más que las de cualquier mortal que siente la angustia que surge de la conciencia de saberse vivo y muerto al mismo tiempo.

39

Da igual cómo siga o deje de seguir.

BERNARD MALAMUD

Ese Hemingway en estado terminal, cuyos héroes habían sido siempre rudos, resistentes y muy «elegantes en el desconsuelo», viajó del sanatorio a su casa de Ketchum a principios de 1961. Para animarlo, le recordaron que tenía que contribuir con una frase a un volumen que iba a ser entregado al recién investido presidente John Fitzgerald Kennedy. Pero un día entero de trabajo no lo condujo a nada, no le salió ni una frase, sólo fue capaz de escribir: «Ya no, nunca más». Hacía tiempo que lo sospechaba y ahora lo confirmaba. Estaba acabado.

En cuanto a la elegancia en el desconsuelo, no puede decirse que hiciera demasiada gala de ella al final de sus días. Perfumado de alcohol y de la mortal nicotina de su vida, decidió una mañana despertar a todo el mundo con sus disparos de divorciado de la vida y de la literatura.

—La semana pasada trató de suicidarse —decía de un cliente un camarero viejo en *Un lugar limpio y bien iluminado*, probablemente su mejor cuento.

Y cuando Mac, el camarero joven, le preguntaba al viejo por qué aquel cliente había querido matarse, recibía esta respuesta:

—Estaba desesperado.

Ese narrador en estado desconsolado había dejado Cuba para irse a una casa de Ketchum, que era una casa para matarse. Basta ver una foto de aquel hogar para comprenderlo. Y un domingo por la mañana se levantó muy temprano. Mientras su mujer aún dormía, encontró la llave del cuartucho donde estaban guardadas las armas, cargó una escopeta de dos caños que había empleado para matar pichones, se puso el doble cañón en la frente y disparó. Paradójicamente, dejó una obra por la que pasean todo tipo de héroes con estoico aguante ante la adversidad. Una obra que ha ejercido una influencia que va más allá de la literatura, pues incluso el peor Hemingway nos recuerda que, para comprometerse con la literatura, uno tiene primero que comprometerse con la vida.

40

¿Qué modificaría de *Un largo engaño*, ese relato en el que un tal señor Basi —todo indica que es Baresi, el padre de Walter— tiene un lío monumental con una tumba? De entrada, dejaría que el epígrafe siguiera siendo de Malamud, en homenaje conmovido a su «da igual cómo siga o deje de seguir», pero narraría el episodio de un modo kafkiano, porque contaría con claridad la historia oculta que hay en el cuento mientras que en cambio la historia visible y simple la complicaría de tal modo que la convertiría en la más enigmática del mundo.

Cuando llegue el momento, narraré con toda claridad cómo, en el interior de la tumba donde Basi ha enterrado a su esposa, crece una hierba muy verde y vigorosa que contrasta con la hierba enferma del exterior. Y narraré, en cambio, del modo más enmarañado, las interminables gestiones burocráticas del amante de la mujer de Basi para lograr la orden judicial de traslado de la muerta a otra tumba.

Al personaje triste de Basi ni le tocaré, le dejaré tal cual aparece en el relato: como probable padre de Walter y, por tanto, como el hombre del que heredó la sombrilla de Java. Cuando él tenga también que hacer gestiones para el traslado de tumba, documentaré meticulosamente todos los trámites del papeleo. Y me demoraré como un loco en los tediosos paseos de los burócratas por las galerías y pabellones de un infinito y sórdido Palacio de Justicia.

La vida, vista a través de las más premiosas gestiones administrativas, será —como en realidad es ya a día de hoy— de una tristeza brutal, será un glacial conglomerado de galerías y pabellones interminables, burocratizado hasta los dientes; un sinfín de despachos y de millones de corredores que enlazarán galerías que parecerán ilimitadas y tendrán todas un matiz siniestro, salvo quizás la remota «Cámara de Escritura para Desocupados», donde algunos subalternos, con su elegante escritura, copiarán direcciones y redirigirán cartas perdidas: duplicarán, transcribirán escrituras... Serán seres humanos que parecerán de otro tiempo y que en todo caso evitarán que el conjunto de galerías y pabellones sea aún más deprimente.

Pero pocos, a pesar de recorrer continuamente los fríos corredores, sabrán dar con ese último reducto de la vida de antaño en la tierra, ese reducto en el que se concentrará lo perdido, lo olvidado, todo aquello que aún estará en condiciones —precarias, pero a fin de cuentas condiciones— de recordarnos que en otros tiempos la escritura se movió en parámetros distintos de los actuales.

Mientras me digo esto y lo escribo, me parece ver cómo uno de los subalternos, sentado en el ángulo más oculto de la última galería, anota, al terminar su trabajo, unas palabras en uno de los pliegos de una secuencia de ciento tres hojas sueltas, que se diría que nadie ha podido encuadernar por falta de recursos:

«Ya no, nunca más».

41

Por la mañana, en medio de una conversación trivial con Ligia en la relojería de los hermanos Ferré, me he enterado casualmente de que Julio, flirteando y sin venir nada al caso, le dijo el otro día a Ligia, con un desparpajo que a ella le sorprendió en un hombre tan astroso: «Cuando te enteres de mi muerte, ¡cómo voy a triunfar! Nunca me habrás amado tanto, nunca habré ocupado tanto espacio en tu vida».

Ligia le comentó la situación vivida a Delia, la mujer de Sánchez, que quedó atónita. Su marido no tiene sobrinos.

—¿Estás segura, Delia?

—Segurísima.

&

A primera hora de la tarde, he intentado reescribir *Carmen*, pero no he pasado de un fragmento que insertaría seguramente en la parte final de cuento. He simulado ante mí mismo que no me sorprendía haberlo escrito, pero la alegría me ha empezado a salir hasta por las orejas:

«Ella seguía siendo la belleza de siempre, pero se había estado arrastrando demasiado, a decir verdad toda una década entera, por fiestas inútiles, bailando rock con furor idiota, moviendo a veces sus potentes piernas a un lado y otro y sosteniendo el cigarrillo que se acababa de fumar hasta que localizaba el cenicero y, sin perder un solo paso, aplastaba la colilla en él. Seguía siendo la belleza de siempre, pero había dilapidado ya los mejores años de su vida. Con todo, conservaba la mayoría de sus encantos, especialmente la gracia de su caminar displicente. Pero había algo raro en su traje sastre negro, quizás porque hacía ya cuatro años que llevaba sólo aquel traje, por no hablar de las medias de seda, tan increíblemente descuidadas. En los agujeros de esas medias —que parecían tener el mismo poder de leer el futuro que un poso de café— podía entrever uno que en el futuro se enamoraría de la pobre Carmen un patán con el que se casaría y que, hinchado por el raticida que se tragó, moriría dos años después de la boda».

No he pasado de este fragmento, pero he sido consciente del salto que había dado, porque por primera vez no escribía lo que reescribiría, sino que iba más allá. Por algo se empieza, he pensado, justo cuando más atónito estaba por mi proeza. Pero la sorpresa ha llegado cuando me he dado cuenta de que, al pasar a la acción, había accedido a saber qué se sentía al escribir directamente un fragmento de ficción en lugar de un fragmento de diario. Y casi me da risa tener que decirlo, pero voy a decirlo, por supuesto que voy a decirlo: se siente algo idéntico en ambos casos. ¿Y entonces? Se siente lo mismo, sí. Y esto no hace más que ratificar que escribir es, como decía Sarraute, tratar de saber qué escribiríamos si escribiésemos. Porque seguramente escribir, lo que se dice escribir, no llegamos a hacerlo nunca. Será por eso quizás por lo que he sentido lo mismo que si hubiera simplemente especulado y escrito acerca de cómo escribiría sobre algo si lo escribiese.

No escribimos, pero quizás no se trate de llenar de signos un papel, sino de saber o, mejor dicho, de *intentar saber*. Y de crear sin complejos. Porque, contrariamente a lo que piensan algunos frustrados que odian la creatividad, para llevar a cabo retos de la imaginación no es necesario renunciar a ser humilde. La creatividad es la inteligencia divirtiéndose.

Precisamente, en mi caso, *intentar saber* me ha habituado —a lo largo de este diario— a la gracia de las sombras y me ha ido convirtiendo, día a día, en un lector divertido al que a veces le complace la invisibilidad, lo velado, lo nublado, lo secreto, incluso le complace en ocasiones lavarse la cara con polvo color ceniza para ver si, en lo posible, logro, a la vista de todos, parecer más gris.

&

Me despierto confuso y vengo aquí a anotar lo único que recuerdo del final de la pesadilla, donde alguien, con insistencia, me estaba diciendo:

—Es que, mira, *Moby Dick* tenía veinticinco páginas de epígrafes en la primera edición original.

Decido indagar si tan descomunal dato es cierto y, al comprobar que, en efecto, lo es, me quedo helado, como si hubiera caído en paracaídas sobre Groenlandia. Seguramente ese dato lo supe algún día y lo había olvidado. Me he reído a fondo, ya sólo de pensar que creía haberme sobrepasado aquí con los epígrafes.

42

He dado una larga vuelta por el Coyote tratando de averiguar si había algo entre Carmen y Sánchez, justo cuando precisamente ya estaba seguro de que no había nada.

Pero he iniciado esa tarea porque he pensado que, a pesar del absurdo de llevar a cabo una investigación tan innecesaria y a pesar del riesgo, encima, que ésta conllevaba —podía ser visto como un cornudo o un loco—, daría todo por bien empleado si me hacía con una buena historia que pudiera sustituir el majadero relato *Carmen*, escrito por Sánchez.

A fin de cuentas, me he dicho, hay que saber tomar algún riesgo si uno quiere encontrar una buena historia. Esto lo sabe siempre un escritor, al igual que sabe que todo relato corre el riesgo de carecer de sentido, pero no sería nada sin ese riesgo.

Hago ahora una parada en el camino para incluir una precisión que sé que el propio diario agradecerá: cuando hablo de un «escritor», tengo la impresión de que, por motivos que se me escapan, pienso normalmente en un tipo que se quita los guantes, dobla la bufanda, menciona la nieve a un pájaro que tiene enjaulado, se frota las manos, mueve el cuello, cuelga el abrigo y va más allá y se atreve a todo.

Si no se atreve a todo, no será jamás un escritor.

Ese escritor con pájaro enjaulado que llega a casa y cuelga el abrigo ha sido la imagen más recurrente que, a lo largo de los años, he tenido de los escritores en general. Y creo que eso se debe a que vi a finales de los años sesenta *Le Samouraï*, un film de Jean-Pierre Melville en el que un asesino a sueldo vive en la soledad más profunda. Desde entonces, esa imagen me ha acompañado. Un hombre solo y un pájaro, posiblemente un calimocho o un loro en una jaula, aquí la memoria me traiciona. Se trata de una imagen dominada por la más glacial soledad, pero por algo que siempre se me escapó, quizás por los guantes y por la llegada al hogar, me ha parecido siempre a la vez cálida.

El escritor como asesino a sueldo. Esto podría explicar que el otro día, al ver al falso sobrino —tan en su papel de talento aún no descubierto, de «mejor del mundo», aunque secreto—, le ofreciera convertirse en un asalariado del crimen.

He salido a dar una larga vuelta por el Coyote buscando encontrar una historia en la que encajara bien el fragmento de *Carmen* que ya había escrito y del que secretamente me sentía tan orgulloso: «Ella seguía siendo la belleza de siempre, pero se había estado arrastrando demasiado...».

He salido convencido de que no sería tan difícil que en la calle me ocurrieran cosas que se compaginaran bien con ese breve fragmento. Sucediera lo que sucediera, me valdría para componer un retrato de la Carmen de ahora, vista por la gente del barrio.

He salido consciente de que me la jugaba, pero también de que no me quedaba mejor camino que aquél, atreverme a arriesgar y convertirme en un provocador de historias, buscarlas a través de un paseo en el que pudiera quitarme los guantes imaginarios y doblar una bufanda no menos imaginaria y ver qué pasaba ahí abajo, en la calle: ver qué pasaba mientras yo hacía la extraña pregunta por el barrio.

He ido a interrogar, primero, a la dependienta de la Carson. Pero antes me he encontrado, al pasar por delante del cajero de Villarroel, con el mendigo de pelo rubio y revuelto que el otro día arrastraba un carro de supermercado y me rechazó unas monedas. Estaba abierta la puerta del cajero y se veía allí en el suelo al rubio tumbado sobre cartones, tapado por mantas (¡en pleno verano!). En cuanto me ha visto, ha preguntado, con exquisita formalidad, si le podía dar algo. He vuelto a tener la sensación de que le había conocido en el pasado, pero quizás ese efecto de cercanía provenía de la familiaridad con la que siempre se dirige a mí. ¿No será que veo en él una especie de versión amable del odiador Julio, el anverso de la rencorosa figura del falso sobrino, y tal vez eso hace que cada día me caiga mejor? Le he dado tres euros y me ha dicho que intentara darle menos otro día.

—No tanto dispendio —ha terminado diciendo.

Tal como están las cosas, he pensado, es la persona que más se preocupa por mí en este mundo. Y luego también he pensado que ese fantasmal mendigo parecía salido de aquel relato de Ana María Matute en el que un cuento adoptaba la forma de un vagabundo y llegaba a los lugares y narraba su historia y luego se iba, aunque siempre dejaba sus huellas, recuerdos imborrables.

«No tanto dispendio», iba diciéndome yo a mí mismo,

tratando de saber si era risible aquello que había oído, o simplemente algo conmovedor, el gesto de una persona que se preocupaba de mi economía, que intuía que, en contra de las apariencias, era muy precaria.

Al doblar la esquina, camino de la Carson, me he encontrado a un vagabundo muy viejo y claramente loco al que no había visto nunca antes y que estaba canturreando una canción, lo cual no ha dejado de parecerme muy chocante y me ha hecho caer en la cuenta de que, en ninguna parte, ni siquiera en los patios interiores de las casas del barrio, se oye hoy en día cantar a alguien. Cuando era niño, esa tradición estaba muy arraigada en Barcelona, y no sé si por ello la ciudad era más alegre y desinhibida, pero lo cierto es que se cantaba. También los vagabundos forman parte en esa ciudad de una tradición muy especial, ya que el héroe moderno de la misma es un vagabundo, es el arquitecto Gaudí, malmirado en vida y objeto de todo tipo de burlas por su indumentaria. El gran genio de la ciudad fue atropellado mortalmente por un tranvía y, debido a esa descuidada forma de vestir, fue confundido con un vagabundo. Hasta el punto de que el conductor del tranvía bajó para apartar el cuerpo y poder seguir su camino y no hubo además ni un solo transeúnte que socorriera al hoy gran héroe de la ciudad. Ni que decir tiene que el motivo secreto, inconsciente, que hace de Barcelona una ciudad que fascina a todos sus visitantes es el espíritu de vagabundo del mayor genio que ha dado este lugar.

Y en eso he llegado a la Carson, donde he realizado mi primer interrogatorio. Después, ya no he parado de preguntar, de investigar, aunque muchas veces me he ahorrado la pregunta directa y he dado rodeos extravagantes y ni parecía que estuviera preguntando. Creo que casi todo el barrio ha pensado que, más que volverme loco, había decidido darme a mí mismo un día de divertimento y locura, como una fiesta que hubiera decidido regalarme después de cuarenta años en el Coyote.

El caso es que he preguntado —o mareado— al panadero amigo de Carmen, a la loca ramilletera (gran personaje), al matrimonio del estanco de tabaco, al barbero Piera, a Ligia, a Julián (del Tender), a los hermanos Ferré, al obtuso sustituto (por un día) de la quiosquera, al abogado que es amigo desde que estudiábamos Derecho juntos, a las tres farmacéuticas, a los taxistas de la parada de la calle Buenos Aires, a la taquillera del Caligari...

Nadie sabía nada de Carmen y Sánchez, nadie los había visto juntos nunca. He visto que tantas bocas cerradas, es decir, una conspiración de silencio, no me convenía, porque no daba para contar mucho en un posible cuento titulado *Carmen*. Y, sin embargo, no había más que eso, un barrio callado. Era lo que había, no había más: nadie sabía nada de nada y habría sido, por supuesto, muy extraño lo contrario. Por si fuera poco, la casi totalidad de los interrogados han pensado en todo momento que les hablaba en broma, menos el sustituto de la quiosquera, que se ha negado a hablarme porque, ha dicho, él no facilitaba información a la policía.

El calor no podía ser más sofocante. Que alguien me llamara «policía» me ha enervado. Al final me he sentado en la terraza del Congo a tomar una copa con el amigo abogado, con quien, tal vez porque lo relaciono con mi juventud, tengo gran confianza y le cuento muchas cosas. Con su habitual humor, me ha preguntado si no estaba yo en el fondo tratando de descubrir que todo habían sido falsos gigantes, trampantojos, locuras mías momentáneas, parecidas a la que viviera el otro día cuando creí que del probador del sastre del Coyote desaparecía el espejo y salía yo en ataúd.

—¿Qué tiene que ver mi mujer con el sastre del Coyote? —le he dicho.

—¿También sospechas del sastre? Eres horrible, Mac.

&

EL EFECTO DE UN CUENTO

He recalado poco después en el Tender. Todavía conmocionado. Porque lo que en el Congo he pensado que era una frase en broma de mi amigo, ha resultado ser todo verdad. Carmen me engañaba con el sastre. La relación entre ellos había comenzado hacía ya meses, quizás más de un año. Nunca se puede imaginar uno que acabará escribiendo esto: Así que me he enterado de pronto de que llevo tiempo viviendo en *un largo engaño*.

Esto podía incluso explicar algunas cosas. Por ejemplo, por qué había estado tan a punto de matarme el otro día en el probador del maldito sastre.

—¿Sigue usted en paro? —me ha preguntado Julián desde el otro lado de la barra del Tender.

Hace un mes le confesé mi situación de parado y el hombre no la ha olvidado.

—Ya no, Julián. Ahora trabajo de modificador.

—¿Modificador de qué?

Julián se ha quedado confundido y yo también, y justo en ese momento ha entrado un barbudo de muy mal aspecto, un hombre de mediana edad que ha dicho llamarse Tarahumara y ha ido de mesa en mesa pidiendo limosna, siempre con una llamativa gran arrogancia. Parecía estar reclamando directamente lo que consideraba suyo. Nada más captar la insolencia del visitante, Julián ha salido disparado de la barra para echarlo a la calle. No he seguido bien la escena, porque continuaba yo muy tocado por lo que acababa de averiguar sobre Carmen. No tenía ni idea de qué tenía que hacer, probablemente tenía que irme como Walter a la Arabia feliz, o algo parecido. Nunca me he sentido tan perdido, eso seguro, a pesar de que, si lo examino bien, llevaba meses buscando inconscientemente que ella me engañara para así tener un motivo correcto para irme, para emprender la huida a lo Wakefield.

A todo eso, Julián estaba ya chillándole a Tarahumara, tratando de empujarle hacia el exterior del local. Dios, he pensado, qué interés más excesivo en salvaguardar la paz de los clientes.

Hay una crisis económica que cada día va a peor. La televisión, sin embargo, al estar controlada por el corrupto partido en el poder, anuncia que económicamente todo vuelve a ir bien. Y uno, en medio de esto, observa con claridad que nos mienten de un modo tan cínico como descomunal. A pesar de semejante estado de cosas, no estalla la revolución. Pero ésta se mueve sigilosa por el barrio, donde la crisis se adhiere a todo, lo impregna todo, impide que nada siga igual que antes, e impulsa a los Tarahumara a poner la mano y reclamar lo que es suyo.

43

LA VISITA AL MAESTRO

Visitaba al maestro, al temible Claramunt, y todo tenía la apariencia de ser como una de esas ensoñaciones en las que deambulamos por un polvorín llevando en la mano una vela encendida. Ya sólo por el modo que tenía de moverme por las calles de Dorm, se veía que estaba inmerso en la primera etapa de una larga huida: como si hubiera matado al sastre del Coyote y, de repente convertido en un Walter nuevamente sangriento, no me hubiera quedado más salida que escapar.

Golpeaba tres veces la puerta del gran caserón y me abría el hombre cuyo horario era su mejor obra. Su aspecto era tenebroso: traje negro de pana y envuelto en bufandas y chales, barba de cinco días, mirada tuerta y terrible. Fuera de la casa, encerrados en una zona vallada, saltaban y ladraban sus rabiosos perros.

—Los tengo *por el ruido* —volvía a decir Claramunt refiriéndose a los perros.

Pero en esa visita, como tantas veces en los sueños, yo sabía más de lo que cabía esperar de mí. Y sabía, por ejemplo, que, a pesar de las apariencias, aquel hombre no era tan terrorífico como lo pintaban, así como que su mejor obra era su horario. ¿Tan importante era este detalle? Sin duda, porque para huir con éxito tras mi crimen me convenía disponer de un horario tan flexible y abierto como el de mi admirado maestro. Dado que había matado al sastre, disponer de todo el tiempo para huir era absolutamente fundamental.

Me sentaba con él y le hablaba de los perros, del formidable ruido que hacían y de lo muy útiles que eran para guardar la casa. Claramunt se revolvía en su asiento y decía estar en contra absolutamente de cualquier sonido que pudiera resultar agresivo. Era una contradicción, pero no me chocaba demasiado. A esa contradicción seguía otra cuando Claramunt me decía que admiraba el repentino sonido que en la Antigüedad debió de romper el silencio del caos original del universo, y admiraba también, me decía poniendo un cierto énfasis en ello, lo grandes y portentosos que tuvieron que ser los primeros sabios de la humanidad, los que inventaron, donde fuera que la inventaran, la más extraordinaria de las obras de arte: la gramática de la lengua. Tenían que ser maravillosos, me decía, todos esos señores que crearon las *partes de la oración*, los que separaron y establecieron el género y el caso del sustantivo, adjetivo y pronombre, y del verbo, el tiempo y el modo...

—Cuando escribes —decía un Claramunt gargajoso y muy pesado, por ser de repente tan sentencioso— no debes nunca decirte a ti mismo que sabes lo que estás haciendo. Has de escribir desde un punto de vista que albergue tu propio caos, porque sólo de él nacerá la primera oración, como ocurrió cuando surgió el primer sentido, la canción de Salomón.

—¿De Salomón?

Descubría yo enseguida que «la canción de Salomón» podía ser muchas cosas al mismo tiempo, pero muy especialmente el relato que él imaginaba que había inaugurado las narraciones orales, es decir, el primer relato del mundo. Tú lo que tienes que hacer, me decía, es seguir escribiendo tus memorias. Ya lo hago, aunque muy oblicuamente, le decía. Y huir, añadía Claramunt, tienes que correr, huir. Ya lo hago, le explicaba.

—Mac, Mac, Mac.

No sabía de qué deseaba advertirme la voz del muerto, pero sin duda intentaba prevenirme de algo.

—¿Qué haces con la cabeza hundida en el cuello? —preguntaba Claramunt.

Había algo raro en su voz.

—¿Qué haces con la cabeza así? —insistía.

Llevaba ya rato dándome cuenta de eso, pero ahora había pasado a ser más que evidente: su voz era idéntica a la del muerto que se alojaba en mi cerebro.

Escapa lo más lejos que puedas, me decía Claramunt, deja atrás la ciudad antes de que te acusen. Y yo le preguntaba de qué creía que me podían acusar. Escapa, decía, y pasa a ser más personas, habla con los demás que hay en ti. Escapa, no permitas que ellos te hagan creer que no serás un día todas las voces del mundo y llegarás a ser por fin tú mismo confundiéndote con las voces de todos los demás.

Entonces yo percibía que no era que mi maestro tuviera la misma voz del muerto, sino que era el mismísimo muerto.

—Mac, Mac, Mac.

44

Irme estrictamente con lo puesto, o irme con lo puesto y con un saquito de cuero, estilo Petronio, ese estilo que conduce a vivir lo que has escrito o lo que has leído. En esa fuga en la que uno perdería todo lo que tiene, no dejo de ver reflejada la historia que acostumbraba a contar mi padre sobre la ocupación de una gran finca en la guerra civil española. Los dueños de la casa señorial habían estado escondidos en los sótanos durante largo tiempo y después habían logrado escapar. Habiendo tomado mi padre y otros soldados el control de la finca, apareció una mañana un soldado de su propio ejército que dijo ser el hermano de la dueña de la finca y les pidió si podía llevarse el pequeño retrato al óleo de su hermana que estaba en una pared del dormitorio principal. La petición de ese soldado le hizo pensar a mi padre en cuestiones relacionadas con la propiedad y en cómo, en momentos en los que todo se desploma, regresamos a nuestro domicilio y lo único que queremos salvar de él es un pequeño cuadro, poco importa lo demás.

Irme con lo puesto, y de casa salvar sólo un librito de Charles Lamb, *Melancolía de los sastres*, donde se habla de una melancolía muy afín al oficio de los modistos de barrio, un hecho que pocos se aventuran a discutir, ni siquiera Piera, que hace una hora me estaba cortando el pelo mientras iba yo pensando en eso, en abandonar mi domicilio con lo puesto, incluyendo entre lo puesto a esa muerte que llevo conmigo tan «trabajada», a esa muerte que viaja cosida a mí, como si fuera —en realidad es— «mi contratiempo propio», el más íntimo.

¿No era Rilke el que hablaba de «una muerte propia», contratiempo supremo?

Iba pensando en eso, en irme con lo que llevaba puesto, y al mismo tiempo, mientras lo pensaba, me había quedado atrancado en una crónica del partido Sevilla-Barça de anoche en Tbilisi. Pensaba en mi «fuga en camisa» y me estaba eternizando en esa página deportiva cuando he quedado hipnotizado por el botellín de la loción capilar Floïd que Piera me ha mostrado de repente con la intención de rematar con la colonia aquella sesión de corte de pelo. Como los efluvios de ese producto siempre me han recordado a mi abuelo, que fue un adicto a la loción, he pasado página de golpe, sólo para reaccionar, y he entrado en la sección de Cultura, donde he visto con sorpresa que había un artículo de Joan Leyva que comenzaba diciendo que no era necesario presentar a Ander Sánchez, pero podría serlo: «Es tan innecesario como explicar a un sujeto tangible cuyos libros podemos leer, cuyos movimientos podemos observar en la red, cuya voz también podríamos oír. Y a la vez resulta oportuno describirlo, porque se trata de una persona irreal que se dedica a aparecer y desaparecer en los libros que inventa. El protagonista supremo de sus libros es un sujeto que está para no estar, algo así como una exhalación que no se disipa».

Me he reído especialmente al leer «una exhalación que no se disipa», porque son palabras que dan en la diana. Porque, por ejemplo, desde hace años Sánchez no cesa de dar vueltas en torno a la idea de que va a irse de Barcelona, pero da siempre la impresión de que busca desaparecer por el paradójico sistema de quedarse. Uno que en cambio nunca mareó a nadie con la idea de desaparecer fue Julio, pero lleva ya días en paradero desconocido, se ha borrado del barrio, curiosamente se ha desvanecido hasta su sombra desde que quedó desenmascarado. ¿Quién es, entonces? Habiéndose evaporado, no se le puede preguntar a él. Quizás sólo se pueda saber algo de él leyendo unas palabras inolvidables de Del Giudice en *El estadio de Wimbledon*: «Puede ser que se hubiera percatado de que había fracasado. Sin embargo, siempre había sido un fracasado».

Ha ocurrido también hará una hora. He comenzado a oír una especie de trasiego de maletas que estarían llevando a cabo los vecinos del piso de arriba de la barbería. Esto ha durado unos segundos, hasta que me he preguntado si no sería yo mismo el que imaginaba aquel ruido en el altillo de mi cerebro, yo mismo arrastrando las maletas del ser.

—Mac, Mac, Mac.

La voz del muerto ha buscado corregirme. Lo que arrastras, ha dicho, es la indecisión de si fulminas o no al sastre, pero da igual que tu crimen vaya a ser imperfecto y ni siquiera vayas a cometerlo, yo de ti escaparía igualmente.

Mientras oía esto, he tenido la impresión de que, al otro lado de la última pared de la barbería, había un hombre sentado en el suelo: sus largas piernas estarían enfundadas en sencillas botas y su rostro era la imagen misma de la envidia más rastrera.

Creo que me habría bastado con un agujero en la pared y mirar a través de él para ver enseguida a ese hombre tóxico, siempre simulando que no le importaba no ser un creador, pero infectándolo todo sólo porque él no lo es, infectándolo al intervenir directamente en la vida de las personas con una especie de terrorismo de la negatividad disfrazado de espíritu crítico.

Pero quizás fuera mejor que me olvidara del hombre en el suelo. Iba diciéndome esto al volver a casa cuando, al doblar la esquina del Baltimore, he visto a los clásicos jóvenes ya algo maduros que no han encontrado su lugar en la sociedad, los tres sentados precisamente en el suelo, con las piernas estiradas. Me ha parecido que éstos, con sus caras pasivas y de supina indolencia, no pertenecían a la revolución sigilosa. Tal vez eran genios ocultos, pero no parecían tener la energía que, bien utilizada, podría ser la base de un movimiento nuevo en el barrio. No eran, en cualquier caso, los mismos que acompañaban al sobrino odiador el primer día que lo vi. Pero eran muy parecidos, hasta el punto de que por poco no les he preguntado por el terrorista de la negatividad, por el desaparecido Julio. He confirmado, en todo caso, que con la crisis parece que se va llenando el barrio de grandes genios incomprendidos.

—Escapa, Mac.

45

¿Por qué tanto interés en Marte? Por mi parte, ninguno. Pero a Carmen la han vuelto loca siempre estas cosas. No es la única a la que le pasa esto, claro. Marte interesa a muchas almas en pena porque tiene gravedad, tiene atmósfera, tiene ciclo de agua. Además, es un planeta más antiguo que la tierra, el origen de la vida podría encontrarse allí.

¡El origen de la vida! Eso también debería concernirme a mí, que tanto me interesa el origen de los cuentos. Y quizás ese interés de fondo hizo que aceptara anoche ver en la televisión con Carmen una antigua película de serie B sobre marcianos. Pero antes, naturalmente, estuve a punto de preguntarle por qué no veía la película con el sarnoso sastre y me dejaba tranquilo. Al final me mordí los labios, preferí seguir ocultando lo que sabía, y ganar tiempo para planear bien la decisión que tomaría y que no deseaba que se viera estropeada por una precipitada reacción mía, demasiado temperamental.

Rodado en 1954, *Asesinos del espacio* era un film en el que un científico que realizaba pruebas atómicas moría en accidente aéreo y era resucitado por unos extraterrestres con el fin de que trabajara de espía para ellos. Mientras lo veíamos, aprovechamos para cenar. Lo pasé mal porque veía al sastre hasta en la sopa, y nunca mejor dicho, porque abrimos la cena con una sopa fría. Me contuve todo lo que pude porque me parecía inútil comenzar a reprochar la infidelidad y más aún poner en marcha una batería de frases demoledoras contra el modisto.

Tuvimos la cena en paz y, cuando la película terminó, fuimos a la cocina a fregar los platos. Carmen lavaba y yo secaba. Todo parecía ir perfecto, como siempre que yo me decidía a ayudar en las tareas domésticas. Todo fue bien, sin sobresaltos, hasta que Carmen habló de los voluntarios que se inscriben en la Mars One Foundation, una organización que para 2022 proyecta enviar humanos a Marte y establecer el primer asentamiento permanente fuera de la Tierra. Calculan, dijo Carmen, tardar siete meses en llegar a Marte, y vivir allí en tiendas de campaña de cincuenta metros cuadrados y cultivar sus alimentos. La particularidad de ese viaje iba a ser que era sólo de ida, no había regreso: uno firmaba para ir, sabiendo que no volvía.

Lo que acababa de escuchar me pareció que era para reír pero también para llorar, esto último porque Carmen insinuó que ella firmaría de buen grado para hacer aquel viaje sin retorno. Por si era eso lo que había querido decirme, le comenté que no me parecía que una persona en la plenitud de sus cabales pudiera ofrecerse para ir a otro planeta sabiendo que nunca regresaría a la Tierra.

—¿De qué plenitud hablas? —preguntó entonces ella.

Y vi que todo iba a enredarse mucho y que podía ser peor que un tsunami con olas de cien metros en Marte.

—Escapa, Mac —oí que decía la voz.

Empecé a secar más aprisa los platos, sin mirar para nada a Carmen. Ella tampoco me miraba, pero de pronto rompió el silencio para decir que iba a inscribirse en la Mars One Foundation. Y se puso a explicar que pretender que a su edad la aceptaran como aspirante a astronauta podía parecer una extravagancia, pero había averiguado que no lo era. Después de todo, dijo, siempre había sido el sueño de su vida y esperaba que no me opusiera. Vi que tenía los ojos brillantes, a punto de llorar. No me opondré, le dije al tiempo que maldecía en voz baja su delirante manía de reafirmarse como persona de ciencias y no de letras: como si para reafirmar su personalidad necesitara ser lo opuesto de lo que yo soy.

—¿De verdad que no te opondrás?

—No lo haré, no.

Después de todo —pensé para no enfurecerme más—, yo soy Walter o quizás sólo trato de sentir que soy Walter, pero el caso es que no tiene por qué importarme esa idea tan espeluznante de mi mujer. Y no tardé en ofrecerme a lavar y secar yo solo el resto de la vajilla. La propuesta fue aceptada por Carmen con tanta rapidez que, segundos después, ya estaba solo en la cocina, dueño absoluto de mi destino. Pasé un paño por encima de la mesa y, ya puesto como estaba, fregué todo el suelo. Tomé la bolsa de la basura y la saqué al rellano y, tras unos momentos de duda, acabé bajándola a la calle. La noche era muy húmeda y maravillosamente estrellada.

La casa estaba a oscuras cuando volví a entrar. Carmen se encontraba en el cuarto de baño. Me detuve delante de la puerta de la ducha y le dije que no era una venganza, pero que yo también tenía pensado un viaje de ida sin vuelta. No iría a Marte, sino más cerca, a una aldea junto a un oasis cercano a un desierto que había localizado recientemente y que tenía la impresión de que no aparecía en los mapas.

Carmen preguntó de qué le estaba hablando.

—Te decía que me voy a un desierto desconocido, también sin billete de vuelta.

Ni se inmutó, pero en cambio le extrañó que mi voz sonara tan diferente.

—¿De dónde sale esa voz, Mac?

Era la mía, pero cada vez más adaptada a la personalidad que yo le atribuía a Walter. Ahora bien, había que tener ganas de complicarse la vida para ponerse uno a explicárselo a Carmen.

—¿De dónde sale? —volvió a preguntar.

Vi que era inminente la trifulca y no hice nada para evitarla. Es más, le pregunté si, en el caso de que fuéramos a discutir de un momento a otro, le importaría que tomara notas de todo porque me gustaría luego, al escribirlo, reflexionar a fondo sobre lo que había sucedido.

—¿Qué quieres, tomar nota de lo que digamos en la discusión? —preguntó especialmente exaltada.

Siguió un tsunami en Marte.

46

35 al revés es 53, lo que me ha hecho volver a pensar en *La Cartuja de Parma* y en el minúsculo número de días empleados por Stendhal para componer su mayúscula novela. Y es que treinta y cinco es la edad a la que ha muerto hoy Albert, el panadero de la esquina con Torroella. No ha muerto por la ola de calor en medio del verano más caluroso que ha conocido Barcelona en más de cien años. Lo ha matado la salida absurda de anoche, esa salida desesperada de algunos: un accidente idiota en la madrugada, cuando quería volver a casa; un gin-tonic de más al salir del Imperatriz, el bar más nefasto del Coyote.

He pensado en la fragilidad del aire extraño y en el fondo tan inverosímil que nos envuelve y que nunca nos ha llegado a parecer hecho para nosotros, y en ese intuitivo sentido que tenemos del destierro, de la falta de hogar, todo eso que nos lanza a querer volver a casa, como si esto fuera aún posible. Wallace Stevens, abogado y poeta, decía esto mucho mejor: «De aquí brota el poema: de vivir en un lugar / que no es nuestro y, más aún, que no es nosotros mismos / y es duro eso, a pesar de los días gloriosos».

Rostros del Coyote que veo habitualmente y dejo de pronto de ver y ni me doy cuenta hasta meses después, cuando un día me vuelven a la mente y me pregunto qué habrá sido de ellos y me apena comprender que los ha visitado lo irremediable, y eso que no eran ni amigos ni apenas conocidos, aunque, sin apercibirme demasiado de ello, quizás eran el símbolo de la vida.

Continuos hundimientos cotidianos. El Coyote entero acoge personas que un día están y al otro ya se han desvanecido. «¿Qué se ha hecho de todos aquellos que, por haberlos visto y vuelto a ver, fueron parte de mi vida? Mañana también desapareceré yo de la Rua da Prata, de la Rua dos Douradores, de la Rua dos Fanqueiros, yo también seré el que dejó de pasar por estas calles...» (Fernando Pessoa).

Me doy cuenta de que en la plenitud de este verano de Barcelona —ya es oficial: el más caluroso de la historia, algunos ya lo llaman el verano indio— hace frío en todo lo que pienso.

47

EL VECINO

Esta mañana, densa sesión de escritura en el despacho. Me he dedicado a describir una visita fugaz, de incógnito, a la ciudad de Lisboa. Una parada o alto en el camino antes de viajar a ese pueblecito cercano a Évora, donde seguramente me tocará escuchar, en un bar cualquiera, una conversación en voz baja de los parroquianos, una charla medio secreta que imaginaré que gira en torno a un joven judío y una yegua muerta. Me he entretenido largo rato en la descripción de ese primer movimiento del viaje, el movimiento lisboeta, pero he llegado a la conclusión de que había perdido el tiempo y nada de lo escrito servía y debía repetirlo todo, por lo que he decidido salir a la calle a respirar lo máximo posible.

Tenía la cabeza como un bombo, como suele decirse. Y dentro de ese bombo había todo tipo de sombras y laberintos, identificado como iba yo con la «fuga en camisa» de Walter. Es más, tan metido andaba dentro de esa fuga que he visto que podía llegar a convertirme en Walter si alguien me trataba igual que si fuera yo verdaderamente Walter, que es lo que he tenido la impresión de que me sucedía cuando me he encontrado en La Súbita con Sánchez y éste me ha tratado como si fuera un pobre personaje de los suyos.

He vuelto a tener la impresión de que mi vecino era altamente vanidoso. ¿Por qué tanto? ¿Por una cierta popularidad ganada en la televisión? ¿Por flirtear con la idea de borrarse del mapa como Robert Walser cuando en realidad éste enmudeció por intrincados caminos suizos y, sobre todo, por los interiores de sus microgramas, mientras que él lo hace ostentosamente recogiendo premios y otras horteradas?

Pero bueno, me doy cuenta de que estoy hablando como su peor enemigo. Está claro que me he sentido humillado por su actitud.

Ha habido un momento en que no he podido aguantarme y al final le he preguntado si su personaje, *Walter*, se llamaba así por Walser, o bien por Walter Benjamin. Aunque se trataba seguramente de un nombre de ventrílocuo ya muy lejano para él, no ha tenido que pensarse demasiado la respuesta.

—Verás —ha dicho con una amplia sonrisa—, le llamé de ese modo por un jugador de fútbol del Valencia, Walter Macedo, un delantero brasileño que murió muy joven, en accidente de coche. Cuando era niño, el negro Walter fue el único cromo que me faltó para poder completar mi álbum.

Le habría acompañado en su risa si no hubiera sido porque he confirmado que, hasta en su modo de mirarme, me trataba mal, me trataba como si fuera yo un ser ligeramente inferior, quizás porque no presumo nunca de nada y amo ser comedido y humilde, disciplinado al máximo en el aprendizaje del *discreto saber*. Eso puede haberle confundido y hacerle creer que soy un pobre fiambre que antes era abogado y ahora no es nada.

—A ver —me ha dicho—, me dicen que alguien se hace pasar por mi sobrino y tú lo conoces. ¿Cómo puede ser esto?

—¿Cómo puede ser qué? ¿Que lo conozca?

—No, que alguien diga que es mi sobrino.

Me he dado cuenta en ese exacto momento de que a Sánchez creía conocerle mucho y en realidad era un perfecto extraño para mí. Tal vez el hecho de llevar tantos días metido de lleno en el mundo de su antigua novela me había conducido a caer en ese error. Él me miraba de un modo tan por encima del hombro que en una reacción espontánea le he dicho que el falso sobrino me había contado que llevaba semanas reescribiendo *Walter y su contratiempo*.

Ha sido inolvidable la mirada que me ha lanzado, mezcla de pasmo y de terror.

—¿He oído bien? —ha preguntado.

—Por lo visto, ha modernizado la trama de la novela y ha mejorado sobre todo el cuento llamado *Carmen*. Eso, al menos, me dijo la última vez que le vi. Según él, su versión de la novela va a superar de calle las memorias de Walter.

—No tan deprisa —ha pedido—. ¿Podrías repetirme esto último?

—Nada, que las relaciones entre la repetición y la literatura son precisamente el tema central del trabajo de tu sobrino.

—No es extraño tratándose de la repetición de mi libro —ha dicho.

Y ha reído. Ha reído, como antes solía decirse, «a mandíbula batiente».

Lo he visto tan altivo y feliz que he decidido aguarle la fiesta.

—Tu sobrino se dedica a confirmar que no existe una sola novela que nos llegue completa, ni un solo texto que pueda considerarse escrito del todo.

—Pero él no es mi sobrino. Eso para empezar —ha dicho, y ha pasado a escrutarme minuciosamente, de arriba abajo; parecía pensar lo mismo que en aquel momento yo pensaba de él: que uno nunca acaba de conocer bien a su vecino.

Le he explicado que para su falso sobrino hay una sucesión de obras en la historia de la literatura, una cadena de libros de cuentos, por ejemplo, que no se detienen nunca en un lugar definitivo y por lo tanto todos son susceptibles de poder encajar en una nueva vuelta de tuerca.

Sánchez ha vuelto a reír con ganas, parecía pasárselo muy bien. No sabía, me ha dicho, que hablabas de esa manera tan extraña. Me ha ofendido, pero he simulado que ni me inmutaba. Podría haberle preguntado si mi discreción y humildad le habían hecho creer que yo era un idiota. Pero he preferido fingir que no me había enterado de su menosprecio, aunque, eso sí, he tratado de hacerle daño por algún lado.

—Todo lo hace tu sobrino para vengarse de no sé qué —le he dicho—. Al principio, la primera vez que le vi, me pareció un *clochard*, después un *clochard* inteligente, y finalmente descubrí que era simplemente un tipo turbio y envidioso y en realidad se llama Pedro y trabaja a las órdenes de otro Pedro, el sastre del barrio. ¿Le conoces?

—¿A quién?

—Al sastre.

—¿Hay un sastre en el barrio?

Le he contado que esa especie de sastrecillo feliz le daba mucho dinero al falso sobrino para que, con el pretexto de estar haciendo una versión libre de las memorias de Walter, aprovechara el asunto para modificar a fondo el cuento *Carmen*, que era lo que al sastre le importaba de verdad.

—¿Y por qué habría de importarme una cosa así? —ha preguntado Sánchez, de nuevo muy risueño.

—Parece que desea vengarse, a través de tu sobrino, de la relación que un día tuviste con la Carmen real.

Ni aun diciéndole esto he logrado que dejara su aire risueño. Al contrario, ha empezado a reírse más.

—¿El sastre, entonces, es su amante? —ha dicho finalmente.

Con intención o sin ella, adonde apuntaba la pregunta era a que acabara yo viéndome como lo que en realidad era: un marido engañado. Pero también era verdad que me lo había buscado, me había creído muy listo y había terminado metiéndome en un buen embrollo.

Lo más insoportable en aquel momento: que Sánchez reía sin cesar, como si algo que no acababa yo de cazar le estuviera provocando una carcajada incontrolable, infinita.

En cualquier caso, debía responder a su pregunta. Si le decía que no, que el sastre no era el amante de Carmen, quedaba como lo que soy: un cornudo. Y si le decía que sí, lo mismo.

—También me comentó tu falso sobrino —le he dicho prácticamente a bocajarro— que cada vez que releía algún capítulo de las andanzas de tu Walter le entraban ganas de desenterrarte y golpearte en el cráneo con tu propia tibia.

También esto le ha hecho una gracia enorme, lo que me ha llevado a sentir ya la necesidad absoluta de dejarle allí colgado.

—Si algún día me lo encuentro, lo mataré —ha dicho

él de golpe, cambiando por momentos la expresión de su rostro, sombrío de repente.

Me ha dado miedo.

—Lo mataré —ha repetido.

He pensado ya en irme, iniciar allí mismo una «fuga en camisa». Dejar mi domicilio a lo Petronio, con un saquito de cuero. O bien decirle de una vez por todas a Carmen que bajaba a comprar cigarrillos al Tender y marcharme. O bien homenajear modestamente a la legendaria muerte por mano propia del héroe del Coyote, de José Mallorquí, el anterior inquilino del piso de Sánchez, que dejó esta sencilla nota: «No puedo más. Me mato. En el cajón de mi mesa hay cheques firmados. Papá».

Pero el suicidio siempre me ha creado dudas porque, a la hora de pensar en él, no dejo de acordarme de aquel hombre que, después de haber empujado la silla que le servía de apoyo, al dar el salto al vacío, lo único que experimentó fue la soga que le ataba cada vez más a la existencia que quería abandonar.

—O sea que, si no he comprendido mal —ha dicho Sánchez interrumpiendo lo que pensaba—, ahora yo tengo dos odiadores que se llaman Pedro.

—Así es.

Iba a añadir:

«Dos enemigos, la soga y el vacío».

Pero he optado por algo bien distinto y le he dicho que hay cuentos que se introducen en nuestras vidas y prosiguen su camino confundiéndose con ellas.

Nueva carcajada. En realidad, una inmensa carcajada. Hasta dolía ver que se lo pasaba tan en grande con lo que le decía. Quizás lo más irritante de todo: que estaba convencido de que su «falso sobrino» era falso, no existía.

48

Estaba avanzando el crepúsculo y, en el tiempo de recorrer la Rua do Sol, como sucede en los trópicos, cayó de repente la noche. Pero no estaba en ningún trópico y algo era seguro: andaba bien despierto, atento a los peligros de aquella calle, andaba pensando en mí —en mi destino, para ser más exacto— y evitaba en todo momento sonreír porque siempre que lo hacía parecía triste. No quería delatarme ante los transeúntes de la Rua do Sol. Hasta que caí en la cuenta de que una máscara de arlequín protegía mi rostro. ¿Cómo había podido olvidarlo? Parecía que me dirigiera a una fiesta de disfraces, así que mis temores no podían ser más absurdos. ¿Quién iba a reconocerme? Nadie podía saber de mi tristeza, y menos de mis delitos. Me ayudaba con un bastón que en modo alguno necesitaba para andar, pero sí para mi camuflaje. Cojeaba para fingir mejor mi personaje de hombre anónimo que va a una fiesta al sur de Lisboa. Iba avanzando a sacudidas por la calle empedrada cuando de una ventana abierta me ha llegado una canción de los Beatles cantada en portugués por una muchacha de delicada voz. La canción repetía varias veces: «Ahora necesito un lugar donde esconderme».

&

La duda de si los jóvenes todavía leen a Marco Polo.

49

Sólo pienso en la vida, aquí en este pueblo próximo a Évora, donde las horas pasan lentas, pero con vida. No hay apenas nada en mi habitación, apenas nada en el pueblo: algunos muebles de este cuarto contrastan vivamente con la cal, y afuera la tierra rojiza acoge inmensas cantidades de rastrojo seco. Desde aquí puedo ver una humanidad agrícola, vestida con pantalones y refajos, como de otra época. Han recogido ya el trigo y no dan golpe. Yo tampoco.

Haberme marchado con este cuaderno, pero sin el ordenador, debería hacerme sentir más liberado de peso, pero la sensación que me llega es extraña, porque a cada momento añoro más corregir con paciencia como hacía en casa y volver a escribir lo escrito por la mañana, pasarlo luego al ordenador y después imprimirlo y volverlo a leer en papel y volver a corregirlo en el folio y más tarde de nuevo en el ordenador, donde en esa etapa de la corrección me sentía ya como un pianista ante el piano: fiel a la partitura, pero con libertad para interpretarla.

Cada día un placer mayor al repetir. Después de todo, un placer ligado a mi mismo diario, centrado casi desde el primer momento en la repetición como tema.

No me lo esperaba, pero pronto he visto que en esta nueva etapa ir ligero de equipaje tiene sus desventajas, porque ahora no hago más que añorar y añorar aquella operación perfeccionista que llevaba a cabo en mi casa, aquella operación de repetir una y otra vez lo escrito durante el día hasta convertirme en un perseguidor maniático de lo ya escrito, que siempre creía mejorable. Ahora veo que en realidad en Barcelona buscaba la extenuación física y mental cuando repetía, cuantas veces fuera preciso, las palabras del día. Me iba pareciendo en Barcelona a un pintor de grandes barbas que, cuando yo era niño, pasaba los veranos invitado por mi abuelo en la finca familiar, donde, a lo largo de tres o cuatro años, pintó más de cien veces el mismo árbol, quizás porque debió de encontrarle la gracia —como me pasaba a mí con lo que escribía— a la indagación constante sobre lo ya retratado.

&

Al caer la tarde he ido al bar del pueblo, porque he pensado que no dejarse ver podía despertar sospechas. En Lisboa seguro que ya me buscaban. Al atravesar la plaza, me he cruzado con alguien con todo el aspecto de ser el sastre del lugar; parecía ser un tipo que acabara de cerrar su taller y aún llevara algún alfiler puesto. Cabeza baja, melancolía, un tono muy lánguido en todo. He vuelto a preguntarme qué les pasa a los remendones —quiero darme el gusto de llamarlos así— que son siempre tan taciturnos, ¿no contrasta su mundo con el de los barberos y con el gran interés de éstos por las cosas de la vida, interés tan difícil de encontrar en el mundo de los apesadumbrados sastres?

En el bar del pueblo no he conseguido oír de qué hablaban los parroquianos. Y es que hablaban en voz muy baja, como en el relato último de la novela de mi vecino. Quizás se estaban contando entre ellos la historia de la yegua muerta y el joven judío. Temía que alguien, de pronto, me pidiera fuego para su cigarrillo y me preguntara si no era yo el ventrílocuo que buscaban en Lisboa. Y en eso ha entrado una mujer en el bar. Caderas gruesas, extremidades ahusadas, y una palidez un tanto exagerada, lo que, unido a su inestable forma de avanzar hacia la barra, me ha hecho percibirla como un fantasma que tenía escasas ganas de serlo. Yo, por mi parte, me mostraba tan sombrío que parecía que fuera disfrazado de esqueleto. Lejos quedaban en esa escena los mendigos y otros conjurados del Coyote. En realidad, lejos quedaba ya todo, porque el mío era un viaje sin retorno, una especie de billete de ida a Marte, sin vuelta.

He apurado mi vaso de vino y, cuando iba a dejar el bar, he podido oír cómo la mujer le pedía fuego a un parroquiano y lo hacía en voz baja y con palabras inconexas que a mí me han parecido árabes. He visto que se complicaba tanto todo que he recordado que tenía que seguir mi camino. Pero aún me he entretenido unos segundos haciendo pequeños dibujos en la oscuridad, moviendo rápido mi cigarrillo encendido. Y me he acordado de otros tiempos, de cuando de pronto me llegaba el pensamiento más profundo del mundo y lo perdía enseguida, se volatilizaba en mi mente, mucho antes de que encontrara algo para escribirlo.

50

Al despertar, he tenido la sensación de haberme pasado a una escritura terrestre, sin saber por qué en el sueño mis amigos la llamaban así, *terrestre*, aunque intuía que era por el hecho de que, habiéndome quedado sin despacho y sin libros a los que recurrir a la hora de escribir, me había sentado en el suelo, a solas con este cuaderno, tal como precisamente estoy ahora también: en este caso, sentado sobre la arena de la playa de Algeciras, en tránsito o, mejor dicho, en fuga hacia Marruecos.

Escribir a ras de suelo. Y sentir, a cada segundo que pasa, una alegría que me va invadiendo y que parece estar devolviéndome a esa sustancia pura de uno mismo que es una impresión pasada, con la vida pura conservada en estado puro (y que, como dice Proust, sólo podemos conocer conservada, pues en el momento en que la vivimos no aparece en nuestra memoria, sino rodeada de sensaciones que la suprimen), una impresión pasada, un regreso extraordinario a una sustancia pura de uno mismo, a algo que sólo te concierne a ti, que es tuyo por completo y de pronto, más de medio siglo después, lo recobras: está relacionado con un cuaderno, con el suelo en el que estabas sentado, con una edad —tendría yo cinco años aquel día, en casa de mi abuela materna—, con las primeras letras conjuntadas en mi cuaderno de dibujo, con la primera vez en toda mi vida que componía una historia, el primer contacto con una narración escrita, y por supuesto todo esto sin despacho, ni ordenador, ni ningún libro que fuera de mi propiedad.

Un regreso a mí mismo. He pensado en los turistas, y también en todos esos amigos que viajan para ver aquello que tanto soñaron ver: la torre de Pisa, el Palacio de Cristal en Madrid, las Grandes Pirámides en las afueras de El Cairo, las siete colinas de Roma, la Gioconda en París, la silla del bar Melitón de Cadaqués en la que Duchamp se sentaba a jugar al ajedrez, el Musetta Caffé en el barrio de Palermo en Buenos Aires... Un amigo sugirió un día que en realidad era mejor descubrir lo que no se ha visto ni se espera ver y que seguramente, decía, no era ni lo grandioso, ni lo impresionante, ni lo extranjero, más bien al contrario, podía ser lo familiar recobrado.

Duele pensar esto encontrándome ya tan lejos de mi pasado y de mi ciudad, pero al menos el cuaderno y el gesto de trazar palabras que no se sienten protegidas por las paredes de mi despacho me permiten ahora, sentado frente a África, sentir que algo me devuelve a esa sustancia pura de mí mismo, me aproxima a lo familiar ya perdido, pero quizás recobrable bajo esta luz tan anticuada de hoy, la que siempre hay, dicen, sobre este estrecho.

51

Había oído hablar de las voces de Marrakech, pero desconocía qué era lo que podían tener de peculiar. Tal vez sean distintas del resto de voces del mundo, me he dicho al instalarme en la terraza de este bar desde el que se puede abarcar todo lo que sucede en la plaza de Xemaá el-Fná, donde durante siglos, y todavía hoy, se viene cultivando la narración oral, por lo que se escuchan todo tipo de historias contadas de viva voz, al tiempo que se realizan transacciones comerciales en medio de un gran bullicio, la luz cegadora del norte de África y los toldos desteñidos por el sol. Veo por la plaza narradores, músicos bereberes y encantadores de serpientes. Me doy cuenta de que nunca se habla del color de las voces, pero que Marrakech es un espacio propicio para una actividad así. Voz tierra de Siena de Petrarca, voz color traje de faquir hindú, voz honda y oscura de Nueva Orleans. Así las cosas, no ha sido extraño que cuando ha aparecido el camarero marroquí haya percibido en su voz el fondo sonoro de los almuédanos cuando desde los alminares convocan a la oración. Voz color cal de torre de mezquita.

Ha aparecido de pronto un orate de piel oscura que

contrastaba con su blanca chilaba. Y toda mi atención se ha centrado en él, y en su ingrávida voz. Nunca había visto ademanes tan airados como los de este hombre: sus gestos parecían reproducir, en el aire entrecortado, la historia de una vida. Seguramente, la suya. La biografía de un solitario tronco triste alzado como un mástil en medio de esta gran plaza. He dado por hecho que hablaba siempre de sí mismo, de su solitario tronco y de los días en que amó la aventura y viajó a tierras extrañas y en su periplo fue apropiándose de fragmentos de historias de otros solitarios, y con todos esos retazos fue componiendo una biografía inventada. Una biografía muy esquelética que, con artimañas de mimo, puede que venda a diario como un sueño a un público siempre fiel, aquí en Xemaá El-Fná. Le imagino vendiendo la historia oblicua de su vida, una trayectoria vital que podría sintetizarse en unos cuantos gestos que clamaban al cielo y en cuatro vibraciones acústicas y rítmicas de voz color frac blanco de músico negro de jazz de Chicago.

52

Al sur de Túnez, entre las altas palmeras del oasis de Douz, he imaginado que en mi huida me alistaba en la Legión extranjera y pasaba a ver —como si las proyectaran en las blancas dunas del Gran Erg Oriental— imágenes que procedían de mis más viejos recuerdos de films de acción, o de novelas de aventuras africanas. He pasado a ver recuerdos del brillo del sol en el filo de las espadas del ejército enemigo, por ejemplo. Y más tarde, en la noche luminosa del desierto, me he visto en compañía de legionarios y de beduinos amigos y de un prisionero llamado Boj. Y he asistido, con mi semblante más aguerrido, a la suave y lenta y maravillosa disolución de mi identidad en el anonimato. Noche luminosa después de la tempestad de arena que nos ha azotado, nocturno profundamente quieto y replegado en sí mismo. A mi lado, el prisionero Boj no para de convocar historias y voces de personajes de todo tipo que, al narrar pasajes de sus vidas, van desfilando ante mí como si fueran los pacíficos nómadas de una lenta caravana del desierto. Esta noche, al sur de Túnez, entre las altas palmeras del oasis de Douz, me llega la tierna pero también amarga sensación de que yo soy yo, pero también soy Boj y también todos los componentes de esa lenta caravana de historias de anónimas voces y de anónimos destinos que parece confirmar que hay cuentos que se introducen en nuestras vidas y prosiguen su camino confundiéndose con ellas.

53

En este pueblo cercano a las ruinas de Berenice, a la hora de despedirme de la amable y bondadosa gente del lugar, me ha ocurrido algo muy parecido a lo que cuenta Stevenson que le pasó con los habitantes de una de las islas Gilbert, donde desembarcó procedente de Honolulú y camino de la rada de Apia, en Samoa.

Yo he pasado aquí en Berenice varios días conviviendo con los pescadores y narrándoles, con una considerable variedad de voces, los avatares más importantes de mi vida o, lo que viene a ser lo mismo, las historias que he oído contar a otros y que, a lo largo del viaje, me he ido apropiando. A la hora de la despedida, tras haber intercambiado abrazos con toda esa gente tan entrañable, me he visto obligado, por falta de viento, a esperar unas horas en el pequeño puerto. Durante todo ese tiempo, los isleños han permanecido escondidos detrás de los árboles y sin dar señales de vida, *porque los adioses ya habían tenido lugar.*

54

Yo soy uno y muchos y tampoco sé quién soy. No reconozco esta voz, sólo sé que pasé por Adén y organicé una caravana de voces incansables y anónimas que llevé hasta el estrecho de Bab el-Mandeb. Y sólo sé que ayer volví a caminar, repetí el paseo del otro día. Oscuridad y polvo más allá de las colinas devastadas. Vi desde la carretera mi propio cuarto con la luz encendida. Desvaída luz de la pequeña ventana, junto a la que he pasado unas horas escribiendo. Caminar es excepcional. Pasan cosas y a veces hay coincidencias y casualidades con las que te mueres de risa y hay coincidencias y casualidades con las que te mueres. Uno siente que, a medida que recorremos el mundo y lo surcamos en todos los sentidos, más nos va envolviendo el fantasma de lo familiar que algún día esperamos recobrar, porque en realidad es lo único que ha sido siempre nuestro. Percepción de una escritura de a pie, de una geografía de la que habíamos olvidado que somos autores. En el camino uno piensa y a veces tropieza con lo olvidado. Acabo de acordarme, por ejemplo, de las coca-colas de cereza.